Flechazo y malentendido

TAMARA BALLIANA

Flechazo y malentendido

Traducción de Beatriz Villena Sánchez

Título original: *Coup de foudre & Quiproquos*
Publicado originalmente por Montlake Romance, Luxemburgo, 2017

Edición en español publicada por:
Amazon Crossing, Amazon Media EU Sàrl
38, avenue John F. Kennedy, L-1855, Luxembourg
Diciembre, 2019

Diseño de cubierta por Cristina Giubaldo / studio pym, Milano
Imagen de cubierta © Dimitri Otis / Getty Images

Impreso por: Ver última página

Primera edición digital 2019

ISBN Edición tapa blanda: 9782919805051

www.apub.com

Sobre la autora

Tras el éxito de su primera novela, *The Wedding Girl*, autopublicada, Tamara Balliana ha continuado escribiendo comedias románticas, ligeras y contemporáneas, que seducen a todas sus lectoras. Con *I love you, mon amour* (2018), compartió su pasión por el sur de Francia, donde vive con su marido y sus tres hijas. Para más información sobre ella, puede consultarse: http://www.tamaraballiana.com y http://www.facebook.com/tamaraballiana.

Capítulo 1

Amy

—Es el amor de mi vida, seguro.

Este es el tipo de frase que, incluso pronunciada antes de las siete de la mañana, merece que se le preste un mínimo de atención. Al menos en el contexto en el que estamos. Os describo un poco la situación: Amber, la autora de esta importante afirmación, está limpiando la vitrina de los dulces con la mirada perdida en un mundo poblado de angelitos y nubes rosas; Shelly, mi otra empleada, anda entre el almacén y el mostrador para preparar todo lo que vamos a necesitar en las próximas horas, y yo estoy contando los billetes para el fondo de caja.

Sí, porque a estas horas, cuando muchos están a punto de irse a dormir tras una noche de fiesta, nosotras tres empezamos nuestra jornada laboral en la cafetería.

—¿Perdón? —pregunto tanto para reponerme de mis emociones como para asegurarme de que no me está fallando el oído.

—Sebastian es el adecuado. Es el hombre de mi vida. Eso está claro.

Lo peor es que no parece estar de broma. De ella emana esa clase de aura propia de dos tipos de mujeres: las que están embarazadas —y no sufren náuseas matinales— y las que están perdida y locamente bajo el influjo de un nuevo amor, profundo y sincero. A las seis y media de la mañana, tiene la tez rosada, los ojos brillantes y una sonrisa bobalicona en la cara, mientras que yo... Ya os lo podéis imaginar.

El hecho de que solo tenga dieciocho años y cuatro días —mientras que yo tengo veintinueve años y cuatro meses— quizá también juegue un poco a su favor. Y, además, ¿qué sabemos del amor a esa edad? ¿Cómo podemos saber si un hombre está destinado a ser nuestro compañero para el resto de nuestra vida cuando a duras penas acabamos de empezar a vivirla?

Me contengo para no hacerle la pregunta porque no quiero ser desagradable antes incluso de abrir la cafetería, pero Shelly parece no tener los mismos escrúpulos.

—¿Cómo puedes estar segura? ¡Si no eres más que un bebé! ¡Tu vida acaba de empezar!

Shelly tiene más de cuarenta, por más que jure desde hace tres años, que son los que llevo trabajando con ella, que solo tiene treinta y ocho, pero olvida que su fecha de nacimiento está escrita en su nómina. Por eso, como la mayor de nuestro pequeño equipo, se permite con cierta regularidad compartir con nosotras su experiencia de vida y el hecho de que yo sea su jefa no le impide en absoluto brindarme sus buenos consejos.

—¡No soy ningún bebé! ¡Lo que te pasa es que estás celosa!

—¿Yo? ¿Celosa? —se burla Shelly—. ¡Me siento plenamente realizada con mi vida amorosa, querida! No tengo nada que envidiarte.

Al sentir que estamos a dos pasos del derrape, decido intervenir para calmar los ánimos.

—Amber, lo que Shelly intenta decirte es que tiene miedo de que te entusiasmes demasiado deprisa con un chico que a duras penas conoces y que no le gustaría que luego terminaras sufriendo. Es solo que se preocupa por ti, ¿no es verdad, Shelly?

Miro a esta última haciéndole una mueca para indicarle que me siga el juego.

—Sí, por supuesto, a eso es exactamente a lo que me refería —asiente, elevando la mirada al cielo.

Amber no parece creerla ni por un segundo.

—Sé que Sebastian no me hará sufrir. Él también me quiere. Me trata como una princesa y es una buena persona que trabaja duro. Además, su jefe acaba de ascenderlo y me ha prometido que saldremos a celebrarlo.

—Ah, pues es fantástico. Me alegro mucho por ti.

Mi respuesta no debe de ser demasiado entusiasta porque Amber entorna los ojos y suspira.

—Ya sé que pensáis que soy demasiado joven como para haber encontrado al hombre de mi vida. ¡Pero yo, al menos, hago algo para encontrarlo! No todo el mundo quiere terminar vieja y sola, rodeada de gatos.

¡Genial! ¡Ya he perdido la cuenta del fondo de caja! La miro fijamente, confusa, a duras penas capaz de reprimir un gesto de sorpresa. ¡Es la primera vez que se permite dirigirse a Shelly o a mí de esa forma! Y creo que semejante comentario estaba claramente destinado a mí. Sobre todo porque Shelly no parece haberse dado por aludida. Lo primero que se me pasa por la cabeza es lo siguiente: no tengo gato. Pero la verdad es que no lo tengo porque soy alérgica que, si no, es bastante probable que ya hubiera dado ese paso.

—¡Si estoy soltera no es porque no quiera un hombre en mi vida! Es solo que no he encontrado el adecuado —replico con sequedad.

No debería perder el tiempo justificándome ante una niñata que, además, es mi empleada, pero no puedo evitarlo.

Shelly hace un intento algo débil de alegato en mi favor:

—¿Sabes? Me llevó años darme cuenta de que Bruno era el hombre de mi vida. Por más que lo tengas delante de tus narices, a veces cuesta bastante ver lo evidente.

Esta vez, me centro por completo en la clasificación de billetes de un dólar. No tengo ganas de que se pongan a hablar de mi vida amorosa ni de que nadie me cuente la suya. Sobre todo Shelly.

—Amy, para encontrar un hombre, lo primero es aceptar hablar con ellos —dice Amber.

—¡Hablo con un montón de hombres! —me indigno.

—Hacer un pedido a los proveedores no cuenta, Amy. Y tampoco hablar con los clientes de la cafetería... Sobre todo cuando tienen más de cincuenta años.

—Si tienen pene, entonces técnicamente son hombres —argumenta Shelly.

—¡No me puedo creer que hayas pronunciado la palabra pene en el trabajo! —se ofusca Amber.

Se tapa la boca con la mano. Cualquiera diría que es una niña que acaba de escuchar a sus padres decir una palabrota. Según parece, cumplir los dieciocho no te hace adulto después de todo.

—Y yo que creía que te habías hecho mayor hace una semana —me burlo—. No me digas que pene es una palabra nueva para ti...

—Eh... no —admite, bajando la mirada.

—Pero sí que me pregunto qué pensaría Bruno si supiera que hablas de penes en el trabajo... —le digo a Shelly con una pequeña sonrisa sarcástica.

No creía que fuera a tomárselo al pie de la letra. Se pone pálida y masculla una especie de excusa antes de irse a refugiarse al almacén.

Amber no está del todo equivocada en cuanto a mis relaciones con los hombres. No se puede decir que, durante los dos años que lleva trabajando para mí, me haya visto con demasiada frecuencia en compañía del sexo opuesto. De hecho, no me ha visto jamás.

¿De quién es la culpa? ¿A qué se debe?

Pues diría que a una combinación de varios factores. El principal es que hace como tres años que no tengo ni un solo segundo para mí misma.

Tenía una tía que se llamaba Josie. Imagino que os estaréis preguntando qué pinta en esta historia mi tía y qué relación podría tener ella con mi ausencia de vida amorosa. Pues resulta que Josie tenía una cafetería en Bay Village, en Boston. Me encanta este barrio, con sus bonitas casas de ladrillo rojo, sus calles sombrías y sus pequeñas tiendas de artesanía, pero ya volveremos a ese tema luego.

Josie no se casó nunca, era un espíritu libre y la misma idea del matrimonio no era algo que la emocionara precisamente. Vivió una vida llena de aventuras por todo el mundo y, cuando por fin decidió soltar las maletas, lo hizo en su Boston natal. Según yo lo veo, en buena parte por nosotros: mis padres, mi hermana y yo. Incluso a veces me atrevo a pensar que lo hizo más concretamente por mí. Compró una pequeña cafetería decrépita y la convirtió en un lugar acogedor y elegante a partes iguales.

Josie siguió viajando a través de sus clientes, a los que escuchaba con total atención, y que a su vez escuchaban sus relatos, que se iban enriqueciendo a lo largo de los años con anécdotas a veces reales, a veces producto de su imaginación.

Me sabía sus historias de memoria. Me pasé buena parte de mi adolescencia haciendo los deberes en la vieja mesa de madera barnizada del fondo y, más tarde, en la pequeña terraza, a la sombra de los parasoles color crema. Su cafetería era un poco mi refugio. Y tía Josie, mi confidente. La única adulta con quien podía hablar de mis problemas. Me he preguntado muchas veces por qué conseguía comunicarme tan bien con ella, cuando era totalmente incapaz de hacerlo con mi propia madre y así sigue siendo más o menos. Pero Josie desapareció antes de que pudiera resolver el misterio. Asesinada por el azúcar. ¡Bueno, a ver, no directamente! Más bien por un exceso de glucosa permanente que terminó llevándola directa a una crisis cardíaca. Todavía puedo verla, riéndose con algún chiste del señor Connelly, uno de los habituales y, un instante después, desplomándose sobre su capuchino. Él jamás se ha vuelto a pedir uno, al menos aquí no. Creo que le guarda cierto rencor, que tiene la impresión de que fue lo que la mató, aunque los médicos nos garantizaron que fue más bien culpa de los *fondants* de chocolate y plátano.

En resumen, una vez que desapareció Josie, mi madre, mi padre, mi hermana Carolyn y yo nos encontramos en la notaría. Y hay que decir que la tía Josie lo tenía todo previsto. A Carolyn le había dejado su impresionante colección de máscaras africanas. Por aquella época, mi hermana y su marido estaban enamorados de los espacios depurados, por no decir asépticos, que casi parecían pisos piloto. Josie siempre había sido una chistosa y tendríais que haber visto la cara que pusieron el día que los de la mudanza aparecieron con una decena de cajas de cartón hasta arriba. Desde entonces, su casa ha cambiado mucho y podría figurar en un catálogo de Toys'R'Us.

A mis padres les dejó su perro Toby. Mi madre detesta los animales tanto como mi padre los adora. Ante el entusiasmo de mi progenitor por acoger al pobre labrador huérfano, no tuvo valor de negarle su última voluntad a su difunta hermana que, en mi opinión, lo hizo a propósito porque apreciaba mucho a su cuñado. Bueno, mi madre intentó protestar un poco, pero acabó cediendo, algo no muy habitual en ella. De hecho, creo que olvidó por completo al perro en cuanto el notario anunció lo que la tía Josie me había dejado a mí: la cafetería.

En ese momento, recién licenciada en la prestigiosa Universidad de Harvard, ocupaba un puesto en el servicio financiero de una gran empresa informática. Llevaba una vida bastante rutinaria y sin interés. Tenía un novio, amigos y un buen sueldo, pero me aburría. Me quedé un poco atónita cuando el notario anunció que heredaba el negocio. De hecho, pensaba —y no es que pensara mucho en el tema, todo sea dicho— que lo lógico sería que mi madre lo heredara todo, que compartiríamos algunas baratijas y que ella vendería la cafetería a toda prisa.

Solo necesité una noche para tomar la decisión. Al día siguiente, presenté mi dimisión y me hice cargo de Chez Josie.

Desde entonces, trabajo de la apertura al cierre casi todos los días. Estoy muy orgullosa de lo que he conseguido en estos tres años, aunque haya sido a costa de mi vida personal. Mi novio no tardó en dejarme, cansado de despertarse solo por la mañana y de ver cómo me metía en la cama apenas entrada la noche. Tampoco puedo reprochárselo.

Este trabajo ha cambiado por completo mi vida. Ahora entiendo por qué le gustaba tanto a Josie. Me siento más realizada, más viva, aunque no tengo problema en reconocer que consume toda mi energía. Soy consciente de que me falta algo para ser completamente feliz. Aunque no me apetece discutir con Amber ni Shelly, sí que me tienta tener una auténtica relación amorosa. Encontrar a alguien que me espere por la noche cuando vuelva a casa, a quien contarle mi jornada. Compartir con un hombre algo más que una broma al llevarle su café y que, si fuera posible, pudiera protegerme en caso de vérmelas con una araña peluda. Y, honestamente, estoy decidida a no acabar como Bridget Jones, vaciando botes de helado y cantando «All by Myself»[1] sola o con la única compañía de compañeros de trabajo de mediana edad. El problema es que no sé muy bien qué hacer. Antes de romper, llevaba cuatro años con mi novio. Hace demasiado tiempo que no participo en el juego de la seducción.

—Deberías salir más —me suelta de repente Amber después de unos minutos de silencio.

Creía que la conversación sobre mi vida sentimental ya había acabado, pero por lo visto estaba equivocada.

1 «Sola otra vez».

—¡Pero si salgo mucho!

—Ah, ¿sí? ¿Qué haces esta noche?

—Voy a cenar con mis padres —admito a regañadientes.

—¡Ves! —se regocija.

—¡Que porque vaya a casa de mis padres no significa que no salga! ¡De hecho, salgo mañana por la noche!

No me puedo creer que tenga que andar justificándome ante una niñata de dieciocho años. Me alegra tener algo previsto para poder cerrarle la boca.

Amber arquea una ceja de sospecha y me pregunta:

—¿Con un hombre?

—No, es una noche de chicas, pero eso no impide que pueda conocer a alguien.

—Mmm.

No parece nada convencida.

Lo que sí he olvidado comentar a propósito es que se trata de una velada con mi grupo de lectura y que hemos previsto reunirnos en casa de mi amiga Maddie, así que el único espécimen masculino con el que corro el riesgo de cruzarme es con el repartidor de pizzas.

—Las noches de chicas no son las mejores ocasiones para conocer a un hombre serio.

Vaya, está claro que Shelly ha dejado de esconderse en el almacén.

—Si quieres conocer a alguien que merezca la pena como Bruno, no creo que una discoteca dudosa sea el lugar más adecuado para hacerlo.

Voy a responder que salir a una discoteca dudosa en busca del amor no está en mi programa, pero lo dejo pasar. Si bien hablar de mi vida sentimental con Amber ya resulta un poco raro, creo que Shelly tampoco tiene ningún buen consejo que darme sobre cómo puedo encontrar mi alma gemela.

Sí, porque Shelly sale con Bruno Mars. Ya sabéis, ese cantante de sonrisa seductora y actitud relajada. Lo malo es que él no está al corriente. Sin embargo, ella está totalmente convencida de ser la mujer de su vida desde que lo escuchó cantar «Just the Way You Are»[2]. Piensa que ha escrito esa canción para ella. Está segura de que cuando por fin se encuentren cara a cara, la reconocerá como la mujer que lleva esperando toda su vida y que la llevará al altar como en «Marry You»[3]. Jamás he osado preguntarle si era consciente de que Bruno tiene casi veinte años menos que ella y que no está soltero...

Hace mucho tiempo que aprendí a no llevarle la contraria en su delirio. Mientras siga haciendo bien su trabajo, no tengo por qué meterme. Ya trabajaba en la cafetería cuando estaba mi tía y, si obviamos su extraña obsesión *marsiana*, es una camarera bastante competente y ¡prepara el mejor capuchino del mundo!

Junto con Amber, formamos un equipo bastante original, pero que funciona bien. De hecho, me enorgullece ver que las finanzas de la cafetería van cada vez mejor. Shelly es empleada desde hace casi una década y hace unos dos años contraté a Amber. Trabaja con nosotras principalmente después de clase y los fines de semana. Ha tenido una infancia un poco caótica. Sus padres la abandonaron de pequeña, así que la ha criado su abuela, que a duras penas llega a fin de mes. Me acordaré siempre del momento en el que abrió la puerta de la cafetería para dejar su currículo. Con su larga melena de rizos rubios, sus grandes ojos negros y su silueta delgada, parecía una ramita a punto de partirse. Todavía no tenía medios para contratar a alguien a jornada completa, pero no podía dejarla marchar con una respuesta negativa. Fue así como empezó a venir a echarnos una mano algunas horas a la semana para, con el paso del tiempo, terminar trabajando casi todas las tardes y los fines de semana.

2 «Tal y como eres».

3 «Casarme contigo».

A pesar de su curiosidad por mí, es una empleada modelo que jamás hace un mal gesto ante ninguna tarea. Sueña con conseguir una beca para ir a la Universidad de Boston el próximo año y espero sinceramente que se la concedan. Amber y yo tenemos una relación muy especial que no tengo con Shelly. Fue mía la idea de rellenar los papeles para la universidad, fui yo la que la acompañó a escoger el vestido para su baile de graduación y la que insistió para que aprendiera a conducir. Es la hermana pequeña que nunca tuve.

Capítulo 2

Amy

Hay tres cosas en la vida a las que jamás he podido escapar: a los impuestos, a las tasas y al escalofrío que siento cada vez que voy a visitar a mis padres.

No me malinterpretéis, adoro a mi familia, pero es solo que me gustaría que me dejaran vivir mi vida como quiera, sin comentar todas mis decisiones cada vez que los veo. Bueno, apreciaría sobre todo que mi madre y mi abuela dejaran de acosarme en cuanto a mi vida amorosa. Cabría esperar que con mi hermana mayor, Carolyn, que tiene tres hijos —y solo catorce meses más que yo— estuvieran ya suficientemente ocupadas, pero no. Según parece, eso hace que mi estado de soltería resulte todavía más patente.

Subo los escalones que permiten acceder a su casa de ladrillo rojo, en el altamente distinguido barrio de Beacon Hill. Doy unos cuantos golpecitos en la puerta para avisar de mi llegada y entro directamente. Dejo el abrigo en el vestíbulo, donde flota un agradable olor a comida, entro en la cocina y me encuentro a mi madre en delantal, sacando un enorme asado del horno.

—Hola, mamá —digo, acercándome a ella—. Creía que cenábamos solos esta noche, ¿no?

«Solos» quiere decir: mis padres, mi abuela y yo. Pero a juzgar por el tamaño del trozo de carne y por el número de platos en la isla de la cocina, supongo que lo entendí mal. O es que el apetito de mi madre se ha desarrollado enormemente estos últimos tiempos.

—Hola, cariño. Tu hermana y Andrew están en el salón —me responde mi madre.

Se gira hacia mí para darme un beso y gesticula al verme.

—¡Oh, Amy! ¡Te has vuelto a cortar el pelo! ¿Cuándo vas a dejar de peinarte como una adolescente rebelde?

¿Ahora entendéis por qué digo que mis padres se dedican a comentar la más mínima de mis decisiones? Pues allá vamos.

Me parezco mucho a mi madre. Las dos somos bajitas —solo mido un metro cincuenta y cinco—, tenemos los mismos ojos verdes y el mismo pelo castaño rojizo. La única diferencia es que yo lo llevo corto *à la garçonne* desde hace unos tres años y que mi madre lo detesta. Al principio lo hice porque me parecía práctico, pero ahora me gusta de verdad mi corte. Así que lo siento mucho por los suspiros desconsolados de mi madre y por sus largos monólogos sobre la pérdida de mi abundante cabellera.

Examina mi ropa. Llevo unos vaqueros y un jersey negro. Siento que va a decirme algo, pero se arrepiente. De todas formas, le habría respondido que había ido para cenar con ellos, no para un concurso de elegancia.

Me dirijo al salón para saludar al resto de la familia. Jamás pensé que vería a Carolyn y Andrew esta noche, teniendo en cuenta que estamos en mitad de la semana y que Sarah, la mayor de mis sobrinas, tiene escuela mañana.

—¡Tita My!

Un minitornado pelirrojo aparece corriendo y se me tira en los brazos. La agarro y la abrazo con fuerza. Me encanta su olor de niña pequeña y sus rizos, que me hacen cosquillas en la cara.

Una vez terminados los abrazos, saludo a sus padres. Mi hermana parece cansada; Sarah y los niños todavía deben de hacérselo pasar mal.

Y hablando de los minimonstruos, los dos están jugando en una esquina de la habitación o, mejor dicho, están destruyendo entre gritos una torre de cubos con ayuda de dinosaurios de plástico. Me acerco a Sean, el mayor, y le doy un beso en el pelo; luego atrapo a Connor, el pequeño, para comerle la barriga a besos.

Una vez que *tita My* ha terminado, me giro hacia el sillón en el que mi abuela católica irlandesa pasa la mayor parte del día desde que mi abuelo se cogió un billete solo de ida a la casa de san Pedro. Sin sorpresas, allí está sentada, con su rosario en la mano, y me observa con ojos desconfiados. Trago saliva, nerviosa. ¿Por qué tengo siempre la impresión de que sabe exactamente cuáles son los pecados que he podido cometer desde la última vez que nos vimos?

—Buenas tardes, abuela.

Murmura algo que debe de considerar un saludo y luego gira la cabeza hacia la televisión, en la que están echando un reportaje sobre el papa Francisco que, al parecer, es más interesante que hablar con su nieta.

Pongo rumbo al despacho de mi padre, contenta por haber escapado a una posible inquisición por parte de mi abuela.

Llamo a la puerta y giro el pomo de inmediato. Siempre le ha gustado que entre en su despacho sin esperar a que me dé permiso, así que para qué cambiar mis costumbres. Sin embargo, en cuanto pongo un pie en esa habitación típicamente masculina, con grandes bibliotecas de madera oscura, me doy cuenta de que mi padre no está solo.

—¡Oh, perdón! —me disculpo, dando media vuelta.

—¡No, Amy, quédate! De todas formas, ya habíamos acabado.

Me giro hacia mi progenitor y el hombre sentado frente a él se levanta y se da la vuelta para mirarme.

—Amy, te presento al teniente McGarrett de la policía de Boston. Trabajamos juntos en un asunto. Teniente, mi hija menor, Amy.

—Encantado de conocerla —responde el interesado.

Se adelanta para darme la mano. Es mucho más alto que yo, algo no demasiado difícil teniendo en cuenta que tengo la estatura mínima exigida para que te permitan entrar en las montañas rusas de Six Flags. Lleva una camisa blanca que contrasta de forma agradable con su pelo castaño hábilmente peinado y sus ojos color chocolate. Sus andares son ágiles y llenos de confianza. Una enorme sonrisa se dibuja en su rostro y se contagia hasta sus iris.

Es realmente guapo cuando sonríe.

Me autoflagelo al instante por ese pensamiento. ¡Trabaja con mi padre!

Tras sacudir su mano unos segundos, me avergüenzo al darme cuenta de que no la he soltado. Lo hago de inmediato, como si me quemara. Siento que mis mejillas se vuelven rojo fuego y balbuceo con nerviosismo:

—Igualmente.

—No me había dicho que tenía una hija tan encantadora, señor.

—¡Qué quiere que le diga, las joyas más bonitas solo se enseñan en raras ocasiones! —replica mi padre.

Mi educación en uno de los mejores internados católicos del país me impide elevar la mirada al cielo ante semejante intercambio patético y anticuado.

—¿Se queda a cenar con nosotros, McGarrett?

—No me gustaría ser una molestia en su reunión familiar —se apresura a responder.

—¡Pero si usted no es una molestia! Mi mujer ha insistido en que lo invite a nuestra mesa. ¡Le he hablado tanto de usted! Tiene ganas de conocer al joven inspector promesa de la policía de Boston.

Esta frase de mi padre hace saltar todas mis alarmas. Si mi madre ha propuesto que se quede a cenar precisamente esta noche que yo también estoy aquí, es que tiene una idea en mente. Echo un vistazo nervioso a su anular izquierdo. Justo lo que pensaba: ni el más mínimo rastro de compromiso. Siento que se me cierra la garganta y me empiezan a sudar las manos. ¡Socorro! Mi madre está en misión *Encontremos un buen partido para Amy.*

Mi padre invita a McGarrett a que lo siga al salón y yo aprovecho para desaparecer en la cocina. Tengo que decirle un par de cosas bien dichas a la aprendiz de alcahueta.

—Mamá, ¿no me digas que le has sugerido a papá que invite al teniente McGarrett para presentármelo? —le pregunto con tono seco, pero en voz baja para que no me escuchen en la otra habitación.

Mi madre se seca las manos en el delantal y se encoge de hombros.

—Pues si no quieres que te lo diga, no te lo digo.

—¡Mamá!

Tendría que habérmelo imaginado. Solo prepara su asado y su salsa de arándanos en las grandes ocasiones. Eso ya tendría que haberme hecho sospechar.

No parece que mis protestas le afecten lo más mínimo, puesto que me pasa un plato de puré de patatas y me dice:

—¿Tendrías la amabilidad de llevar esto al comedor? Vamos a cenar ya.

Una vez en el salón, puedo comprobar que el complot familiar está más extendido de lo que pensaba. Los dos únicos sitios disponibles son el habitual de mi madre y otro justo enfrente del teniente Mc-Ojos-Cacao. Me deshago del plato de puré y me siento, no sin antes fulminar con la mirada a Carolyn, aunque a ella parece más bien divertirle.

En su defensa tengo que decir que el guapo teniente —sí, lo reconozco, no está nada mal— parece incómodo. Supongo que el hecho de estar sentado junto a mi abuela tiene algo que ver. Sobre todo, teniendo en cuenta que ella no se anda con contemplaciones:

—¿Es usted católico, teniente McGarrett?

El pobre por poco se atraganta con la copa de vino que acaba de servirle mi padre. Se gira hacia mi abuela que, a juzgar por la expresión de su cara, ya se pregunta si puede reservar la iglesia de Saint Stephen para nuestra futura boda.

—Sí, señora —grazna él.

Respuesta incorrecta. Ahora sí que no va a soltarlo.

—McGarrett... ¿Y es usted irlandés? ¿Me equivoco?

—No, señora. La familia de mi padre es de origen irlandés.

La abuela solo está satisfecha a medias, puedo sentirlo. El hecho de que haya precisado que es irlandés por parte de padre deja la sospecha de su filiación materna. Pero la abuela no va a dejar que ese pequeño detalle la detenga. Continúa:

—Bien, McGarrett, en vista de que es irlandés y católico, va a bendecir la mesa conmigo.

La cara del pobre teniente adquiere un tono tan pálido que haría que la propia Nicole Kidman se pusiera celosa. Tengo que contenerme para no echarme a reír. Siento un poco de lástima por él. Es realmente valiente y tengo que reconocer que se enfrenta al desafío de la oración sin demasiados problemas. No obstante, supongo que si hubiera sabido dónde se metía, habría rechazado la invitación.

Llevada por la compasión, me digo que debería salvarlo de las garras de la abuela, al menos durante unos minutos. El mejor medio de conseguirlo es hacer que esta centre su atención en otra persona, así que decido probar suerte con Carolyn. Después de todo, ya que ha venido esta noche, será mejor que participe un poco.

—Entonces, Caro, ¿alguna novedad? Pareces cansada.

Mi madre la mira con insistencia, claramente alarmada por no haber notado la incipiente forma que luce su hija mayor, tan ocupada como estaba montando el plan *Presentemos el teniente Mc-Irlandés-católico a Amy*.

Carolyn y Andrew intercambian una mirada rebosante de amor que yo ya había visto antes. Tres veces exactamente. Sumando dos más dos, adivino lo que están a punto de anunciar antes incluso de que las palabras salgan de la boca de mi hermana:

—¡Estoy embarazada!

Superado el segundo de estupor, mi padre, mi madre y yo nos levantamos de un salto para felicitar a los futuros padres. La abuela eleva las manos al cielo e inicia una oración de agradecimiento. Y McGarrett adopta la sonrisa educada de aquel que se une a las felicitaciones a la vez que se pregunta qué pinta allí.

—¿Y para cuándo está previsto el feliz acontecimiento? —pregunto una vez pasada la euforia del anuncio.

—Para el mes de mayo —precisa Andrew—, pero podría adelantarse porque la otra noticia es que se trata de gemelos.

Nueva explosión de alegría, nuevas felicitaciones.

—¡Gemelos, Carolyn! ¡No me sorprende que estés tan cansada!

Andrew no deja tiempo para que mi hermana responda.

—Sí, la gestación de gemelos está siendo mucho más agotadora que las tres primeras. Sin contar con el hecho de que también hay que ocuparse de Sarah, Sean y Connor. Por suerte, por el momento, nuestra barriga no pesa demasiado todavía, pero en los próximos meses, es posible que la cosa se complique. Pero bueno, estamos contentos —concluye.

Mi hermana sonríe, absorta, a su marido. Mientras yo me pregunto si mi cuñado desvaría porque va a tener que vender su cupé deportivo para comprar un monovolumen de siete plazas y por eso habla como si fuera él quien tuviera dos cacahuetes en el abdomen. ¿En serio?

De los nueve meses de embarazo, ¿cuánto tiempo exactamente tiene previsto llevar él el vientre de mi hermana?

—¡Qué pena que no estés casada, Amy! Tú también podrías estar embarazada, y Carolyn y tú tendríais hijos de la misma edad... primos que jugarían juntos. ¡Sería tan bonito!

¿Cómo es que la conversación vuelve invariablemente a mí cuando es Carolyn la que acaba de anunciar una noticia de importancia capital?

—Antes de tener hijos, prefiero esperar a que Sarah sea suficientemente mayor como para hacer de niñera —replico.

Mi madre agita la cabeza con desesperación y la abuela encadena:

—Con tu edad, yo ya tenía siete de mis nueve hijos.

Y yo tengo ganas de darles las gracias a las personas que hicieron que los métodos anticonceptivos fueran más accesibles.

—¿Cuándo piensas encontrar pareja, Amy? Ya no eres tan joven y, créeme, pasada cierta edad, los hombres ya ni te miran. Por mucho que digan lo contrario, inconscientemente buscan una mujer que sea capaz de darles hijos llegado el momento. Y como les lleva tiempo decidirse, prefieren escoger una pareja que no esté a punto de caducar. ¿No es cierto, McGarrett?

El teniente, que casi había conseguido pasar desapercibido durante unos minutos, palidece. Parece tan cómodo como un antílope frente a una manada de leones hambrientos. Mira en dirección a mi madre, que solo espera la confirmación de las palabras de la abuela. Después me observa y, para mi sorpresa, declara:

—No estoy de acuerdo.

Se hace el silencio en la habitación y todo el mundo espera la continuación. Se aclara la garganta.

—Para empezar, desconozco la edad exacta de Amy, pero me parece que todavía es joven. En segundo lugar, es ella la que tiene que decidir cuándo quiere tener hijos, si es que quiere tenerlos, claro está.

—¿Cómo es eso de «si es que quiere tenerlos»? ¡Es uno de los cuatro pilares del matrimonio católico! —exclama la abuela—. ¡La fertilidad! ¡Casarse para procrear! ¿No quiere tener hijos, McGarrett?

—Eh, sí... Algún día... —balbucea.

Eso parece tranquilizar a la abuela, en vista de que lo estaba considerando seriamente como futuro marido de su nieta. Se acaba diciendo que, si quiere hijos, terminará convenciéndome.

Mi padre decide intervenir y liberar a McGarrett de la terrible conversación en la que se ha visto inmerso sin quererlo hablando de temas más consensuados. El resto de la cena es un poco más tranquila.

Unos minutos después de una cena interminable, me encuentro sentada en las escaleras frente a la casa de mis padres, encendiendo un cigarrillo. Una mala costumbre, lo sé, pero necesaria para rebajar un poco la tensión que casi no me ha abandonado durante toda la velada.

La puerta se abre a mis espaldas, oigo un ruido de pasos y dos zapatos de charol aparecen en el escalón en el que estoy.

—Ah, es aquí donde se esconde.

Es nuestro invitado de la noche que, según parece, se dispone a marcharse.

—Me sorprende que le hayan dejado escapar.

Responde con una pequeña sonrisa, realmente encantadora en cualquier caso.

—¿Puedo acompañarla? Creo que me viene de camino.

—Déjeme que lo adivine: ¿mis padres se lo han pedido? —digo, levantándome.

Subo un peldaño para no descoyuntarme el cuello al mirarlo.

—Sí, pero estaría realmente encantado.

Parece sincero. Está apoyado de forma descuidada sobre la barandilla con una mano en el bolsillo de su abrigo negro.

—Deme dos minutos para coger mi bolso y despedirme de mi familia, a la que le encanta meterse en mis asuntos.

Abro la puerta y juraría que mi madre estaba apostada detrás de la ventana de la entrada para espiarnos. Me pasa mi bolso de mano con, quizá, demasiada prisa.

Finjo no haber visto nada y le doy las buenas noches a todo el mundo.

Cuando vuelvo a salir, el teniente McGarrett me espera delante de su coche. Me abre la puerta con galantería y entro en el habitáculo.

—Siento mucho lo de esta noche. Seguro que no se esperaba que lo sometieran a un tercer grado al aceptar cenar con la familia del jefe de la policía de Boston.

—He pasado una agradable velada. No estoy demasiado acostumbrado a las grandes reuniones familiares, me ha resultado interesante.

—¿No tiene hermanos ni hermanas?

—No, solo estamos mi madre y yo.

No dice nada más y yo no quiero preguntarle nada sobre su padre, estaría fuera de lugar. Según parece, lo conoce, ya que le ha confesado a la abuela que era irlandés, pero eso no me indica si todavía forma parte de su vida.

Hablamos de todo un poco durante los pocos minutos que dura el trayecto. Me hace algunas preguntas sobre mi trabajo y parece realmente interesado por mis respuestas. En el momento de dejarme en mi apartamento, sobre la cafetería, McGarrett, un perfecto caballero, le da la vuelta al coche para abrirme la puerta. Insiste en acompañarme hasta la entrada. No sé si es un reflejo de poli o porque no quiere que le pase nada a la hija del jefe de su jefe. Pero la niña ingenua que llevo dentro espera que lo haga porque le resulto agradable.

Saco las llaves y me giro hacia él.

—Bueno, teniente, muchas gracias.

—Ha sido un placer —responde de forma casi mecánica.

Pero añade:

—Espero volver a verla pronto, Amy.

Seguramente no es más que una forma educada de despedirse, pero mentiría si no reconociera que a mí también me gustaría volver a verlo.

Capítulo 3

McGarrett

Seguro que hay un topo entre nosotros.

Es la amarga conclusión a la que he llegado y, sinceramente, me da náuseas. Desde hace meses, me niego a ver lo evidente, pero ya no queda la menor duda. La rabia que me quema por dentro es intensa. No puedo tolerar que uno de nosotros ensucie nuestra placa, nuestros valores, informando a criminales.

Me reclino en mi asiento y suspiro. Acabo de salir del despacho del capitán O'Rourke y lo menos que puedo decir es que me han echado una bronca en toda regla. Meses de investigación reducidos a nada. La operación que acabamos de realizar sobre el terreno y de la que yo era el investigador ha sido un total fracaso.

El hangar en el que deberíamos haber encontrado varios kilos de cocaína al final estaba desesperadamente vacío. Pero no hace falta ser un policía demasiado listo para darse cuenta de que los lugares habían sido vaciados con sumo cuidado hacía poco tiempo. Una sola explicación posible: alguien había avisado a los traficantes de nuestra llegada. De hecho, había poca gente que estuviera al corriente de la redada. Ahora queda saber quién. Y es eso lo que más duele. No tengo la más mínima idea de quién puede estar detrás de todo esto.

Miro a mi alrededor, a mis colegas, en el espacio abierto de la comisaría. Voy a tener que aprender a desconfiar de todo el mundo: todos son potenciales sospechosos. Si quiero atrapar al topo, tengo que dejar a un lado mi empatía, mis sentimientos. No puedo dejarme ablandar.

¡Joder! Conozco a todos los chicos personalmente. Ya sean padres de familia, solteros o próximos a la jubilación, todos son hombres de honor. O al menos eso era lo que creía hasta hoy. La tarea se antoja difícil y, en mi opinión, desenmascarar al traidor no va a ser un paseo por el campo.

Me acerco a los labios la taza de café que me acabo de servir en la sala de descanso. Semejante agua sucia es absolutamente execrable, pero a falta de algo mejor...

Pienso en Amy, la hija del jefe de la policía de Boston, a la que conocí ayer por la noche. Me contó que dirigía una cafetería en Bay Village. De hecho, la he visto, ya que está justo debajo de su apartamento. Su expreso debe estar bastante mejor; tengo que pasarme por allí una mañana.

—McGarrett, ¿cómo te ha ido?

Mancini, otro teniente de la brigada, se acerca a mi mesa, sacándome de mis pensamientos. Solo le quedan unos meses para jubilarse. Siento mucho respeto por él. No es mi superior, pero me fío de sus consejos porque fue un poco gracias a él que me hice poli.

Tras la muerte de mi padre, cuando tenía seis años, mi madre y yo nos mudamos a la casa aledaña a la de los Mancini. Bob y su mujer, Kelly, no tenían hijos, así que cuando mi madre se iba a trabajar, me quedaba con Kelly. Poco a poco, entré en sus vidas y ellos en la mía. Él me enseñó a lanzar una pelota de béisbol, me llevó a mi primer partido de los Red Sox y era habitual que me diera una vuelta en su coche patrulla después del colegio. Es lo más parecido a esa figura paterna que tanto he echado en falta.

Le hago un resumen detallado de mi entrevista con el capitán O'Rourke. Me escucha con atención y me hace algunas preguntas.

—¿Qué vas a hacer?

—Tengo que encontrar a su informador.

—¿Crees que hay un topo entre nosotros? ¡No hablarás en serio!

Le hago señas para que hable más bajo; si ya en circunstancias normales pensaba que las paredes tenían orejas, cuanto más ahora.

—Entonces, ¿cómo explicas que los lugares se vaciaran como por arte de magia justo antes de que llegáramos?

—¿Un golpe de suerte? ¿Mala suerte? ¿Demasiado revuelo por nuestra parte? No lo sé. Pero estoy seguro de que ninguno de los chicos haría algo así.

—No te puedes fiar de nadie. Fuiste tú el que me lo enseñó.

—Cierto, pero conozco, igual que tú, a todos estos hombres personalmente. ¿Quién podría haberlo hecho?

—Es eso lo que espero descubrir.

Aparco mi Jeep en la calle desierta, bajo y echo un vistazo por encima de mi hombro para asegurarme de que no hay nadie oculto en las sombras. Cruzo y me aproximo a la pesada puerta metálica del edificio abandonado. Doy cuatro golpes; esa es la señal. Tras unos segundos, se abre el batiente. El hombre frente a mí me hace señas con la cabeza. Él también se asegura de que estoy solo y desaparece para dejarme entrar.

—Gracias por venir —digo.

—En cuanto me enteré de todo, tuve claro que intentarías contactar conmigo.

No parece contento de verme.

—¿Cómo lo han sabido?

Suelta una risita y se cruza de brazos.

—No me digas que todavía te lo preguntas, McGarrett. O es que eres menos inteligente de lo que pareces... De la misma forma que tú supiste lo del cargamento de droga. La gente habla, es indiscreta, así es la naturaleza humana.

—Tengo un topo en mi servicio —constato.

No dice nada, pero su mirada me lo confirma. Está de acuerdo conmigo.

—¿Alguna idea?

No sé qué es lo que me empuja a hacerle la pregunta; después de todo, me pasa información, no es que conozca a todos mis colegas.

—¡Eh! ¡Tú eres el inspector! —protesta, levantando las manos—. Eres tú quien tiene que investigarlo, amigo mío.

Suspiro.

—¿No habrás escuchado nada por casualidad?

—Nada concreto, por el momento —admite—. Solo rumores. Si me entero de algo, serás el primero en saberlo.

De eso, no estoy del todo seguro. Hace años que David es mi confidente y, a veces, me cuesta saber a quién o a qué es realmente fiel. Lo más seguro es que a nada. Cuando estás todo el tiempo en la cuerda floja como él, es fácil caer tanto para un lado como para el otro.

No es de los que hablan para no decir nada; nuestras conversaciones no duran demasiado. De todas formas, correríamos el riesgo de que nos vieran juntos. Así que nos saludamos brevemente y cada uno se va por su lado.

La jornada ha sido larga y me dispongo a volver a casa. No paro de darle vueltas a la cabeza y presiento que será así buena parte de la noche.

Suena mi móvil y es Mancini.

—McGarrett.

—¿Te has ido ya? —me pregunta mi colega.

—Sí, ¿por qué?

—Ha habido un robo en Bay Village y tienes que ir.

—¿Un robo? —gruño—. ¿Y desde cuándo me encargo yo de eso? ¿Es que no hay ningún patrullero en la zona que pueda ir a hacer las primeras comprobaciones?

—La orden viene de arriba y te han nombrado específicamente para que te encargues del asunto.

La historia de mi vida. Con este trabajo, no hay forma de volver a casa a una hora decente.

—Pásame la dirección.

Mancini lo hace y un escalofrío me recorre la espalda. Por desgracia, la dirección me resulta familiar.

Capítulo 4

Amy

—No pareces estar bien. ¿Qué ha pasado, Amber?

Por fin hago la pregunta que me quema en los labios desde hace varias horas. La Amber alegre y colocada de adrenalina de ayer ha dado paso a una versión malhumorada, casi desagradable. La he sorprendido varias veces a punto de echarse a llorar, mirando sin parar su teléfono móvil como si fuera a anunciarle un milagro.

Deja la bandeja que llevaba en la mano, se muerde el labio y me dice:

—Me he peleado con Sebastian.

Tenía que haberme imaginado que él tendría algo que ver, pero creía que después de la declaración de ayer, todo iba a las mil maravillas.

—Las parejas discuten, seguro que no es nada grave. Verás como en uno o dos días todo se habrá olvidado.

Me mira, dubitativa; su rostro grita las palabras que no pronuncia: «¿Qué sabrás tú?». Así que decido precisar.

—El hecho de que ahora esté sola no significa que jamás haya estado enamorada o en pareja.

No parece nada convencida. Intento otro enfoque.

—¿Qué ha pasado? ¿Me lo quieres contar?

—Me comentó que quería llevarme este fin de semana a un sitio por mi cumpleaños, pero se ha enfadado cuando le he dicho que no podía irme. ¡Que tenía que trabajar y estudiar!

—¿Y habéis discutido por eso?

Asiente con la cabeza y luego deja escapar un sollozo.

—Me ha dicho que no quería perder el tiempo con una niñata que prefiriese su estúpido trabajo y sus estudios antes que a él. Que en ese caso, quería que cogiera mis cosas y me fuera.

¡Ay! No es que me gustara mucho el personaje antes, pero ahora acaba de hundirse en las profundidades abisales de mi estima. A una nota muy, muy negativa. Pero me guardo mis pensamientos asesinos para mí y, en su lugar, le tiendo los brazos a Amber para que venga a acurrucarse.

—No te preocupes. Se arreglará. Seguro que no tarda en venir a disculparse.

—¿Tú crees? —deja escapar entre dos sollozos.

—Pues claro.

Si es que no lo he matado yo antes.

—Vete un poco antes hoy. Esto está tranquilo. Aprovecha y descansa.

—Gracias.

Los últimos clientes se van poco a poco. La tarde ha sido lluviosa y hay menos gente que de costumbre. Amber se fue hace poco más de una hora. Guardo los dulces que no se han vendido. Ahora saldré a llevar algunos al albergue de indigentes que hay camino del apartamento de Maddie. Empiezo a hacer la lista de las cosas que faltan para los próximos días con la intención de pasar un pedido mañana por la mañana.

—¡Adiós, Amy!

La señora Erikson me hace señas con la mano y yo las reproduzco de forma casi idéntica. Es una de las habituales. Suele venir a última hora a tomarse un capuchino y una magdalena de arándanos. Un día, mi amiga Maddie le dijo que los arándanos podían devolverles la memoria a las ratas viejas, pero que todavía no se había probado su eficacia en los seres humanos. Me miró con una pequeña mueca y se cogió una magdalena con pepitas de chocolate esa vez y la vez siguiente. Finalmente, volvió a los arándanos. Desde entonces, le he prohibido a Maddie que hable de ratas a los clientes cuando viene porque creo que eso les incomoda.

Una vez que la señora Erikson ha salido, apago una parte de las luces para que los viandantes comprendan que la cafetería está a punto de cerrar. No le he dado la vuelta al cartel de abierto-cerrado que hay fijado a la puerta. Lo haré cuando termine de limpiar la mesa de trabajo.

Cuando estoy agachada bajo el mostrador para guardar los dulces en los armarios refrigerados, oigo el ruido distintivo de la puerta de entrada que se abre, quizá con un poco de brusquedad.

—Lo siento mucho, pero ya hemos cerrado —digo, levantándome.

Creo que a la persona que acaba de entrar no le importan realmente mis horarios de apertura.

En respuesta a un estado de estrés, el cuerpo segrega adrenalina. La molécula desencadena una aceleración del ritmo cardíaco, un aumento de la presión arterial y una dilatación de las pupilas y de los bronquios.

Cuando poso mi mirada sobre el hombre que se me acerca, la descarga de adrenalina es instantánea, pero no tengo tiempo de preocuparme por sus efectos en mi cuerpo.

—No vengo exactamente a beberme un chocolate caliente —dice con voz ronca, seguramente debido a un consumo excesivo de tabaco.

De eso no me cabe la menor duda. El hecho de que me esté apuntando con una Glock 17 me garantiza que no se trata de una visita de cortesía.

—¡La caja y date prisa!

Me la señala con un gesto de mentón sin mover el arma ni un ápice.

Mi corazón late tan deprisa que parece que me va a explotar el pecho. No tengo intención de discutir; sé que, en este tipo de pistola, el seguro salta con mucha facilidad. No es el momento de hacerse el héroe. Corro a la caja y desbloqueo el cajón. Me sudan las manos y empiezo a sacar los billetes. Como ya he dicho, la jornada había sido tranquila, así que la recaudación no es nada del otro mundo.

Echo un vistazo a mi asaltante. Lleva el rostro oculto bajo un casco de moto. Solo puedo ver sus ojos penetrantes.

—¡Más rápido! ¡No vamos a pasarnos aquí toda la noche! —me grita.

Parece nervioso. ¿Quién no lo estaría en su lugar? Al menos yo lo estaría. Bueno, en el supuesto un poco loco de que me diera por cometer un atraco, claro. Desde luego, como hija de policía, sería algo inédito. Y difícil de asimilar para mi padre, supongo. Igual que para mi madre, pero no necesariamente por las mismas razones. Y ni qué decir para mi abuela católica irlandesa.

Con mano temblorosa, dejo sobre el mostrador los pocos billetes que contiene la caja.

—¡En el mostrador no! —grita—. ¡Mételos en una bolsa!

Obedezco sin rechistar y me hago con una de las bolsas de papel que utilizo para los clientes que compran para llevar. Le entrego su botín.

—¿Eso es todo? —pregunta, visiblemente contrariado.

—Hoy... hoy ha estado esto bastante tranquilo —balbuceo.

—¡Me da igual!

Golpea el mostrador con la culata de su arma y, como por reflejo, me agacho detrás para protegerme.

El hombre echa un vistazo al exterior y, de repente, parece tener prisa por irse. Se gira en dirección a la puerta y se va corriendo, golpeando la pared con el batiente al salir.

Antes de cruzar el umbral, lanza en mi dirección:

—¡A mi jefe no le gusta que se retrasen en los pagos! ¡La próxima vez, no me contentaré con la caja!

En mi refugio, lo veo dirigirse a una moto y subirse detrás de otro hombre. Se dan a la fuga haciendo rugir el motor.

¿Cuánto tiempo me pasé detrás del mostrador, intentando recuperar el aliento? Ni idea. ¿Segundos, minutos u horas? En cualquier caso, lo suficiente como para repasar los escasos segundos que duró el atraco, una y otra vez.

«¡La próxima vez no me contentaré con la caja!»

Hay algo que no encaja. No puede tratarse de un robo al azar. Vale, soy un objetivo fácil. Nada mejor que mi pequeño café, sin un caro sistema de seguridad, solo conmigo como único escudo entre el ladrón y la caja. Pero esa frase significa que habían venido por otra razón... ¿Pero cuál? ¿Y qué es eso del «pago»? ¡Yo no le debo dinero a nadie! Bueno, vale, puede que me esté retrasando un poco con mi proveedor de vasos, pero ¡él no enviaría un comando para amenazarme!

Por fin vuelvo un poco en mí. Tengo que llamar a alguien. Lo normal habría sido llamar a la policía lo antes posible, pero en vez de eso, marco el número del único hombre de mi vida: mi padre.

Capítulo 5

McGarrett

Llego a la cafetería. En mi opinión, el lugar parece sacado de un vecindario burgués bohemio. Se podría pensar que es un decorado de cine para una película tipo Mary Poppins. Un poco retro, algo a la moda. No me esperaba menos, todo sea dicho. No me imagino a la hija del jefe Kennedy regentando un antro con mesas de formica verde anís.

Ya hay una patrulla en el lugar y el agente que ha llegado primero me hace un resumen de la situación. Un robo de lo más tradicional. Han esperado a que estuviera sola para sacarle la recaudación a punta de pistola. Seguramente algún jefecillo de Roxbury o Dorchester en busca de dinero fácil para pagarse las dosis.

Le doy las gracias al agente y entro en el café. Suena una campanilla, como en las viejas *boutiques*. Reconozco de inmediato la espalda del jefe Kennedy. No va de uniforme ni con la toga del tribunal, como suelo verlo habitualmente. Lleva un pantalón de terciopelo azul marino y un jersey a juego.

Se gira hacia mí y parece aliviado al verme. Tiene una expresión en la mirada que no le conocía: la de un padre inquieto por su prole, una que jamás pude ver en los ojos del mío, pero que reconozco por haberla visto más de una vez en el trabajo.

Mi atención se centra en la mujer menuda acurrucada entre sus brazos. Parece tan frágil que podría levantar el vuelo. Evita deliberadamente mi mirada, pero supongo que se debe a que ha debido estar llorando y no quiere que yo me dé cuenta. Cuando por fin sus ojos se elevan hacia mí, me quedo impresionado. Son de un verde luminoso que las lágrimas derramadas han hecho que sean todavía más translúcidos. Levemente almendrados, hacen que destaquen sus rasgos: una piel clara y delicada y pómulos deliciosamente rosados. Ayer me pareció muy guapa, pero hoy es vulnerable y, de repente, yo también tengo ganas de abrazarla y de decirle que todo irá bien.

—Gracias por venir tan deprisa, McGarrett —me dice Kennedy.

Le tiendo la mano para saludarlo y hago un pequeño gesto con la cabeza a su hija. Siento que todavía no está preparada para tener contacto físico con otra persona que no sea su padre.

—Hola —añade Amy.

Es más un murmullo que otra cosa, pero debe de estar en estado de *shock*.

Propongo que nos sentemos y le pido que me cuente lo que ha pasado.

Poco a poco, parece reponerse de sus emociones porque sus explicaciones son claras y precisas y su voz se mantiene suave. Todo pasó muy rápido y, por desgracia, no ha podido ver la cara de los ladrones. A continuación, le hago las preguntas de rutina:

—¿Hay alguien que pudiera tener algo en su contra por alguna razón? ¿Un cliente? ¿Un proveedor? A veces, los motivos pueden ser triviales.

Ella niega con la cabeza.

—¿Una expareja?

—No.

—¿Alguien a quien le deba dinero?

—Mi hija no tiene deudas, teniente McGarrett —responde con sequedad el jefe Kennedy en su lugar.

Si hubiera sido cualquier otro, le habría dicho que no se puede saber todo de la vida de sus hijos, pero estoy seguro de que está bien posicionado para saberlo y que solo es la reacción visceral de un padre que intenta proteger a su hija.

Amy niega con la cabeza y, por fin, declara:

—Hay algo que me dijo al salir.

Aparto la mirada de mi libreta y el jefe Kennedy la escruta, también asombrado, esperando la continuación.

—Me dijo: «¡A mi jefe no le gusta que se retrasen en los pagos! ¡La próxima vez, no me contentaré con la caja!».

—¡Por Dios, Amy! —resopla Kennedy.

Su teléfono suena, mira la pantalla frunciendo el ceño y añade:

—Es tu madre, será mejor que responda. Estaba muy preocupada cuando la llamé de camino hacia aquí.

Amy le hace señas para que proceda. El jefe se levanta y nos deja solos. Vuelvo a su última revelación.

—¿Alguna idea de por qué el ladrón le ha dicho eso?

Ella ladea la cabeza y frunce el ceño.

—Ni idea. No tengo deudas. Supongo que eso es algo que tendrá que averiguar usted, ¿no?

Esta no te la has visto venir. Me aclaro la garganta para recomponerme y balbuceo:

—Sí, supongo.

Después, continúo con un tono más normal:

—Hábleme de sus empleados. ¿Quién trabaja con usted?

Ella me responde con la expresión de alguien que piensa que la conversación no lleva a ninguna parte.

—Bueno, está Amber, que tiene dieciocho años y que no le haría daño ni a una mosca. En cuanto a Shelly, trabaja aquí desde hace diez años y no hay nada que se le pueda reprochar.

—¿Ha pasado algo fuera de lo normal con ellas estos últimos días? ¿Alguna pelea?

—No, nada especial. Mi relación es buena con ellas.

—¿Cabe la posibilidad de que el ladrón la haya confundido con alguna de ellas?

Amy esboza una pequeña sonrisa.

—Digamos que somos muy diferentes, así que lo dudo.

Frunzo el ceño y hago otra pregunta:

—¿Conoce a sus amistades? ¿Alguna de ellas, aunque sean empleadas sin historia, podría tener un familiar o un amigo que no esté libre de toda sospecha?

La veo dudar. Se muerde el labio inferior y acaba diciendo:

—Sí, Sebastian, el novio de Amber. Es raro. Parece peligroso.

—¿Peligroso?

Amy parece nerviosa. Siento que no quiere criticar la elección de su empleada, pero que hay algo que la inquieta.

—Sí, no me gusta.

—Por desgracia, eso no es suficiente para convertirlo en sospechoso.

—Lo sé. Llámelo intuición femenina si lo prefiere, pero no me da buena espina.

—¿Y ese Sebastian tiene apellido?

—Me temo que lo desconozco. Amber lo llama solo Sebastian. Sé que tiene veinticuatro años. Eso es todo. Tendría que haber prestado más atención cuando me hablaba de él, supongo. —Hace una mueca.

—Y, aparte del hecho de que salen juntos, ¿sabe algo más? —pregunto.

—Que han discutido, eso me ha dicho hoy. Se ha negado a irse con él de fin de semana y, según parece, no se lo ha tomado bien.

No veo cómo un simple desacuerdo amoroso podría terminar en robo, pero, dado que no tengo nada más por el momento, habrá que investigar esa pista.

El jefe Kennedy ha acabado de hablar por teléfono y vuelve con nosotros en silencio.

—¿Y sabe dónde podríamos encontrar al tal Sebastian?

—En realidad, no. Solo sé que viene de Roxbury.[4]

—¿Alguna idea de cuál es su profesión o de dónde trabaja?

—No, pero creo que Amber me lo ha dicho. Bueno, no exactamente qué hace para ganarse la vida, sino que trabaja para alguien. No un nombre de una empresa, solo el nombre de alguien. Oh, no sé... ¿Cale, podría ser? ¿Algo así? De hecho, ayer me dijo que le habían concedido un aumento.

El jefe y yo intercambiamos miradas. Los dos hemos pensado lo mismo.

—¿Cole? —aventuro.

—¡Sí, eso es! Es un nombre bastante corriente...

—Sí, así es —replico para no inquietarla.

Ahora sí que tengo lo que parece un principio de pista, pero no voy a decirle nada. Después de todo, se trata de una información muy vaga. No obstante, se impone una visita a la famosa Amber para hacerle unas cuantas preguntas.

—Debería limpiar la mancha antes de que se incruste.

—¿Perdón?

Creo que ya no estamos hablando del robo y no tengo ni idea de qué se trata.

—La mancha de café de su manga —me dice, señalándola con el dedo.

Es más pequeña que una moneda de un penique, pero ahí está, en mi camisa. Ni siquiera la había visto.

—Tiene buen ojo. Sí que es café.

—Es un poco mi especialidad. Bueno, el café, no las manchas —se apresura a añadir.

---

4 Barrio de Boston.

Se sonroja y a mí me parece adorable. Sin pensarlo, le respondo con una sonrisa esplendorosa y sus mejillas se colorean aún más. Me alegra comprobar que no la dejo indiferente, pero no tengo tiempo de pensar demasiado en el asunto porque, de inmediato, me pregunta:

—¿Le gusta el café? ¿Quiere uno? No me dio tiempo a apagar el percolador.

—Sería un placer.

Su propuesta de servirme una auténtica taza de café llega en el momento adecuado. Me he visto privado de mi zumo de calcetín esta tarde y un poco de cafeína de calidad no me hará daño porque presiento que la noche va a ser larga.

Se levanta y la sigo a la barra. Con un gesto experto, llena el filtro de café.

—Estoy segura de que le gusta largo —dice.

No le respondo de inmediato porque estoy demasiado ocupado observándola. Es una chica realmente guapa. Arquea una ceja y comprendo que espera mi confirmación.

—Largo, tiene razón.

—Rara vez me equivoco con este tipo de cosas.

Por primera vez desde que llegué, sonríe y estoy dispuesto a hablar de café toda la noche si eso prolonga el momento. Simplemente está sublime así.

—¿Y cómo consigue adivinar qué café bebe la gente?

—Bueno... —empieza a decir mientras me entrega una taza humeante.

No tiene tiempo de explicarme su secreto porque un grupo heterogéneo de chicas jóvenes acaba de entrar en el establecimiento y se precipita sobre ella.

—¡Amy!

—¡Amy! ¡Dios mío! ¡Estás bien, espero!

Una de ellas, algo jipi, la inspecciona de arriba abajo. Por turnos, le dan un abrazo y parecen realmente aliviadas al verla de una sola pieza. Todas hablan al mismo tiempo y tengo la impresión repentina de encontrarme en un gallinero. Amy se echa a reír. Yo aprovecho para degustar mi delicioso café, cien por cien arábica.

—¡Chicas, calmaos, que no tengo nada! Gracias por venir, pero no era necesario que os desplazarais hasta aquí.

—¿Estás de broma? ¿Te imaginas la angustia que nos ha entrado al ver tu mensaje? ¿De verdad creías que íbamos a pasarnos la noche bebiendo margaritas y charlando sobre la habitación roja de Christian Grey sabiendo que te acababan de atracar? —exclama una morena alta.

Vaya, jamás me habría imaginado que Amy Kennedy fuera de las que van a veladas con margaritas para comentar las sombras del famoso Grey. Sí, sé perfectamente quien es, aunque no entienda muy bien por qué hablar del color de las paredes de su habitación es tan interesante. Al mismo tiempo, tampoco es que sepa mucho de las tardes de chicas.

—¿Y qué hace la policía? —pregunta una de ellas—. ¿Tienen algún sospechoso?

—Chicas, os presento al teniente McGarrett, que está a cargo de la investigación.

Cinco pares de ojos se clavan de repente en mí. Tengo la impresión de ser algo entre un trozo de carne y una especie en vías de extinción. Todas me examinan de pies a cabeza. Después de todo, tampoco es que yo me haya cortado observándolas.

Lo primero que se me pasa por la cabeza es lo siguiente: «¿Cómo es que estas mujeres que parecen estar en las antípodas las unas de las otras pueden ser amigas?». La primera parece una estudiante con sus vaqueros, su pelo largo y sus Converse. La segunda, curvilínea, lleva un sobrio traje sastre gris, un moño que parece tirarle del cuero cabelludo y unos sorprendentes tacones verdes de lunares. La tercera es la que he catalogado de jipi, con su falda larga, sus brazos cubiertos de pulseras y tatuajes y su mochila de colores. La cuarta parece haberse escapado de casa entre el partido de *hockey* de su hijo mayor y el curso de danza de su benjamina. Y, por último, la quinta, la morena, lleva encima mi sueldo del mes y cada detalle de su físico parece estudiado para transmitir un mensaje: «Sexi e inaccesible para el común de los mortales».

Tras unos segundos de silencio, vuelven a ponerse a hablar todas a la vez, acribillándome a preguntas.

—¡Señoritas! ¡Señoritas! Escúchenme, por favor.

Milagrosamente, se callan. Casi tengo la impresión de ser un semidiós. Sí, semi, que soy modesto.

—No puedo responder a sus preguntas por el momento. Lo investigaremos y, por supuesto, mantendremos informada a la señorita Kennedy sobre nuestros avances. Imagino que ella se encargará de transmitirles todos los detalles.

Me acerco a Amy y le pregunto:

—¿Desea que la acompañe a su casa?

Deja escapar una risita:

—Es muy amable, teniente, pero de ayer a hoy no me ha dado tiempo a mudarme. Creo que conseguiré subir las escaleras sin demasiados problemas.

—Bien.

Me siento un poco contrariado por su respuesta. Tengo que reconocer que la habría acompañado con gusto hasta su puerta, aunque esté a treinta pasos como mucho, solo por pasar algo más de tiempo a solas con ella, sin sus ruidosas amigas.

—¿Tiene algún sistema de seguridad? ¿Una alarma? —pregunto.

—Eh... no. ¿Cree que volverán?

De repente, me siento mal por haberle hecho la pregunta porque parece que la idea le da pánico. Ni siquiera yo soy demasiado entusiasta con la idea de dejarla allí, sin protección.

—No necesita una alarma porque esta noche nos quedamos con ella —afirma la morena.

Amy abre la boca para protestar.

—Ya está decidido por unanimidad, querida. Esta tarde necesitas cócteles, quizá una buena comedia romántica antigua y, si la cosa se pone fea, puedes contar con estos bebés —apostilla, señalando sus tacones de altura vertiginosa—. Un golpe certero con ellos y, créeme, tu asaltante cantará como un castrato hasta el final de sus días.

La técnica me parece bastante aproximativa, pero tiene el mérito de hacer reír a Amy.

—En caso de que los *stilettos* no resulten suficientemente convincentes, llámeme.

Le entrego mi tarjeta a Amy, que me lo agradece con una sonrisa adorable. Me despido de las chicas, saludo al jefe de mi jefe y le deslizo al oído que no estaría de más que revisara el sistema de seguridad de su hija. Y, a continuación, salgo de la cafetería.

Capítulo 6

Amy

Hay que reconocerlo: tengo muy buenas amigas. Una vez que se ha ido la policía, han invadido mi apartamento, me han ordenado que me instale en el sofá y, antes de que pudiera quitarme los zapatos, ya tenía un cóctel en la mano.

Al principio, protesté, alegando que necesitaba descansar, pero tengo que admitir que su insistencia ha sido algo positivo. Sola habría tenido todo el tiempo del mundo para repasar la película de aquellos segundos traumáticos. Con ellas, al menos, la conversación es mucho más ligera, aunque me vea sometida una vez más a un interrogatorio sobre mi vida privada...

—¡Amy, tu teniente de policía es realmente sexi! ¿Vas a llamarlo? —pregunta Julia.

—Yo, en tu lugar, dejaría con gusto que me pusiera las esposas —afirma Zoey entre risas mientras me pasa otro margarita.

—Eh... Para empezar, no es mi teniente de policía, apenas lo conozco. En segundo lugar, aparte de para saber cómo va la investigación, no pienso llamarlo. Y, en tercer lugar, no me van demasiado las esposas.

—¿Pero acaso las has probado? —insiste Zoey, arqueando una ceja.

Ni siquiera necesito preguntarle si ella lo ha hecho. Ya sé la respuesta. Sin ninguna duda, ella es la más atrevida de todas. El número de sus conquistas solo es equiparable al de zapatos en su vestidor.

—Las esposas de policía no valen para el *bondage*, Zoey. Corres el riesgo de terminar con lesiones nerviosas graves, como un axonotmesis. Es mejor utilizar un modelo que se vende en tiendas especializadas o incluso las que se hacen para los pacientes de psiquiatría, que pueden llevarse durante largos periodos —precisa Maddie.

Es un poco nuestra enciclopedia viva personal. Aunque la conozco desde hace tiempo, jamás he conseguido encontrar un tema que no domine, al menos en algún aspecto.

—Es interesante saber que, en caso de que vengan mal dadas, siempre podremos experimentar con el *bondage* en un hospital psiquiátrico —bromea Julia mientras se vuelve a servir de la jarra de margarita.

—Visto lo bueno que está, no me importaría correr el riesgo de terminar con algunas abrasiones en las muñecas.

Todas nos giramos hacia Maura, la más joven y, con frecuencia, la más reservada, que es la autora de semejante afirmación. Incómoda, de repente parece interesada en la contemplación de sus zapatillas.

—En resumen —interviene Zoey—, creo que todas estamos de acuerdo en que tu poli es una buena presa y que serías tonta si dejaras pasar la oportunidad.

—¡No es mi poli! ¡Y deja de hablar de él como si fuera un trozo de carne!

—Mirad, ya lo defiende y todo... ¿No es adorable?

Fusilo con la mirada a Julia, pero eso solo parece reforzar su hilaridad.

—No lo estoy defendiendo... Yo... Bueno, ¡dejad de fastidiar ya! ¡Ni que hubiera provocado yo que me atracaran y hubiera escogido al policía responsable de la investigación!

—Nada ocurre por casualidad, cariño. Además, si no recuerdo mal, esta mañana tu horóscopo pronosticaba un encuentro interesante. Eres tauro, ¿no? —pregunta Julia.

—No, géminis. Y estoy casi segura de que me cruzo con gente interesante todos los días.

—No estamos hablando de charlar un rato con abuelitas o estudiantes delante de una *cookie*. Hablamos de auténticos encuentros con un espécimen del género masculino joven, viril y disponible —replica Zoey.

—Para empezar, ¿tú qué sabes si está disponible o no?

—No lleva alianza.

—No te voy a preguntar cómo es que te has dado cuenta de ese detalle —me burlo—, pero hay muchos tíos que no llevan alianza.

Soy consciente de que yo también le eché un vistazo a su dedo anular izquierdo, pero rechazo la oleada de culpabilidad que doce años de escuela católica hace surgir ante semejante mentira. Prefiero reprenderles, a ellas y a su pretendido destino:

—Y, para vuestra información, no lo he conocido hoy, lo conocí ayer.

Su expresión de sorpresa profunda me haría reír si no fuera porque yo soy el origen.

—¿Quieres decir que ha venido a tomarse un café? —pregunta Maura.

—¡Eh! ¡Que hago más cosas durante el día que servir cafés! —me quejo.

Otro silencio. Sus cejas por poco desaparecen bajo la raíz de su pelo.

—¿Y se puede saber en qué lugar misterioso en el que estuviste ayer por la tarde pudiste conocerlo? —pregunta Julia.

—En casa de mis padres —respondo entre dientes.

—¡Eh! ¿Y por qué nunca nos has invitado a comer en casa de tus padres? Si por allí pasan chicos tan guapos como el teniente McGarrett, ¡me encantaría ir todas las semanas! —exclama Zoey.

—Mmm, no creo que quieras conocer a la abuela de Amy, Zoey, créeme —comenta Maddie—. En cuanto a lo de los chicos guapos, jamás me he cruzado ninguno allí, aparte, quizá, de tu cuñado, aunque, por razones evidentes, habría que meterlo en la categoría de ni en sueños.

Y lo mínimo que se puede decir es que estoy de acuerdo con ella.

—Pero volviendo al tema del teniente, te garantizo que te devoraba con la mirada. Si no hubiéramos llegado, te habría propuesto venir a comprobar si el ladrón estaba en tu armario antes de lanzarte a la cama —afirma Maura.

—¿Ves? Hasta aquí la niña se ha dado cuenta de que está interesado en ti.

—¡No soy ninguna niña! —protesta Maura, dándole un golpecito en el hombro.

Esta última le responde elevando la mirada al cielo. Si bien técnicamente Maura es la más joven del grupo, ya tiene veinticinco años.

—Ha inclinado la cabeza cuando le hablabas y se ha pasado la mano por el pelo, al menos, dos veces. Según varios estudios serios, en los hombres que acaban de conocer a una mujer, esas son señales que indican que está bajo el hechizo de su interlocutora —me explica Maddie.

Si viniera de cualquier otra persona, habría pensado que se trataba del último artículo de una revista femenina que también promete perder cinco kilos antes del verano con una dieta más o menos absurda. Pero Maddie no tiene costumbre de citar hechos que no hayan sido verificados por los más grandes científicos del país.

—Bueno, vale, supongamos que le gusto. Tampoco voy a descolgar el teléfono y decirle: «Hola, soy Amy. Investiga sobre los tristes cuatrocientos dólares que me han robado. ¿Le apetecería tomarse un café conmigo?».

—¡Entonces admites que te gusta!

Suspiro ante su insistencia, pero termino asintiendo con la cabeza.

—¡Lo sabía! —exclama Zoey—. Sin embargo, yo evitaría el café, sobre todo si es en tu casa. Las mujeres de verdad beben cócteles a precios prohibitivos como señal de que hay que luchar para conquistarlas. Y, además, en cuanto al pretexto, estoy segura de que acabarás encontrando uno. Después de todo, ya has cenado con él, no es como si os hubierais cruzado en el metro un minuto escaso.

—Una cena con mis padres, mi hermana y su marido, mis sobrinos y, sobre todo, mi abuela. Lo sometió a un interrogatorio católico en toda regla. Está claro que su placa no le impresionó demasiado.

—Yo estoy segura de que vendrá a verte por iniciativa propia. Será él el que busque un pretexto para venir a la cafetería. Tipo: «Vengo a informarte sobre los avances de la investigación».

—Libby, sé que llevas ya tiempo fuera del mercado, pero hoy en día, cuando una mujer está interesada en un hombre, no espera a que él dé el primer paso —le informa Zoey.

—¡Porque tenga pareja y esté casada desde hace años no significa que no sepa cómo funcionan las relaciones hombre-mujer!

—¡Bueno! ¿Y qué tal si hablamos de otra cosa? Porque entre vosotras esta noche y Amber esta mañana, empiezo a estar un poco cansada ya de que todo el mundo opine sobre mi vida amorosa.

—¿Por qué? ¿Qué te ha dicho Amber? ¿Ella también cree que deberías probar suerte con el teniente sexi?

—Ella no lo conoce, trabajó esta mañana y el robo ha sido esta tarde.

—Entonces, ¿por qué hablas de ella? —pregunta Maddie.

—En resumen, cree que no salgo lo suficiente y que terminaré sola y rodeada de gatos.

—Y no se equivoca —replica Zoey, asintiendo con la cabeza.

Maura le mete un codazo y Libby la reprende con la mirada.

—Amy es alérgica al pelo de gato —precisa Maddie—. Cada vez que venís, tengo que encerrar a Víctor. ¡Dios mío! —exclama de repente—. ¡Víctor! ¡Me había olvidado por completo de él! ¡He olvidado liberarlo cuando hemos venido a verte!

Se levanta de un salto, pero parece incómoda por tener que irse.

—Ve a ocuparte de tu fiera —digo, comprensiva con la duda de mi amiga.

—¿Estás segura?

—Sí, segura. Maura y Julia se quedan a dormir conmigo y, de todas formas, no tengo sitio para todas. Mañana te llamo.

—Vale, lo más seguro es que me pase por la cafetería. Y no te preocupes que, aunque no tengo las cifras exactas en la cabeza, la probabilidad de que roben un comercio del Bay Village dos veces seguidas es casi cero. Si quieres, puedo hacer algunas averiguaciones y darte los resultados mañana.

—No es necesario, gracias. Pero muy amable de tu parte.

Le sonrío para intentar calmarla. Conozco a Maddie desde la universidad y sé que es totalmente capaz de volver mañana con un estudio completo sobre la criminalidad en el barrio, con gráficos y fuentes que lo apoyen.

Nos damos un abrazo y la acompaño a la puerta.

—Deberías comprarte un arma —estima Zoey, con expresión seria.

—Ya tengo una y no creo que me hubiera servido de gran cosa esta noche.

Julia me observa con ojos de sospecha.

—¿Que tienes un arma?

—Sí, mi padre quiso que tuviera una y que aprendiera a usarla.

—Todas deberíamos comprarnos un arma. Las calles son cada vez más peligrosas. Lo estoy considerando seriamente —afirma Zoey.

—Yo ya tengo una —anuncia Libby—. Además, la llevo casi todo el tiempo en el bolso cuando salgo.

—¿La llevas ahora mismo? —pregunta Maura con los ojos desencajados.

—¡Estás loca! —constata Julia—. ¡De lo que realmente corres el riesgo es de pegarte un tiro en el pie con tu propia pistola! O de matar a tus hijos por error. ¡Chicas, no necesitamos armas! ¡No es la solución! ¡Aunque los republicanos, Clint Eastwood y Brad Pitt digan lo contrario!

—¿Brad Pitt está a favor de las armas? —se sorprende Maura.

—¡Un hombre con sentido común! Siempre lo he dicho —afirma Zoey.

Y así es como una discusión sobre las armas de fuego puede dar un giro inesperado. La artillería se olvida deprisa en favor de un debate sobre la cuestión... ¿Dónde está más guapo Brad Pitt? ¿En *Entrevista con un vampiro* o en *El club de la lucha*?

Las veladas con mis amigas siempre suelen ser así. Coincidí con Maddie en la universidad, pero a las demás las conocí gracias a un club de lectura que antes se reunía en una librería del barrio. Nos caímos bien y pronto decidimos que el club no era lo nuestro exactamente, así que decidimos que era mejor vernos el día 15 de cada mes en casa de una de nosotras por turnos y no en la librería, lo que nos permite charlar en un marco mucho más amigable, disfrutar del talento de Zoey y Libby para los cócteles y, sobre todo, hablar de muchas más cosas que no tienen nada que ver con los libros que hemos leído.

Seamos honestas: la historia del club de lectura no es más que una excusa para organizar veladas entre nosotras. Solo queda el marido de Libby que, supongo, todavía cree que nos vemos de verdad para discutir de literatura.

Zoey y Libby acaban yéndose y Maura y Julia deciden pasar la noche en mi casa, así que abrimos el sofá del salón, pero insisten en que me vaya a dormir a mi cama. Según ellas, debo descansar y reponerme de mis emociones. Julia me explica que si quiero estar guapa mañana, tengo que dormir. Decido no llevarles la contraria y voy a acostarme. Por desgracia, me cuesta quedarme dormida porque las imágenes del robo y la frase pronunciada por mi agresor vuelven una y otra vez. ¿Se habría equivocado de cafetería? ¿Me habría confundido con otra persona? ¿Me lo habría dicho solo para asustarme? Pero, ¿por qué?

Al final, me duermo cuando empieza a despuntar el alba.

Capítulo 7

Amy

Será mejor que deje de mentir a mi abuela porque, honestamente, alguien me lo hará pagar allí arriba. La jornada de ayer no es que fuera fantástica, pero hoy estoy empezando a sentir no haberme quedado en la cama.

El día no empezó del todo mal. Maura y Julia desayunaron conmigo. Eso sí, Julia no dejó de quejarse porque no era de persona eso de levantarse tan pronto para ir a trabajar. Pero, a pesar de su mal humor, pasamos un momento agradable juntas.

Todo se torció hacia el mediodía, cuando un empleado de una empresa de seguridad apareció en la cafetería con un montón de cajas y de cables. Me entregó una orden de pedido firmada por mi padre y me explicó que me iba a instalar las cámaras más modernas del mercado, así como un sistema de alarma. Al parecer, el hecho de que yo no quisiera no era un argumento admisible. Lo peor es que mi padre ya le había prevenido de que iba, y cito, a «ponérselo difícil». Y las más de diez llamadas que hice a mi progenitor para intentar protestar habían acabado en el contestador. Así que he tenido el honor de asistir a un concierto de taladradoras toda la tarde, con entradas de palco incluidas al peludo trasero del instalador, que sobresalía por encima de un pantalón excesivamente grande. Al final, tengo más cámaras instaladas que en un plató de telerrealidad. ¡Ya estoy preparada para *Café Story*! Sin embargo, no estoy segura de que la elección de dulces de la señora Johns de todos los martes genere un suspense insostenible capaz de tener a la audiencia en vilo.

La formación obligatoria para hacer funcionar estos juguetitos electrónicos, impartida por el instalador, que estaba deseando irse, permanece borrosa en mi memoria. La cafetería estaba llena y los clientes me necesitaban, así que no he escuchado gran cosa.

Lo que me lleva a otro tema: Amber no ha venido a trabajar. Es la primera vez que lo hace sin avisar antes. Al principio, creía que llegaba un poco tarde, pero después de una hora, he tenido que resignarme. He intentado llamarla al móvil, pero me ha saltado directamente el contestador. ¡Es sorprendente! Los adolescentes se pasan media vida pegados a sus teléfonos, pero, cuando los necesitas, no descuelgan.

Entonces, intento hacer malabares más mal que bien entre la sala y el mostrador porque, por supuesto, hoy libra Shelly. Me quemo dos veces con el percolador, le echo azúcar al café del señor Hamilton, que es diabético, pero de alguna forma, consigo sobrevivir a la tarde.

Una vez que se marcha el último cliente, intento volver a llamar a Amber.

Sin respuesta.

Llamo a su abuela, que me confirma que no la ha visto en todo el día. De hecho, no volvió a dormir la noche anterior, algo que hace de vez en cuando, pero jamás sin avisar. No me gusta nada todo esto, pero no se lo digo a su abuela porque no quiero preocuparla sin motivo.

Cuelgo y pienso. ¿Cómo podría averiguar dónde está? Me gusta pensar que somos buenas amigas, pero me doy cuenta de que no conozco a la gente que frecuenta cuando no está en la cafetería. Me ha hablado de uno o dos compañeros de clase, pero últimamente no parece ver a nadie más que a Sebastian.

Repaso nuestra conversación del día anterior. ¿Sería posible que, al final, se la hubiera llevado de fin de semana para su cumpleaños? Es muy posible. Pero, de todas formas, estoy bastante decepcionada por el hecho de que no haya intentado llamarme para avisarme de su ausencia. Además, ni que le hubiera dicho que se cogiera el día libre. Por lo general, si necesita un día, me pregunta primero. No, está claro que hay algo que huele mal en esta historia.

Subo al apartamento, me quito los zapatos y le echo un vistazo a la montaña de papeles que tengo encima de la mesa del comedor. No tengo ánimo para ponerme con la contabilidad esta noche, así que tendrá que esperar al próximo día de cierre. Me dirijo al dormitorio; tengo la camisa manchada, así que me la quito y decido darme una ducha.

El agua caliente me sienta a las mil maravillas, disfruto bajo el chorro y me olvido del tiempo. Sobre todo, no quiero pensar en el robo ni en la ausencia de Amber de hoy. Mis pensamientos se centran en cierto teniente de ojos color arábica. Sin embargo, mis fantasías se ven interrumpidas por un ruido estridente.

Alguien llama a la puerta.

¿Quién puede ser a estas horas? Mi familia llama siempre antes de venir y no tengo previsto ver a ninguna de mis amigas esta noche. Mis vecinos están de vacaciones. ¿A no ser que sea McGarrett para darme noticias sobre el robo?

Salgo de la ducha a toda prisa y me pongo lo primero que encuentro mientras le grito a la persona en el rellano que espere.

Abro la puerta y me encuentro a Zoey de frente.

—¿Zoey? ¿Qué haces aquí?

—Vengo a buscarte porque tengo que comprar unas cosas y necesito que me ayudes.

Echo un vistazo a su ropa y lo que veo me sorprende. Lleva el pelo recogido en una cola de caballo, una sudadera gris y unas mallas negras. Pero, sobre todo, destacan sus... ¿zapatillas? ¡Zoey no sale nunca sin, al menos, cinco centímetros de tacón! De hecho, se puso cinco centímetros en abril, cuando vino a animar a Maura en el maratón de Boston, y sabía que iba a tener que pasarse horas de pie. Era su versión de la ropa deportiva chic. De repente, me preocupo:

—¿Estás enferma?

—No, estoy en plena forma. Así que date prisa, que necesito tu consejo y la tienda va a cerrar en breve.

Cojo mi bolso porque sé que, sea cual sea la idea de Zoey, no dará su brazo a torcer.

—¿En serio piensas salir así?

Señala a mi ropa arrugando la nariz. Vale, el pantalón de hilo de inspiración caftán combinado con una camiseta rosa fucsia un poco desteñida no causa el mejor de los efectos. Y qué decir de mi pelo, todavía mojado. Es cierto que Zoey, incluso en su versión más descuidada, va mil veces mejor vestida que yo.

—Dame dos minutos.

Entro en la habitación y busco algo que ponerme en mi montón de ropa medio limpia, medio sucia. Me doy cuenta de que no tengo la más mínima idea de adónde vamos.

—¿Y para qué necesitas mi consejo exactamente? —le grito a Zoey, que se ha quedado en el salón.

—Voy a comprarme un arma.

Casi me caigo al suelo al ponerme los vaqueros.

—¿Un arma? ¡Eso es ridículo, Zoey! ¡No necesitas ninguna arma!

—Pues yo he decidido que sí. No voy a comprarme un fusil de asalto, solo un revólver. Es por tener una pequeña protección.

—Un preservativo es una pequeña protección. ¡Un arma es peligrosa! ¡Venga ya, Zoey! ¡Ni siquiera sabes disparar! ¡Puedes vivir sin ella! —argumento, al unirme a ella en el salón.

—¿Que no necesito un arma? Vale. Tienes razón. Pues dediquemos la tarde a otra cosa.

Con las manos en las caderas, dice en tono sarcástico:

—Vale y si, por ejemplo, llamas a ese teniente de la policía tan sexi para invitarle a salir a tomaros algo esta noche. Ya que estoy aquí, podría ayudarte a arreglarte y maquillarte.

Frunzo el ceño.

—Bueno, vale, vayamos a ver tus armas. ¿Dónde has aparcado? —pregunto, resignada.

Zoey esboza una sonrisa de satisfacción por su victoria y me hace señales para que la siga.

Zoey conduce hasta el barrio de Dorchester, un lugar al que no voy jamás y que no tiene nada que ver con el estilo de barrio en el que vivo. Aparca su Mini Cooper rojo camión de bomberos entre dos *pick-ups* viejas. Soy consciente de que todo el mundo nos está mirando, pero mi amiga no parece darse cuenta. Rezo a Dios en silencio para que no nos pase nada, pero no estoy segura de tener su favor últimamente. Si prometiera acompañar a mi abuela a la misa del domingo que viene, ¿sería más eficaz?

—¿Teníamos que venir hasta aquí para comprar un arma? —pregunto un poco escéptica—. También las venden en el centro, ¿sabías?

Zoey apaga el motor y me dice antes de abrir la puerta:

—Sí, pero Ralph me ha asegurado que este es el mejor lugar de la ciudad.

—¿Y se puede saber quién es Ralph?

Conociendo a Zoey, seguro que es su novio del momento. Bueno, a ver, por novio hay que entender: «el tío al que se tira».

—Mi profesor de defensa personal —me suelta por encima del hombro mientras se sube a la acera.

—¿Tu «profesor de defensa personal»? ¿Y desde cuándo vas a clases de defensa personal?

—Desde que robaron a una de mis mejores amigas. Y estoy en mi derecho, ¿no? De todas formas, nunca viene mal saber defenderse.

—Visto así... Pero espera, a mí me robaron ayer, ¿cómo es que has tenido tiempo de ir a clases?

—En realidad, todavía no he ido a ninguna clase, pero fui a matricularme ayer a mediodía. Hay un gimnasio cerca de mi trabajo.

Vale, entonces todavía no ha tenido tiempo de darse cuenta de que no se puede ir a clases de defensa personal con *stilettos*. A ver cuánto tiempo aguanta. Aunque, ahora que lo pienso, ¿será por eso por lo que se ha comprado las zapatillas? ¿Otra idea de Ralph?

Entramos en la tienda. Un olor a cerrado y pólvora se me coge a la garganta. El local está lleno de vitrinas alineadas con armas dentro. Las hay de todos los tamaños y de todos los calibres. No es la primera vez que entro en un comercio de este tipo, pero sí que es la primera vez que veo uno tan sombrío.

Pasamos por delante de dos hombres que admiran fusiles de caza y que apestan a sudor. Uno de ellos eleva la mirada y se queda mirando descaradamente al trasero de Zoey. Me dan ganas de gritar a mi amiga que tenemos que salir de allí e irnos corriendo a darnos una ducha desinfectante.

Nos dirigimos a una mujer de edad indeterminada que se encuentra en el mostrador del fondo. Tiene el cabello blanco; bueno, para ser más exactos, amarillo. Su corte de pelo debía estar realmente a la moda en la época en la que Madonna cantaba «Holiday», pero ahora parece tan viejo como la tienda. Lleva unas mallas azul eléctrico con una blusa tan colorida que me hace daño a la vista. Masca de forma grosera un chicle y, cuando nos habla, puedo percibir que el tabaco ha hecho estragos en sus cuerdas vocales.

—¿En qué puedo ayudarlas, señoritas?

—Desearía comprar un revólver —anuncia Zoey.

La Madonna pasada de moda nos hace señas para que la sigamos hasta una vitrina en la que se encuentran las armas femeninas. La abre y la expresión de la cara de Zoey es la misma que la de mis sobrinos el día de Reyes.

—¿Para qué uso la quiere?

—Quiero un arma fácil de transportar que pueda llevar conmigo en caso de agresión. A mi amiga aquí presente le robaron ayer y quiero poder defenderme si eso me pasara a mí.

Elevo la mirada al cielo, pero no digo nada.

Zoey observa los revólveres con deseo. Solo le falta la baba en la comisura de los labios. Coge un Smith & Wesson rosa y negro.

—¿Qué te parece esta?

No tengo tiempo de darle mi opinión porque Madonna se me adelanta:

—Muñeca, si apuntas a tu asaltante con una de estas, ¿sabes lo que va a pasar?

Como punto final a su pregunta, explota una pompa de chicle.

—No —balbucea Zoey.

—Que seguramente se muera, pero de risa. Tú quieres que te tomen en serio, no que te confundan con Barbie, ¿no? Pues olvídate del rosa.

Zoey suelta el revólver como si le quemara. Acaba siguiendo los consejos de nuestra vendedora de estilo ochentero y se decanta por un arma ligera y fácil de manejar. Aunque le he insistido en que no la necesitaba, está determinada a llegar hasta el final. Supongo que esta no es una sesión de compras normal para Zoey, un poco adicta a las mismas. En cuanto se dé cuenta de que el peso del arma ha deformado su nuevo Vuitton o su Michael Kors favorito, se le pasarán las ganas de ir por ahí paseándose con ella.

Zoey paga su compra. Como buena bulímica del consumo, también se ha hecho con dos pistoleras de colores diferentes, cartuchos en cantidad suficiente como para defenderse de un asalto varias horas y una táser con forma de teléfono móvil.

—¿Y para qué la táser? —pregunto.

—No me dan el revólver hasta dentro de dos semanas, una vez hayan verificado mi perfil y validado mi permiso de armas, así que, mientras tanto, tengo que llevar algo. Además, parece un móvil... ¡Es genial tener un arma sin parecer que la llevas! Según me ha afirmado la vendedora, es ideal para las misiones encubiertas.

Tengo que reconocer que está bastante bien hecha y que parece un teléfono de verdad. Con todo, hay que tener el reflejo y conseguir sacarlo del bolso a tiempo. Y, conociendo a Zoey y la cantidad de objetos inútiles que lleva en el suyo, lo dudo mucho... Además, teniendo en cuenta que trabaja en el mundo de la moda, hay pocas posibilidades de que tenga que infiltrarse. De todas formas, tampoco creo que me escuche.

Capítulo 8

Amy

Durante el viaje de vuelta, Zoey me comenta que le habría gustado que nos tomáramos unos cócteles, pero que prefiere volver a casa a descansar para estar fresca mañana en su primera clase de defensa personal.

Mi teléfono suena y en la pantalla aparece el nombre del teniente McGarrett. ¿Habrá detenido ya al ladrón?

Respondo. Me pregunta si podría pasarme por la comisaría, que tiene que enseñarme unos documentos. Su tono no deja entrever nada y evita hábilmente mis preguntas. Cuelgo sin saber demasiado qué pensar.

—Zoey, ¿podrías dejarme en la comisaría en vez de en mi casa? Era el teniente McGarrett. Quiere verme.

—Mira tú por dónde —canturrea—. Pues claro que quiere verte. Sin embargo, nada de ir allí directamente. Primero tenemos que pasar por tu casa.

—¿Pasar por mi casa? ¿Para qué?

—¡No pensarás ir así! ¿Has quedado con un superpoli todo buenorro y piensas aparecer en vaqueros y zapatillas?

—Zoey, no he quedado con él. ¡Solo quiere interrogarme para su investigación!

Suspira y eleva la mirada al cielo.

—¡Vale! ¡Vale! ¡Como quieras! Pero luego no vengas a quejarte si no te vuelve a llamar.

Ahora me toca a mí poner los ojos en blanco. No espero que me vuelva a llamar; de hecho, para lo único que espero que me llame es para lo que pueda surgir en relación con su investigación. Aunque todo sea dicho, si lo hiciera, tampoco es que me molestara, claro. Pero antes muerta que reconocérselo a Zoey.

Me deja en comisaría, no sin antes enumerar una serie de técnicas de seducción que debo poner en práctica durante mi entrevista con McGarrett. Subo los pocos escalones que me separan de la recepción y me dirijo a la policía que se encuentra detrás de la mesa.

—Buenos tardes. Tengo cita con el teniente McGarrett.

Con desgana, despega la mirada de los papeles que estaba leyendo. Estoy segura de que es una revista, pero no consigo verla porque el mostrador de la recepción es muy alto y yo todavía no he dado el estirón...

Me mira de pies a cabeza. No sé si es porque he interrumpido su lectura, pero, según parece, ya la he molestado.

—¿Y usted es? —resopla como si hacerme esa pregunta le hubiera supuesto un esfuerzo sobrehumano.

—Amy Kennedy.

Siento que la agente se tensa un poco. Siempre pasa lo mismo cuando se preguntan si soy la hija del famoso jefe de la policía de Boston o si tengo alguna relación con un antiguo presidente asesinado, también originario de Massachusetts. La respuesta a esta última pregunta es que no, para total desesperación de mi madre, que a veces alimenta la confusión.

Me hace señas para que me siente en una de las sillas instaladas allí a modo de sala de espera. Obedezco mientras reflexiono sobre el hecho de que jamás me había codeado tanto con las fuerzas del orden como en estos tres últimos días. Descuelga el teléfono para marcar el número del teniente McGarrett. Cuando este descuelga —o al menos eso creo—, la recepcionista sufre una metamorfosis espectacular. Se incorpora en su asiento, sonríe y me anuncia a su colega con una gran sonrisa. Por lo que parece, el teniente no la deja indiferente. A continuación, insiste en escoltarme hasta el despacho de McGarrett. Comprendo que tenga ganas de escapar de un lugar tan sumamente deprimente. ¿Quién puede pensar que un linóleo azul te puede hacer sonreír?

Subimos a la planta de arriba y llegamos a un espacio abierto bastante amplio. De inmediato localizo a McGarrett. Lleva una camisa blanca que contrasta de forma agradable con su pelo castaño y sus ojos color chocolate. *Es cierto que no está nada mal…* Me pongo a pensar en la conversación que tuve el otro día con mis amigas.

¡No es el momento, Amy!

Está al teléfono, pero, en cuanto me ve, corta la conversación. Se levanta y viene a buscarme. Sus andares son ágiles y llenos de confianza. Una enorme sonrisa se dibuja en su rostro y se contagia hasta sus iris. Es todavía más guapo cuando sonríe.

—Hola, Amy.

Me da la mano y no puedo evitar darme cuenta de que es suave, larga y fina.

A continuación, se gira hacia su colega, que ya no es la empleada displicente que me ha recibido, y que lo mira embobada. Tenía razón: está loca por el inspector.

—Gracias, Shirley.

Se da la vuelta para dirigirse a la salida y, al pasar, me lanza una mirada asesina. Imagino que no le hace la más mínima gracia que tenga el privilegio de pasar un rato a solas con él. También ha debido notar que me ha llamado por mi nombre.

McGarrett me hace señas para que me siente en la silla que hay frente a su mesa.

—Mejor no le ofrezco un café porque mucho me temo que el nuestro no está a la altura del que sirve en Chez Josie.

—No pasa nada. De todas formas, no bebo café.

—¿Nunca?

Semejante revelación parece divertirle. Desde luego no es el primero con el que me pasa, aunque rara vez lo confiese.

—Sí, soy de esas que prefieren el chocolate caliente —reconozco—. Me encanta el olor del café recién molido, pero prefiero el dulzor del cacao en el paladar.

Ni siquiera sé por qué le cuento todo esto; después de todo, no he venido a hablar de mis gustos en materia de bebidas calientes.

—Al menos así aprendo algo sobre usted —dice en voz baja.

En ese momento pienso en nuestra conversación de ayer, antes de que llegaran las chicas. De repente, no sé si debería tomarme ese último comentario en sentido literal o figurado. Para no entrar en un terreno demasiado personal, paso al tema que me preocupa:

—¿Por qué me ha hecho venir?

No se esperaba que cambiara de tema tan deprisa porque, durante un segundo, parece sorprendido, pero luego se recompone y se aclara la garganta.

—Sí, bueno, quería mostrarle unas cuantas fotografías para ver si podía reconocer a su agresor. Y, por otra parte, desearía saber si tiene alguna idea de dónde se encuentra su empleada, Amber, porque no hemos conseguido contactar con ella.

—Yo tampoco he podido hablar con ella. No ha venido a trabajar hoy.

—¿Tenía el día libre? —dice, frunciendo el ceño.

—No, en absoluto. Y es bastante sorprendente que no me haya avisado. Jamás ha faltado un solo día al trabajo sin comunicármelo antes. He llamado a su abuela, pero ella tampoco sabe dónde está.

—Sí, yo también he hablado con ella. ¿Sabe de algún amigo con el que pudiera haberse quedado?

—No, en realidad, no —confieso mientras me digo que, según parece, no la conozco tanto como creía—. En este momento, solo habla de Sebastian y no parece que haya ningún amigo cercano.

McGarrett parece un poco contrariado, pero no dice nada. Coge una carpeta de su mesa y saca unas hojas. Son fotos de hombres. De frente y de perfil. Algo me dice que no son angelitos precisamente. Las extiende delante de mí.

—¿Conoce a alguno de estos hombres?

Miro con atención las fotografías y ninguna me dice nada.

—Mírelas bien —insiste McGarrett.

Tengo la impresión de que me está pidiendo que lea el futuro en las hojas de té o algo así. Niego con la cabeza.

—Lo siento mucho, pero no conozco a esos hombres.

McGarrett asiente y retira las fotografías. Saca otra carpeta.

—¿Y a este de aquí?

—¡Es Sebastian! ¡Sí, es él!

Entonces, McGarrett saca la foto de otro hombre. No tiene nada que ver con Sebastian. Sebastian es un latinoamericano con la cabeza rapada, grande pero más bien delgado. El tipo de la foto parece más bien un vikingo o incluso ese actor que sale en una serie de la tele sobre una banda de moteros. El pelo, rubio, le llega por debajo de la nuca, una leve barba oscurece su mandíbula y tiene los ojos azules. Parece bastante musculado, aunque por la foto no puedo certificarlo. Dicho de otra forma: la antítesis perfecta de Sebastian.

—¿Lo conoce?

—No. ¿Debería? ¿Quién es?

El teniente duda un instante y después me dice:

—Es Cole.

—¿El jefe de Sebastian?

McGarrett deja escapar una risita nerviosa.

—El jefe de Sebastian... Cómo decirlo... Cole no es el tipo de jefe en el que está pensando...

—¿No?

Ya me imaginaba yo que Sebastian no trabajaba en una tienda de vestidos de novia ni en un salón de belleza, pero ¿qué entiende él por «no es el tipo de jefe en el que está pensando»? El sobreentendido no me dice nada bueno y la inquietud me vuelve a invadir.

—Cole Williams es uno de los jefes de banda más temibles de Roxbury, Amy.

Necesito un segundo para procesar las palabras que acaba de pronunciar, pero, cuando lo hago, casi me caigo de la silla.

—¿Perdón?

—Me ha escuchado bien. Cole está lejos de ser un ángel. Y Sebastian trabaja para él.

Soy incapaz de hablar. Es cierto que Sebastian tenía aspecto de hombre peligroso, pero ¡jamás me habría imaginado que formara parte de una banda! A mí me parecía *peligroso* en el sentido de «que se enfada con mucha facilidad». Lo veía como la típica persona con la que preferirías no tener nunca un accidente de tráfico o un conflicto de lindes. ¡Jamás se me habría ocurrido que pudiera ser un pandillero!

Intento no pensar en las distintas conversaciones que había tenido con Amber al respecto ni en las diferentes ocasiones en las que me había cruzado con Sebastian. Pero sí, ahora algunas cosas cobran sentido aunque también plantean preguntas. El hecho de que jamás hubiera querido entrar en la cafetería, por ejemplo. O que condujera un coche diferente cada día y le hiciera esos regalos tan caros a Amber. Yo, en mi inocencia, había supuesto que era porque se ganaba bien la vida, que quizá trabajara como mecánico...

¡No, Amber es una chica inteligente y jamás iría con ese tipo de individuo! Le espera un gran futuro y no se dejaría seducir por un delincuente, por muy generoso que sea con ella.

—No es posible —afirmo con aplomo—. El novio de Amber no puede ser un pandillero.

—Si yo fuera usted, no estaría tan seguro.

—Sí, ya, pero usted no es yo —apostillo—. Conozco a Amber y jamás se enamoraría de un individuo así.

—No siempre se conoce a la gente, Amy.

Su comentario es amargo y siento que esconde alguna experiencia propia, pero no me dejo embaucar. Niego con la cabeza.

—No es posible. Mi Amber, no.

—¿Y no le parece un poco raro que haya desaparecido justo en el momento en el que le han robado?

—¿Qué? ¡Acaso insinúa que ella sería responsable del robo! —exploto.

—No ponga palabras en mi boca. Lo que he dicho es que la coincidencia parece, cuanto menos, sorprendente. Escuche, Amy, yo solo quiero ayudarla y resolver este caso. Encuentre a Amber, hable con ella y, si cree que sabe algo, no dude en llamarme.

Aprieto los puños. Estoy muy enfadada. No sé si con él por dar a entender que Amber pudiera ser cómplice de los ladrones o por el hecho de que haya desaparecido.

¡Cuándo pienso en que me ha mentido! Tenía que saber algo sobre las actividades de Sebastian, ¿no?

—No sé dónde está Amber. Y si la policía no es capaz de encontrarla, no veo cómo voy a poder hacerlo yo.

Me levanto. De todas formas, supongo que ya me ha hecho todas las preguntas que quería hacerme.

—Amy…

—Señorita Kennedy —le corto.

Sé que es una reacción miserable, teniendo en cuenta que él ha sido amable conmigo. Aunque solo nos conocemos desde hace tres días, me siento culpable por montarle una escena.

—La acompaño.

Asiento con la cabeza y cruzamos la comisaría en el silencio más absoluto. Me giro lo justo para balbucear un adiós sobre las escaleras de la entrada. McGarrett no insiste y se despide con la mano.

Capítulo 9

Amy

Hace ya más de cuarenta y ocho horas que Amber no da señales de vida.

No pasa ni una sola hora sin que intente llamarla. Su abuela tampoco sabe nada de ella.

He intentado hablar con McGarrett, pero también me salta el contestador. Lo he llamado a la comisaría y uno de sus colegas casi se ha reído en mi cara cuando le he dicho que quería denunciar la desaparición de mi empleada. Según él, ser mayor de edad desde hacía menos de quince días era suficiente para poder desaparecer sin tener que rendir cuentas.

Estoy un poco desesperada y, a falta de ideas mejores, marco el número de Maddie para contarle lo que pasa. Si alguien puede decirme qué debería hacer, desde luego es ella. Le hago un breve resumen de la situación.

—¿No tienes forma de hablar con Sebastian?

—No, si la tuviera, ya lo habría llamado.

—A ver, no conozco mucho a Amber, pero, por lo que me has ido contando, creo que, efectivamente, no es de las que desaparecen de un día para otro sin avisar. Hay que buscarla.

—Sí, ¿pero cómo?

—Pide unas pizzas. En media hora estoy en tu casa.

Media hora más tarde, llaman a la puerta. Maddie siempre tiene la puntualidad de un reloj suizo. Abro y la encuentro acompañada de Maura, quien, una vez dentro, instala su portátil en la mesa del comedor y se pone a trabajar.

Para nuestra gran alegría, Maura es un pequeño genio de la informática. No hay cacharro que se le resista.

—Tengo la impresión de que tu idea de la noche de pizzas improvisada incluye algunas búsquedas en Internet... —comento.

—Así es, por eso me he traído a nuestra *minihacker* —replica Maddie.

Maura la fulmina con la mirada. No sé si lo que le molesta es que la haya comparado con un *hacker* o el uso del prefijo mini. Voto por la segunda hipótesis.

Me siento junto a ella mientras aporrea su teclado.

—Bueno, empecemos por el principio —anuncia Maura—. Maddie me ha dicho que Amber ha desaparecido.

Se gira hacia mí y asiento con la cabeza para confirmar la información.

—Tú crees que su novio puede saber dónde está. ¿Es así?

—Sí, es así. Quería llevársela de viaje unos días. Ella me dijo que no quería irse, pero ya sabes cómo son los adolescentes, cambian de opinión sin cesar. El problema es que, con lo del robo, el hecho de que haya desaparecido justo ahora no juega a su favor. Así que me gustaría encontrarla para que la policía pueda interrogarla y tacharla de la lista de sospechosos potenciales lo antes posible y así puedan encontrar al auténtico culpable.

Maura no responde y se gira hacia la pantalla de su ordenador.

—Busquemos al famoso Sebastian.

Unos minutos más tarde, tenemos que rendirnos a la evidencia: es imposible encontrar a Sebastian. Bueno, está claro que sería mucho más fácil si supiera cuál es su apellido. No os podéis imaginar la cantidad de hombres que se llaman así y que viven en Boston... Una aguja en un pajar. De hecho, ¡ni siquiera sé si es su auténtico nombre! Y a pesar del talento de Maura, no conseguimos encontrar su rastro. Pero nuestra *hacker* no se da por vencida y sigue escaneando páginas que poco tienen que ver con las primeras búsquedas en Facebook u otras redes sociales.

Si no podemos encontrar a Sebastian, tendremos que utilizar otros medios. De repente, tengo una idea.

—Busca a un tipo llamado Cole Williams.

—¿Y quién es ese? —pregunta Maura.

—El jefe de la banda Lenox de Roxbury —responde Maggie—. Es el famoso Cole del que le ha hablado McGarrett.

Sorprendida, me giro hacia ella.

—¿Y cómo sabes eso?

Eleva la mirada al cielo como si la pregunta fuera estúpida.

—Simplemente lo sé.

Como de costumbre, sabe un montón de cosas. Lo mismo se pasa las noches leyendo los informes de la policía o algo así.

—Vale, pues ahora que tenemos un nombre completo e, incluso, su actividad, deberíamos poder encontrar algo.

Maura empieza a buscar. En unos minutos, ¡bingo! Gracias a las habilidades de mi amiga, tenemos una dirección. Como cabía esperar, semejante espécimen no tiene perfil en Facebook, pero, por suerte, Maura se conoce algunos trucos. Ahora queda decidir qué hacer...

Soy una absoluta inconsciente. Es la idea que se me pasa por la cabeza tras unos diez minutos andando por Roxbury. Muchos insisten en proclamar que el barrio está de moda, pero os puedo asegurar que las calles que acabo de atravesar están lejos de ser el sueño de las jóvenes parejas en busca de un lugar acogedor para fundar una familia.

Como no tengo coche —algo comprensible, teniendo en cuenta que para ir de mi casa al trabajo solo tengo que bajar unas escaleras—, he venido en metro y autobús. No estoy segura de haber seguido el itinerario más corto y he decidido terminar a pie. Además, he dado esquinazo a Maddie y Maura haciéndolas creer que esta noche me iba a quedar en casa, tranquila.

Quizá debería haberles pedido que me acompañaran.

El frío de mediados de octubre se apodera de mí cuando la oscuridad empieza a despuntar. Intento acelerar el paso. Me gustaría llegar antes de que se instale la noche. Solo la idea de hacer el camino de vuelta me estresa un poco.

¡Para ya, Amy, ni que estuvieras en el tercer mundo! ¡Ellos también tienen electricidad y agua corriente!

Supongo que ya habréis imaginado que he crecido en un entorno privilegiado, en el barrio de Beacon Hills para ser más exactos. Así que verme en Roxbury es un poco salir de mi zona de confort. De hecho, a mí misma me sorprende haber sido capaz de tomar la decisión de venir, pero Amber sigue sin dar señales de vida y estoy más que preocupada. Gracias a las investigaciones de Maura, tengo la dirección del famoso Cole Williams. No estoy segura de que sea la correcta, pero, dado que es la única que tengo, no me queda otra. Así que aquí estoy, buscando su casa, al anochecer, en un barrio que no conozco y que suele aparecer más en las páginas de «sucesos» que en las que hablan de jardines floridos y barbacoas entre vecinos.

¿Creéis que estoy loca? Bastante. Si no, ¿cómo se podría explicar que me encuentre tras la pista del jefe de una banda? Yo, la propietaria de un pequeño café que lleva una vida de lo más tranquila. Bueno, vale, hasta anteayer. No suelo ser así de temeraria, pero es que no puedo soportar que uno de mis allegados esté en una situación delicada. Y es que tengo la total certeza de que Amber me necesita. No puedo explicarlo, es algo que siento en las tripas. Así que ni hablar de esperar a que pase el plazo legal necesario para poder declarar a una persona desaparecida. Pienso encontrar a Amber, incluso sin la ayuda de la policía.

A medida que me voy acercando a la dirección que he localizado gracias al GPS de mi teléfono, siento que me observan. Intento no prestar atención. Sé que la primera regla cuando te encuentras en una situación delicada es no demostrar miedo y la Smith & Wesson que llevo en el bolso me aporta cierta paz mental.

Hace años que aprendí a disparar. Bien es cierto que nunca he usado un arma fuera del campo de tiro, pero no se me da demasiado mal. Fue mi padre quien insistió en que aprendiera. Jamás le he visto la utilidad, pero le tranquiliza saber que puedo defenderme. También hace falta que tenga el arma a mano en el momento en que la necesite. Teniendo en cuenta que la mayor parte del tiempo está en el altillo de un armario... Y en un caso como el de ayer en la cafetería, supongo que el hecho de desenfundar no habría cambiado nada. Lo más probable es que la situación hubiera empeorado, así que no contéis conmigo para defender a ultranza nuestra segunda enmienda. Pero esta noche, me ha parecido que lo más prudente era traer un arma, aunque solo sea para darme confianza.

Dos manzanas y tres vagabundos después, por fin me encuentro frente a un edificio relativamente bien mantenido en comparación con los demás de la misma calle. Tiene un pequeño jardín delantero, lo que parece el *summun* del lujo en este entorno de hormigón. Al mismo tiempo, si el tipo que vive dentro es el jefe de una banda, se le suponen ciertos ingresos, por muy ilícito que sea el origen de los mismos, que le deben permitir vivir bien.

La luz del porche está encendida, pero el resto del edificio está envuelto en la oscuridad. A pesar de todo, empujo la barrera, que chirría un poco. Me sorprende no cruzarme con ningún adolescente al acecho. En los reportajes sobre bandas de la televisión, siempre había visto que los más jóvenes servían para avisar de la llegada de extraños. ¿Estarán agazapados un poco más adelante?

Subo la escalinata y llamo tres veces a la puerta.

No hay respuesta.

A la izquierda, atisbo un timbre que decido accionar. Escucho cómo suena en el interior y retumba en el vacío. Espero unos segundos y lo vuelvo a intentar. Sigue sin haber respuesta.

—¿Qué hace aquí?

Rozo la crisis cardíaca al oír una voz grave tras de mí. Doy un brinco y me giro hacia el autor de la pregunta. Me cuesta distinguirlo en la penumbra creciente, pero lo primero que me viene a la mente es que parece inmenso. No resulta difícil sentirse pequeña cuando todavía puedes comprarte la ropa en la sección infantil, pero ese hombre desde luego tiene una altura impresionante.

Sin duda alguna, podría triturar mis huesos con sus propias manos y siento un escalofrío de angustia subiendo por mi columna vertebral.

—Le he hecho una pregunta.

Da un paso hacia delante y la farola ilumina un poco más su rostro.

Lo primero que veo son sus ojos, muy claros, que brillan con un destello asesino. No parece nada contento de verme. Y mientras, yo me pregunto qué debería hacer. Mi mirada recorre el resto de su cara: mandíbula cuadrada, barba incipiente y pelo peinado hacia atrás. Solo necesito unos segundos para darme cuenta de que me encuentro frente a la foto que me enseñó McGarrett: el famoso Cole.

Solo para saber a qué atenerme y, desde luego, porque soy una total inconsciente, le pregunto:

—¿Es usted Cole Williams?

Me observa un instante con expresión impenetrable. Si Sebastian ya me parecía peligroso, él debe de ser el «rey del peligro». Por fin responde:

—Aquí no se hacen preguntas, princesa.

¿Princesa?

Me dan ganas de decirle que no tiene derecho a llamarme «princesa». No soy una niña pequeña. Pero la Amy que ha tenido el coraje de venir hasta aquí también tiene sus límites. No me apetece acabar como comida para el gato del jefe de una banda o quizá más bien como comida para perros, que dudo mucho que los jefes de bandas tengan gatos.

—Busco a Sebastian. ¿Lo conoce?

Arquea una ceja, pero no responde. Decido continuar:

—Sale con mi empleada, Amber, que ha desaparecido. Trabaja para usted, bueno, eso creo —dudo ante su expresión fría—. Me gustaría encontrarlo, quizá pueda ayudarme a averiguar dónde está ella.

¿Estaré corriendo algún riesgo al insinuar algo así? Permanece impasible y, según parece, espera a que siga. A no ser que esté pensando en cómo va a matarme y deshacerse de mi cuerpo. Estoy segura de que conoce una o dos formas eficaces, así que solo tiene que decidir cuál prefiere.

—Escuche, no quiero molestarlo, solo quiero que me indique dónde puedo encontrar a Sebastian o a Amber. Entonces me iré. Estoy realmente preocupada por ella y la policía quiere interrogarla.

En cuanto menciono a las fuerzas del orden, me doy cuenta de que no ha sido lo más inteligente, pero ya es demasiado tarde. De hecho, noto como se tensa un poco.

—¿Qué tiene que ver la policía aquí? —me grita—. ¿Eres poli?

No, está claro que no ha sido buena idea nombrar a la policía.

—¡No, no soy poli! Soy su jefa, como ya le he dicho. Tengo una cafetería en Bay Village.

¡Muy bien, Amy! ¡Ahora dale tu dirección, ya que te pones!

En vista de que no responde, continúo.

—La aprecio. Prácticamente solo me tiene a mí, así que me preocupo. No es propio de ella desaparecer de esa forma —balbuceo.

Me dan ganas de salir corriendo, pero está claro que no va a ser posible. Me bloquea el paso y necesitaría la velocidad de Usain Bolt para poder darle esquinazo. Y, además, estoy segura de que sabe algo.

—Según parece, también tiene a ese tal Sebastian —dice tranquilamente, metiéndose las manos en los bolsillos.

—¿Desde cuándo están juntos? Cuatro meses como mucho. A lo mejor él la ha dejado y Amber está llorando en una esquina, a punto de hacer alguna tontería. No es más que una niña.

—Escucha, princesa, si fuera tú, me iría de aquí corriendo antes de que sea tu propia familia la que se vea obligada a presentar una denuncia por desaparición. Este no es un lugar para chicas como tú. Así que vuelve a tu apartamento del centro o del barrio elegante en el que vivas y deja a ese Sebastian y a su novia tranquilos. No pienso repetirlo.

—¡Dígame al menos si se ha cruzado alguna vez con Amber!

El hombre se pellizca la nariz y cierra los ojos. ¡Dios mío! Estoy exasperando al jefe de una banda importante. Estoy segura de que tiene bidones de sosa cáustica en el sótano.

—Si te doy información, ¿prometes largarte?

Por muy buena negociadora que sea en general, creo que no es el momento de poner a prueba sus límites.

—De acuerdo, tiene mi palabra.

—Sí que me he cruzado con Amber. Todo lo que sé es que Sebastian me ha dicho que estaría fuera unos días. Antes de que me lo preguntes, no, no sé adónde ha ido ni si la rubita está con él. Y ahora vete con tu novio, tu gato o con quien sea y me olvidas, a mí y a lo que te acabo de decir. No vuelvas a poner un pie aquí. ¿Lo has entendido?

Me gustaría responderle que no me ha dicho gran cosa, pero creo que ya he hecho bastante esta noche. Y, bueno, ¡¿qué les pasará a todos con los gatos?!

Asiento con la cabeza y me dirijo a la acera. Se aparta un poco para dejarme pasar. Muy poco. Tengo la sensación de que intenta impresionarme. Y, para qué negarlo, lo ha conseguido. Ando hasta el final de la calle y echo un vistazo por encima del hombro en su dirección. Ahí sigue, en su escalinata, con las manos en los bolsillos, observándome.

Capítulo 10

Amy

Cuando, al día siguiente, me encuentro con la sorpresa de ver al inspector McGarrett instalándose en una mesa, sirvo a dos clientes y me precipito a su encuentro. No por las razones que mis amigas imaginan. De hecho, estoy tan preocupada por la desaparición de Amber que lo último que se me puede pasar por la cabeza es flirtear con él. Incluso olvido la educación más elemental, apenas lo saludo y ni siquiera le pregunto si quiere algo de comer o beber. El único pensamiento que me obsesiona es el siguiente: «¿Tendrá noticias de Amber?». Pero mi entusiasmo cae en saco roto: no tiene ninguna.

—¿Todavía no le ha llamado? —pregunta, a pesar de saber ya la respuesta.

—No, no ha dado señales de vida. Incluso he llamado a los hospitales por si acaso. Su abuela tampoco sabe nada. No es propio de ella, se lo aseguro. Estoy desesperada, ya no sé qué más hacer ni dónde más buscar.

Mejor no le hablo de mi pequeña investigación en un barrio más al sur, no me apetece tener que dar explicaciones sobre cómo conseguí la dirección de Cole. De todas formas, tampoco es que se pueda decir que fuera un gran éxito: no averigüé nada importante.

—Confíe en mi experiencia, Amy reaparecerá en unos días. Es habitual a esa edad. Queremos libertad, librarnos de las ataduras. Déjele un poco de tiempo y volverá con la cabeza gacha para pedirle perdón por haberla preocupado tanto. Acuérdese de cuando tenía dieciocho años.

Su reflexión me irrita, pero en vez de decirle o de contestarle que la Amy de dieciocho años jamás habría desparecido sin decir nada, finjo tener que ocuparme de un cliente.

—¡Amy, espere! Tengo algo que enseñarle.

Vuelvo sobre mis pasos de mala gana y me pregunto de qué podría tratarse.

—Tiene que ver con el robo.

Estoy tan preocupada por la desaparición de Amber que casi había olvidado los acontecimientos de hacía dos días. Tendría que haberme imaginado que no se desplazaría hasta allí para hablarme de ella.

McGarrett me hace señas para que me siente frente a él y yo obedezco, llevada por la curiosidad. Desliza sobre la mesa una foto. La de un hombre castaño de unos veinte años. Bastante normalito dentro del género «malote» —empiezo a acostumbrarme a codearme con ellos—, con tatuajes en el cuello. Observo el cliché y paso a interrogar silenciosamente al inspector.

—¿Lo conoce? —pregunta.

—No.

A decir verdad, no estoy segura de habérmelo cruzado alguna vez.

—Tras haber visionado las grabaciones de las cámaras de seguridad del barrio, tenemos fuertes razones para creer que se trata de su agresor.

—Llevaba casco, solo pude verle los ojos.

Vuelvo a mirar la foto e intento concentrarme en esa zona de su cara, pero no experimento ninguna revelación. Durante ese tiempo, McGarrett me precisa:

—Lo detuvimos esta mañana. Mi colega, el teniente Mancini, lo está interrogando en estos momentos.

—¿Cómo han podido identificarlo en el vídeo? —pregunto.

—No es que sea precisamente un desconocido para nuestros servicios. Es miembro de una banda de moteros de Roxbury. No es más que un ratero de poca monta, condenado a trabajos para la comunidad, de ahí que apareciera en nuestros archivos. Es la primera vez que lo detenemos por robo. En mi opinión, Mancini no tardará en hacerlo confesar. Pero lo que nos interesa aquí es averiguar quién está detrás de todo esto, porque esta clase de gente rara vez hace las cosas por casualidad. Por supuesto, no hemos descartado la idea de que todo esto tenga algo que ver con algún asunto relacionado con su padre...

Llegados a este punto, ya no lo escucho y me cuesta tragar. Había supuesto que me había topado con algún marginado en busca de dinero fácil, no con un miembro del crimen organizado.

Lo interrumpo antes de que deje de hablar.

—¿Es miembro de la banda de Cole?

McGarrett se para y frunce el ceño antes de terminar declarando:

—No.

Espera cinco segundos y apostilla:

—Es de una banda rival a la de Cole. Hasta ahora, no habían entrado en competición, pero parece ser que hay un conflicto territorial entre ellos en estos momentos. Si el novio de su empleada es realmente miembro de la banda de Cole, puede que esté relacionado, pero todo eso no deja de ser pura especulación, por supuesto —se apresura a añadir como si lamentara sus palabras.

Asimilo poco a poco todo lo que me acaba de decir. En vista de esta revelación, me resulta difícil creer que la desaparición de Amber sea una coincidencia. Me inclino más por la hipótesis de que el robo está relacionado con Amber que por la idea de que sea el fruto de un supuesto asunto de mi padre o, incluso, del azar.

Me dispongo a exponerle mi punto de vista cuando me pregunta:

—¿Ha reforzado la seguridad de la cafetería?

—Mi padre se encargó de eso al día siguiente del robo —le comento con una pizca de ironía.

Aunque esos individuos sean peligrosos, dudo mucho que una alarma les preocupe. De todas formas, teniendo en cuenta que estaba dentro del local, ni siquiera se habría activado anteayer.

—Bien.

Parece satisfecho con mi respuesta. Entonces añade:

—Sabe que puede llamarme cuando lo desee, Amy. A cualquier hora del día o de la noche, aunque solo sea porque se sienta mal. Prefiero venir para nada que demasiado tarde.

Nuestras miradas se encuentran. Parece franco y sincero. Creo que piensa realmente lo que dice, que no es una frase hecha de poli que le suelta a todas las víctimas con las que se cruza.

Asiento con la cabeza y murmuro un gracias.

—¿Sería posible que me sirviera uno de sus maravillosos cafés?

Su petición va acompañada de una sonrisa capaz de derretir el Polo Norte. No soy insensible a la misma, así que le devuelvo la sonrisa mientras una parte de mí piensa: «¡Pues sí que eres una chica!».

—Por supuesto. ¿Para tomar aquí o para llevar?

—Para llevar, por desgracia.

Me levanto y me dirijo al percolador. McGarrett me sigue y apoya los codos en el mostrador.

—¿Sabe? He pasado por delante de su cafetería miles de veces, pero jamás había entrado.

—Entonces, es posible que los ladrones me hayan hecho ganar un cliente —ironizo mientras relleno el filtro con café recién molido.

—Sin ninguna duda, ahora que sé que el café es delicioso y la propietaria encantadora...

Me sobresalto y por poco vuelco el café que acabo de prepararle y al que todavía no me ha dado tiempo a ponerle la tapa. *¿Pero qué ha sido eso?*

Me giro hacia él y me lo encuentro relajado, observando un tablón de anuncios de la pared. Llego a la conclusión de que no es más que el comentario de un hombre acostumbrado a halagar a las mujeres. Llegado el caso, habría dicho exactamente lo mismo aunque tuviera treinta años más y me faltara un diente.

Le entrego su vaso y rechazo el dinero que intenta dejar junto a la caja.

—Gracias —dice—. Espero poder convencerla para que acepte tomarse algo conmigo una noche.

Me guiña un ojo y se da la vuelta, dejándome un poco sorprendida.

¿Quiere tomarse algo conmigo?

Capítulo 11

AMY

Cuando creemos que ya hemos tocado fondo, va la cosa y empeora.

Esta tarde, tras cerrar, decido ir a comprar unas cosas a la tienda de la esquina. Necesito cambiar de aires, salir de la cafetería y de mi apartamento un minuto. Y, además, tengo el frigorífico vacío.

No es que me vaya a ir lejos: la tienda del señor y la señora López, donde suelo hacer mis compras, está a dos calles de distancia. Me gusta comprar en los comercios del barrio, somos como una gran familia. Y cuando me entran ganas de cocinar y compro como para alimentar a todo un regimiento, el señor López me ayuda a llevarlo todo a casa o me lo entrega un poco más tarde.

—¡Hola, Amy! —me saluda María López cuando entro en la tienda.

Le respondo y me dirijo a los pasillos para buscar los productos que necesito. Una vez que he terminado mis compras, pongo rumbo a la caja para pagar. La encargada se apodera de una caja de galletas y empieza a escanear el contenido de mi cesta mientras me habla.

—Amy, nos hemos enterado de lo que le pasó en la cafetería la otra noche. ¿Cómo está?

Parece sinceramente preocupada, así que intento hacer todo lo posible por tranquilizarla. No quiero que a la pobre mujer le aterre sufrir ella misma una agresión.

—Tanto a Miguel como a mí nos preocupa mucho lo que le ha pasado. Este es un barrio tranquilo… Si ahora empiezan a robar a los comerciantes, ¿dónde vamos a llegar?

—Creo que se trata de un caso aislado —intento minimizar.

Desde luego, no pienso hablarle de la desaparición de Amber ni del ladrón que amenaza con volver, sobre todo porque no tengo una prueba tangible de nada de ello.

No parece demasiado convencida porque empieza a sugerirme que convoque a los miembros de la asociación de comerciantes, que organice una patrulla nocturna y otras medidas más o menos absurdas.

—¿Ha arrestado la policía a algún sospechoso?

Le cuento las últimas noticias que me han comunicado esa misma tarde. Después, pago mis compras y salgo de la tienda tras prometer a la señora López que la mantendré al corriente de la investigación.

El hecho de haber hablado de mi entrevista del día con el teniente McGarrett me hace replantearme su propuesta de salir a tomarnos algo juntos. Hacía ya algún tiempo que no recibía una invitación de un hombre que pudiera calificar de interesante. Por supuesto, no olvido al señor Terry, un amable viudo de setenta y ocho años que viene todas las mañanas a pedirme un café, un cruasán y una cita. Siempre le he concedido las dos primeras cosas, pero nunca la tercera. Y todas las mañanas simula que le he roto el corazón. Este es uno de los pequeños rituales de mi vida diaria. También me gusta mi profesión por eso: las personas que conoces. Gente con horizontes diferentes que, en un momento de la jornada, necesitan lo mismo: una pausa para tomarse algo caliente, ya sea solos o acompañados, mientras leen el periódico o teclean en su teléfono móvil. Yo soy la espectadora privilegiada de esos pequeños momentos de la vida y, en ocasiones, con determinados clientes habituales como el señor Terry, incluso la actriz. Al formar parte de sus vidas, me siento un poco menos sola.

Sigo sin saber cómo interpretar la frase de McGarrett. ¿Ha sido algo lanzado así, de forma desenfadada? ¿O debería esperar que me lo vuelva a proponer en los próximos días? Y, si es así, ¿qué le voy a responder?

Os mentiría si dijera que el teniente McGarrett me deja indiferente. Mientras camino hacia mi apartamento, tengo una visión muy precisa del policía en mi mente. Es alto, de al menos un metro ochenta y cinco. Parece atlético. No he podido evitar percibir que su traje se ajustaba a la perfección a las viriles líneas de su espalda. Imagino que su trabajo le exige una cierta forma física. Aunque, ahora que lo pienso, no es el caso de algunos de sus colegas...

Pienso en sus ojos oscuros y risueños, en su pelo castaño que parece realmente suave. Por supuesto, tiene la seguridad de los hombres que saben que no dejan indiferentes a las mujeres, pero eso no le resta ni un ápice de encanto. De hecho, supongo que serán muchas las que desfallezcan en su presencia, solo hay que recordar la reacción de su colega el otro día. Le habría dado hasta las bragas con tal de que le sonriera. ¿Cómo podría estar interesado en una chica como yo? Sé que no soy fea, pero tampoco me considero un bellezón. Soy bajita: con mi metro cincuenta y cinco, no puedo rivalizar con las piernas de una supermodelo. ¡Algunas tienen más de un metro veinte de pierna! ¿Me imagináis con semejantes piernas? ¡Me quedarían treinta y cinco centímetros a repartir entre el tronco, el cuello y la cabeza! ¡Alucinante!

He heredado el pelo rojizo de mi madre, pero, a diferencia de ella, como ya he dicho, lo llevo corto *à la garçonne*. Entonces, ¿cómo yo, con mi físico de Campanilla irlandesa, podría interesarle a un hombre como el teniente McGarrett? Me lo imagino más bien con una rubia alta de ojos lánguidos o con una castaña interesante del estilo de Zoey. ¿Y por qué no con las dos? No me extrañaría que revoloteara de una conquista a otra.

Me lo imagino ahora mismo en una relación puramente sexual con una abogada que habría conocido en el juzgado. Ella habría ganado un caso muy difícil en el que él habría declarado. Él le habría propuesto salir a tomar algo para celebrar la victoria y habrían acabado en casa de ella, entre sábanas de seda. Sí, porque como es poli, no le habría dado miedo llevárselo a casa. Desde entonces, se ven dos veces por semana. A él le gusta que se ponga lencería provocativa de precio desorbitado. A ella le gusta que él vaya armado y que siempre huela bien.

Perdida en mis pensamientos, no me doy cuenta de que me siguen desde hace un rato. Me dispongo a cruzar la calle cuando me agarran con fuerza del brazo. Me arrastran unos cuantos metros hasta un callejón entre dos edificios. La fuerza con la que me aprietan el bíceps me tiene totalmente aprisionada. Intento soltarme, pero no consigo liberarme ni un centímetro. Pierdo el equilibrio y suelto la bolsa de la compra, que acaba estampándose contra el suelo.

—¡Suéltame! —grito.

Por desgracia, la calle está vacía. Por más que me desgañite, es inútil.

—¡Cierra el pico!

El hombre me lanza contra la pared del inmueble. Mi cabeza golpea con fuerza los ladrillos. Se me corta la respiración un instante por el golpe. Entonces siento el frío de un cañón metálico en la garganta. No necesito bajar la mirada para adivinar que se trata de un arma. Un escalofrío de angustia recorre mi cuerpo. Estoy aturdida, incapaz de moverme ni de respirar.

—Una sola palabra y te vuelo la cabeza, pelirroja —me ordena.

A duras penas consigo tragar saliva, mucho menos pronunciar palabra.

—Me vas a escuchar atentamente —me dice, articulando como si supiera que por culpa del miedo solo estoy consciente a medias—. Benny no es un hombre demasiado paciente ni comprensivo, así que más vale que te des prisa en devolver el dinero que nos debes o, de lo contrario, la próxima vez que venga a buscarte, será mucho menos comprensivo.

El tipo se apoya con fuerza en mi tráquea, por lo que soy incapaz de responder. El miedo me paraliza.

—Y será mejor que no llames a la poli, no serviría de nada. Además, me enteraría de inmediato y no me haría la más mínima gracia.

Cuando acerca la boca a mi oreja, puedo oler su aliento cargado de nicotina y su sudor pestilente.

—Siempre he tenido una debilidad por las pelirrojas. Me encantaría ocuparme de ti personalmente.

Y, sin decir nada más, desaparece en la noche con la misma rapidez con la que apareció. Si no fuera por la bolsa de la compra aplastada en el suelo y el puerro proyectado a cinco metros de distancia, podría incluso creer que lo había soñado todo.

Capítulo 12

COLE

El timbre de la puerta suena una primera vez.

Y luego una segunda.

Me levanto del sofá a regañadientes. ¿Quién será el idiota que viene a molestarme a estas horas, utilizando el timbre además? Mis hombres llaman a la puerta. De todas formas, no vienen a mi casa sin haber sido invitados.

Y hoy no espero a nadie. El timbre suena por tercera vez.

¡Y sigue insistiendo el imbécil!

Echo la mano atrás para posarla sobre mi arma y me acerco a la puerta con cuidado de apartarme a un lado. No es cuestión de que me peguen un tiro en caso de que a alguien se le haya ocurrido la idea de transformar mi puerta en un colador con una ráfaga de fusil de asalto.

Echo un vistazo por la mirilla para ver quién me espera.

¡Joder, pero qué narices hace esta aquí!

Abro la puerta bruscamente sin molestarme en desenfundar. Estoy seguro de que no corro ningún riesgo con ella. La agarro por el brazo y la arrastro por la fuerza al interior de la casa antes de volver a cerrar la puerta a nuestras espaldas.

Se me queda mirando con sus grandes ojos claros, pero ni siquiera parece tenerme miedo. *¡Qué inconsciente!*

—¿Qué haces aquí? ¡Te he dicho que te largues y que te vuelvas a tu casa! ¡Y tienes la desfachatez de venir a llamar a mi puerta! ¡Esto no es Disneyland, princesa!

Me observa unos segundos sin responder. Parece enfadada. Tiene los puños apoyados en las caderas. Creo que no ha captado bien el mensaje, así que insisto:

—Una chica como tú no tiene nada que hacer en este barrio si de verdad aprecia su vida. No sé para qué me quieres, pero desde luego no creo que sea buena idea aparecer por aquí en mitad de la noche.

—Buenas tardes a usted también. Ni siquiera son las siete, así que eso de en mitad de la noche, habría que verlo. ¡Necesito respuestas hoy mismo y no pienso irme de aquí sin haberlas obtenido!

Su expresión fiera e indignada me provoca la risa. ¿Acaso cree que va a poder sacarme algo?

—Princesa, a mí nadie me exige nada. Ni siquiera el más aguerrido de mis hombres. ¿Por qué crees que debería responder a tus preguntas?

Aunque su actitud me exaspera, también despierta mi curiosidad. ¿Pero qué puede querer una mujer de su clase de alguien como yo hasta el punto de presentarse en mi casa en plena noche para exigirme respuestas?

—¿Dónde puedo encontrar a Sebastian?

—¿Para qué lo quieres?

—Soy yo quien hace las preguntas —responde.

Casi me dan ganas de echarme a reír. No me llega ni a la altura de los hombros y aquí está, en mi casa, y estoy casi seguro de que no va armada mientras me interpreta un *remake* del poli malo.

—No sé dónde está, no soy su madre —mascullo.

La mujer se muerde el labio inferior, lo que atrae inevitablemente mi mirada hacia esa parte de su anatomía. De repente, a mí también me apetece morderle el labio. Agito la cabeza para apartar la idea de mi mente.

—¿Por qué buscas a Sebastian?

Aunque me importe un comino la razón por la que necesita hablar con ese imbécil, la siento tan desesperada que casi quiero ayudarla. Casi. Tampoco es que quiera convertirme en un buen samaritano de repente.

—Solo quiero hablar con él.

Toda la seguridad de la que había hecho gala hasta entonces desaparece y casi murmura estas últimas palabras. Percibo angustia en su voz.

La agarro por el brazo para arrastrarla al salón. Se libera de mí, pero sigue sin decirme nada. Me siento en un sillón y le hago señas para que haga lo mismo en el sofá de enfrente. Duda un poco, mira a su alrededor, como para estar segura de que no está rodeada de mercenarios armados hasta los dientes, y obedece.

Le dejo estudiar mi salón, preguntándome qué podría pensar. ¿Qué se esperaría? Quizá nada.

—¿Amber todavía no ha aparecido? —le pregunto al sentir que, si no intervengo, podría quedarse en silencio un buen rato.

Niega con la cabeza, abre la boca, parece querer decir algo y se arrepiente. Fija la mirada en sus manos, que retuerce con nerviosismo. Decido dejarle algo de tiempo. Después de todo, esta chica ya ha demostrado tener mucho coraje viniendo a buscarme, así que puedo darle un minuto.

Aprovecho para observarla. Es guapa. Pequeña y menuda, pero con grandes ojos luminosos muy expresivos. En otras circunstancias, en otra vida, me habría gustado estar con una chica así, pero, en mi mundo, las mujeres como ella no tienen cabida. El simple hecho de pensarlo ya es ridículo.

—Necesito que me ayude —acaba diciendo.

¿Necesita mi ayuda? ¿Pero ha mirado bien? ¿Le parezco el tipo de tío al que se le pide ayuda?

Pero cruzo mi mirada con sus ojos suplicantes y me escucho responder:

—¿Qué necesitas, princesa?

—Necesito encontrar a Sebastian. Es muy importante... Estoy segura de que sabe dónde está Amber.

Duda un instante y después continúa:

—Creo que tiene algo que ver con el robo de mi cafetería de hace unos días.

Me incorporo en mi sillón y pregunto:

—¿Un robo?

Me cuenta que un hombre la amenazó con un arma y se llevó la caja.

—¿Y qué tiene que ver eso con Sebastian?

Baja la mirada y veo que se pregunta qué puede responderme.

—No sé si está relacionado con eso, pero, cuando se fueron, hablaron de un dinero que reclamaba su jefe. Y en vista de las actividades de Sebastian...

Mira, aterrorizada, en mi dirección. Está claro que espera que proteste por su insinuación, pero me limito a mirarla fijamente. Espero a que continúe, tengo la sensación que no ha terminado.

—Y, además, han venido a buscarme... —murmura.

No me gusta el cariz que está tomando esto. Mis sentidos se ponen en alerta. Le hago señas para que continúe.

—Un hombre me acaba de agredir y me ha vuelto a hablar de ese dinero...

—¿Qué dinero, Amy?

Se sobresalta, seguramente al averiguar que conozco su nombre a pesar de que ella nunca me lo ha dicho. Pero también por el tono seco con el que lo he pronunciado.

—¡No lo sé! —exclama—. ¡Justo por eso quiero encontrar a Sebastian!

—¿Y qué aspecto tenía el hombre que te ha agredido?

—No... No sería capaz de describirlo, todo ha sido tan rápido. Era alto e iba rapado. Ha nombrado a un tal Benny.

Me levanto de un salto, lo que hace que se vuelva a sobresaltar. Me paso las dos manos por la cara y luego por el pelo.

¿En qué mierda se habrá metido esta vez el idiota de Sebastian?

Por desgracia, el nombre de Benny no me es del todo desconocido. Hasta hacía un minuto, dudaba que Sebastian tuviera algo que ver con esta historia, pero ahora estoy totalmente convencido de lo contrario.

Le echo un vistazo. Está hecha un ovillo, como si el hecho de rodear sus rodillas con los brazos la protegiera del mundo entero. Y entonces, de repente, se me pasa por la cabeza una idea espeluznante.

—¿No te habrá...?

No me deja terminar:

—No. No me ha hecho daño... Al menos por ahora. Me ha amenazado con volver si no le devuelvo el dinero a su jefe o si me pongo en contacto con la policía —me dice con una voz casi inaudible—. No sé qué hacer. He pensado que si encuentro a Sebastian, quizá él podría aclararme las cosas y, sobre todo, podría decirme dónde está Amber. Luego iré a la policía.

—No acudas a la policía —le ordeno.

Los engranajes de mi mente giran a pleno rendimiento y empiezo a comprender ciertos acontecimientos de estos últimos días. De repente, lo pago con el muro de enfrente. Le doy un puñetazo a la estructura de pladur.

Cuando giro la mirada hacia Amy, veo que duda entre salir corriendo o quedarse totalmente inmóvil para no provocarme. Si ha venido hasta aquí, no es porque sea valiente, sino porque está desesperada.

No me suele preocupar lo que la gente opina de mí. De hecho, me da absolutamente igual. Pero, de repente, no quiero que esta mujer menuda, suficientemente valiente como para llamar a mi puerta, me tenga miedo. Me acerco despacio a ella, intentando aparentar ser el hombre más tranquilo del mundo, mientras la rabia bulle en mi interior. Me agacho frente a ella y percibo un leve movimiento de retroceso. Le agarro la mano, minúscula en la mía. Sus ojos se fijan en el lugar en el que nuestros cuerpos se tocan y me gustaría saber qué está pensando. Entonces pronuncio unas palabras que casi me son desconocidas:

—Voy a ayudarte, Amy.

Suspira aliviada y pregunta con tono apresurado:

—¿Podría llamar a Sebastian? ¿O podemos ir a verlo? Sí, eso sería mejor porque quizá no quiera hablar con nosotros y...

La princesa ha recuperado su vivacidad.

—¡Un minuto! —la interrumpo—. Lo haremos a mi manera y con mis condiciones.

Amy frunce el ceño de una forma tan adorable que me cuesta mantenerme serio. Me doy cuenta de que tiene algunas pecas en los pómulos que la hacen parecer traviesa.

—¿Entonces cómo lo hacemos?

—Tú, nada. Tú te vuelves a tu casa ahora mismo, yo me encargo de todo.

—¿De verdad se cree que me voy a ir como si nada y me voy a quedar esperando a que haga desaparecer el problema? No soy tan ingenua.

—¿Ah, no? —me divierto.

Me lanza una mirada furiosa y se levanta para recuperar la compostura, pero no me dejo impresionar.

Yo también me levanto. Es mucho más bajita que yo, así que cuando le hablo, gano por tamaño.

—Princesa, estos hombres son peligrosos. Créeme cuando te digo que es mejor que te mantengas al margen de todo esto.

—¿Y usted qué sabe? ¡Ni siquiera sabemos quiénes son exactamente!

Conozco lo suficiente esta ciudad y, sobre todo, lo que se mueve en los bajos fondos, como para no tener dudas sobre la identidad de los tipos a los que nos enfrentamos. Pero no voy a decírselo. Si Sebastian se ha metido en problemas, no hace falta ser adivino para saber con quién.

—¿Dónde has aparcado?

—He venido en metro. Pero si cree que voy a irme sin más información, está muy equivocado.

Cruza los brazos a la altura del pecho para parecer más determinada y yo oscilo entre la desesperación y la admiración por su obstinación.

Me doy la vuelta para coger las llaves de mi coche en la entrada y me giro hacia ella.

—Sígueme, princesa, te llevo a casa.

—¡No pienso moverme de aquí hasta que no obtenga una respuesta! —exclama—. ¡Y bajo ningún concepto voy a subirme en un coche con usted! ¡Ni siquiera lo conozco!

Me acerco a ella hasta que solo nos separan unos centímetros. Esta chica está completamente loca. Ninguno de mis hombres se atrevería a plantarme cara de esa forma. De hecho, nadie me habla así. Ni siquiera los desconocidos ni mis peores enemigos.

—Princesa, mi paciencia tiene un límite. Y se me está agotando, así que o te das prisa y me sigues o no te va a gustar demasiado lo que pase.

No se mueve ni un milímetro y me desafía con la mirada.

¿Me cree incapaz de utilizar medios más contundentes? Pues se va a llevar una sorpresa.

Pongo mis manos en su cintura y la levanto. Es ligera como una pluma. Suelta un gritito de estupefacción. Me la echo al hombro, pongo rumbo a la puerta y bajo la escalinata.

—¡Suélteme!

Intenta resistirse y mueve los brazos en todas direcciones.

—Princesa, deja de moverte o vas a acabar haciéndote daño.

—¡Deje de llamarme «princesa»! ¡No soy ninguna «princesa»!

—¡Para ya! Te llamo como me da la gana. Puedes darme todos los puñetazos que quieras con tus puñitos, pero eso no cambiará nada.

—¡Socorro! ¡Ayuda! —vocifera.

Su obstinación me arranca una carcajada.

—Cariño, puedes gritar todo lo que quieras. Nadie vendrá a rescatarte, así que si yo fuera tú, ahorraría fuerzas.

Llegamos a mi coche, abro la puerta del pasajero y la suelto en el asiento. Le pongo el cinturón de seguridad y levanto la vista. Me fulmina con la mirada.

—¿Te vas a comportar como es debido? ¿O vas a intentar darte a la fuga mientras doy la vuelta al coche?

Amy no responde y me tomo su silencio como un asentimiento.

Capítulo 13

Amy

Estoy en un coche con el jefe de una banda. ¿Desde cuándo mi vida se parece a un episodio de una serie policíaca?

¡Y mejor ni hablar del hecho de que me acaba de transportar sobre su hombro como si fuera un vulgar saco de patatas! ¿Pero qué son esos modales de hombre de las cavernas? Estoy bastante enfadada. No ha querido decirme dónde está Sebastian y ni siquiera sé qué piensa hacer. ¿Acaso puedo confiar en él para que traiga a Amber de vuelta a casa? ¿Para aclarar todo este asunto del dinero? Me vienen a la cabeza miles de preguntas.

Aunque el hombre que me metió en el callejón esta tarde me lo ha prohibido, quizá debería acudir a la policía. Estoy segura de que puedo confiar en el teniente McGarrett. De hecho, ¿qué locura ha sido esta de plantarme en casa del tal Cole? ¡Una chica sensata habría llamado a la policía! ¡Jamás habría intentado hacer su propia investigación ni habría ido a la casa del jefe de una banda!

De hecho, yo misma estoy sorprendida de mi propia audacia. La Amy que yo conozco jamás asume riesgos excesivos. La Amy de hace apenas tres días es una persona sensata. Soy una chica instruida que trabaja, paga sus impuestos, vota en todas las elecciones y cruza por los pasos de peatones. Vale, quizá no vaya a misa tanto como le hago creer a mi muy practicante abuela católica irlandesa, pero creo que, a pesar de mis mentirijillas sobre este tema, soy una buena chica. Entonces, en caso de problemas, hay que acudir a las autoridades competentes. Supongo que los últimos acontecimientos han hecho salir un aspecto de mi personalidad que desconocía.

—¿Tienes algún sitio en el que puedas quedarte esta noche? —me pregunta Cole, que acaba de ponerse al volante.

Frunzo el ceño al no entender a qué se refiere.

—No es buena idea que te quedes sola en tu casa esta noche. ¿Tienes algún sitio al que puedas ir?

—Sí, a mi casa. Tengo una bonita alarma recién puesta y un sistema de videovigilancia último grito.

Quizá no haya sido demasiado inteligente contarle todo eso. *¡Ya que estás, pásale el código de la alarma, Amy!*

Cole se burla. Al parecer, ser propietaria de un equipo que te permite grabar tu propio programa de telerrealidad tiene algo de cómico.

—Cualquier lumbrera sabe desactivar una alarma, Amy. Y los tipos a los que te enfrentas lo harían con los ojos cerrados. Quédate en casa de tus padres esta noche.

Es una orden y el tono con el que la pronuncia no deja lugar a la discusión. ¡No me sorprende que ese hombre dirija una de las bandas más peligrosas de la ciudad! ¡No debe de haber mucha gente que discuta sus decisiones!

—Mis padres viven lejos.

No me apetece ceder a sus caprichos de mafioso y no hace falta que sepa que, efectivamente, podría refugiarme en casa de mis padres sin problemas.

La situación parece divertirle y arquea una ceja.

—¿Te has hecho todo el camino hasta mi casa sin miedo a que te rajen la garganta y ahora te asusta un pequeño desvío a Beacon Hills?

—¿Cómo sabe que mis padres viven en Beacon Hills? —me ofusco.

—Sé una o dos cosas sobre usted, señorita Kennedy —responde, enigmático.

Un escalofrío de angustia me atraviesa. ¿Qué más sabe sobre mí? Y, sobre todo, ¿qué piensa hacer con dicha información?

—¿Suele investigar a todas las chicas que llaman a su puerta?

Gira la cara, se me queda mirando y se vuelve a concentrar en la carretera. Una vez más, guarda silencio.

—Vale, usted gana. Me iré a casa de mis padres.

Cole asiente con la cabeza, satisfecho, y pone rumbo a Beacon Hills.

Viajamos unos cuantos minutos en total silencio. Aprovecho para examinar el coche y a la persona que lo conduce. Es un modelo de colección. Un Chevrolet Camaro, creo. No me había fijado demasiado cuando nos acercamos. Supongo que el hecho de estar bocabajo, con la vista fija en su trasero, tampoco ayudaba demasiado.

Trasero bastante agradable de mirar, todo sea dicho. Sí, me ha dado tiempo a percibir ese detalle y eso me avergüenza un poco.

El coche huele a cuero, un olor tremendamente masculino y que le va bastante bien a su propietario. Aunque bien es cierto que jamás me lo habría imaginado al volante de un clásico.

Echo un vistazo en su dirección. Las líneas de su mandíbula son cuadradas y su pelo rubio le cae sobre la nuca. Tiene una pequeña cicatriz en el arco superciliar y estoy segura de que no se la ha hecho con una hoja de papel. Bajo su camiseta ajustada, es fácil adivinar unos bíceps poderosos. Un tatuaje sobresale un poco de su manga larga. ¡Todo en él grita «Peligro»! Y, sin embargo, no me siento amenazada.

Conduce despacio. Estoy segura de que esta aparente serenidad es una gran ventaja en su profesión. Bueno.... en su... ¿Cómo se podría llamar al trabajo de un jefe de banda? No creo que exista una ficha que describa su puesto en la oficina local de la agencia de empleo... *Bueno, pues sus tareas.* Pero también estoy segura de que se trata de una fachada.

—¿Y cuándo tendré noticias suyas?

Suelta una risita nerviosa.

—¿De verdad cree que en nuestro mundo nos ajustamos a una agenda?

No me gusta demasiado el tono sarcástico que usa, así que me rebelo:

—Mis más sinceras disculpas por no conocer los usos y costumbres de la calle. ¿Conoce algún manual de buena conducta en los medios mafiosos y criminales con el que pudiera hacerme?

Si él se burla de mí, yo también puedo.

No responde y aparca en la calle de mis padres, pero como a cincuenta metros de distancia. Se gira hacia mí y me mira directamente a los ojos.

—Te prometo que te mantendré informada en cuanto sepa algo, pero, por tu parte, debes prometerme que no intentarás ninguna estupidez. Y, sobre todo, no vayas a la policía.

Espero un instante antes de responder:

—Vale.

No voy a discutir su último comentario porque creo que se volvería contra mí.

—Vete antes de que los vecinos de tus padres se acaben preguntando qué hago aquí. No creo que al jefe de la policía le haga ilusión averiguar que a su hija la ha traído un gánster.

Por supuesto, sabe quién es mi padre. Imagino que ya habrá tenido algún encontronazo con él. Es posible incluso que mi padre lo haya condenado a alguna pena de cárcel. A él o alguno de sus chicos. ¿Podría emprenderla conmigo como represalia? Por el momento, parece querer ayudarme, pero quizá solo sea una artimaña para llevar a cabo su venganza.

Balbuceo un adiós y me apresuro a salir del habitáculo. Camino hasta la casa de mis padres. Siento la mirada de Cole en mi espalda. No arranca hasta que cruzo la puerta de entrada.

—¡Amy! ¡Querida! ¡Qué sorpresa!

Mi madre sale de la cocina y viene a buscarme. Me besa en la mejilla.

—¿A qué debemos este placer?

Me da un poco de vergüenza porque mi madre está dando claramente a entender que no pongo un pie en la casa si no hay un buen motivo.

—Pasaba por el barrio y me he dicho que podría estar bien pasar a saludar.

Cruzo la mirada con mi madre y entonces sí que me siento realmente culpable. Sus pupilas me escudriñan y estoy segura de que hay algo que no le encaja.

—Pues mira, me parece una gran idea. ¿Te quedas a cenar?

—Por supuesto. De hecho, me preguntaba si podía incluso quedarme a dormir. Ya sabes, como en los viejos tiempos —balbuceo.

—¡Pues claro!

Una sombra cruza la cara de mi madre.

—Oh, querida, no lo había pensado, pero es cierto que, con los acontecimientos de la otra tarde, debe aterrorizarte la idea de quedarte sola en ese pequeño apartamento frío y aislado.

Ni me molesto en explicarle que tengo calefacción y que mi barrio no está precisamente en mitad del campo. Me limito a esbozar una leve sonrisa que me evitará tener que contarle por qué estoy allí en realidad. Porque una banda me vigila y cree que le he robado algo y porque el jefe de otra banda me ha ordenado que me refugie en casa de mis padres. Y porque, además, este último me ha traído hasta aquí.

Mi madre sigue lanzada:

—Jamás he comprendido por qué insistes en vivir en ese cuchitril cuando podrías perfectamente vivir aquí. Hay mucho más espacio y...

—Mamá —la interrumpo—, creo que veintinueve años es edad suficiente como para dejar el nido.

Mi madre suspira.

—Sí, pero si al menos estuvieras casada...

¡Oh, no! ¡Espero que no vaya a volver con eso!

En ese momento, mi cerebro pasa a modo filtro. Escucho vagamente a mi abuela murmurar algo del estilo: con tu edad yo ya tenía siete hijos. No quiero empezar la noche de mal humor.

Anuncio que voy a preparar mi habitación mientras espero a que mi padre vuelva del trabajo y nos sentemos a la mesa.

Cuando vuelvo a bajar, mi abuela ya está sentada para la cena y mi padre acaba de llegar. Saludo a mi progenitor y ayudo a mi madre a poner la mesa. Empezamos a comer no sin antes escuchar a mi abuela recitar sus plegarias. Mi padre me hace algunas preguntas sobre mi trabajo y me cuesta horrores no hacer alusión a la desaparición de Amber. Y, entonces, una vez más, la conversación deriva hacia mi vida amorosa.

—Amy, tu padre me ha dicho que es el teniente McGarrett el que se encarga de la investigación de tu robo.

—Sí, así es.

—¡Qué maravillosa coincidencia! —se entusiasma—. Es un chico encantador.

Entiéndase: *«Espero con impaciencia que te pida en matrimonio».*

—Sí —murmuro.

—En realidad, no es una coincidencia. Yo le pedí que se encargara de la investigación —confiesa mi padre mientras se acerca una copa de vino a los labios.

Lo miro, sorprendida.

—Pero, ¿por qué?

Aunque mi padre tolere las incesantes conversaciones y tácticas de las mujeres de la familia para casarme, jamás llegaría a participar en ellas.

—Porque quería que se ocupara alguien de mi confianza. Y sé que McGarrett es alguien íntegro y recto. Y, además, no quería que el caso se hiciera público.

—¿Ves? Le gusta hasta a tu padre —añade mi madre con un guiño.

Prefiero no responder y me limito a ignorar su comentario.

—Estoy segura de que una vez se resuelva el caso, aprovechará para invitarte a cenar —asegura.

No pienso decirle que ya me ha dejado caer que podría invitarme a tomar algo porque saldría corriendo a la imprenta a escoger las invitaciones para la boda. Y, bueno, por el momento, no es más que una posibilidad.

Capítulo 14

McGarrett

—¿Entonces? ¿Cómo ha ido el interrogatorio?

Apoyo los codos en la mesa de Mancini, que no deja de teclear en su ordenador. Se pasa un montón de tiempo redactando informes. Hay que reconocer que pertenece a una generación anterior a la revolución informática. Toda esta tecnología le queda un poco grande. Y cuando escribes con solo dos dedos sin apartar la mirada del teclado, eres mucho más lento.

—Yo no me he encargado del interrogatorio.

Me sorprende su respuesta. Estaba convencido de que se habría dado el gusto de aterrorizar al ladronzuelo para arrancarle una confesión detallada, pero, por lo visto, no.

—Soy demasiado viejo para tonterías, así que he dejado que se encargue Smith.

Es la primera vez que Bob se queja de su edad. En general, es más bien lo contrario y sé que le asusta un poco que se esté acercando la fecha de su jubilación. Si dependiera de él, se reengancharía hasta el final de sus días. Su trabajo es toda su vida.

Lo que no me gusta demasiado es que haya dejado a Smith encargarse del interrogatorio. Habría preferido que me lo pidiera a mí. Podría haberlo hecho sin problemas; después de todo, el robo de la cafetería es mi caso. Además, el joven arrestado me habría podido ser de utilidad para mi otra investigación en curso. Y, sobre todo, ¡tenía que escoger a Smith! No es que nos llevemos especialmente bien. Nos graduamos en la academia el mismo año y siempre ha habido una especie de competición entre nosotros.

—¿Dónde está Smith?

Señalo su mesa en el espacio abierto, que está vacía. Mancini se encoge de hombros.

—Ni idea, quizá se haya ido ya a su casa.

Viendo la hora que es, lo dudo. Smith es un tipo ambicioso, hasta cotas insospechadas. Así que irse pronto cuando hay un sospechoso en la sala de interrogatorios no le pega demasiado.

Salgo a buscar a mi colega al pasillo de la comisaría, pero tengo que rendirme a la evidencia: no está por ninguna parte. ¿Puede que el chico le haya pasado información y haya salido a investigar alguna pista? No, aunque Smith es un capullo, me habría llamado para ponerme al día.

Así que decido hacerle un pequeña visita al lumbrera que decidió ir a desvalijar a Amy la otra tarde. Abro la puerta y el chico se sobresalta. Está bastante musculado, pero diría que está asustado. Es el tipo de tío que se siente más cómodo en una pelea que en una clase de física cuántica. Lleva los brazos y el cuello tatuados para impresionar a sus adversarios, pero tiene una mirada vacía.

—Hola, Tommy, soy el teniente McGarrett.

Tommy gruñe algo que dudo mucho que sea un saludo.

—Imagino que mis colegas ya te han dicho por qué estás aquí.

Vuelve a gruñir. Lo observo. El tipo no parece estar drogado. En mi opinión, su única droga es levantar pesas y los únicos polvos que se mete son proteínas para ganar masa muscular. Entonces, ¿para qué necesitaría el dinero? Le hago la pregunta.

—Ya le he contado todo a su colega. Necesitaba dinero, eso es todo. Ya he confesado que fui yo quien robó en la cafetería.

Lo he investigado un poco antes de entrar y sé que miente. Es cierto que no nada en la abundancia, pero, si tuviera deudas de verdad, se sabría. Empiezo a pensar que el robo de la cafetería de Amy no perseguía ese objetivo.

—¿Quién te ha pedido que vayas a apuntar con un arma a la propietaria de Chez Josie?

—Nadie.

Sé que miente. Ha mirado a una esquina una décima de segundo. Ha sido sutil, pero lo he visto. De todas formas, sé que tengo razón. Hacerse con la recaudación del día no había sido el móvil del crimen.

—¿Eres miembro de los Blood Angels, Tommy?

—Sí.

En este caso, no puede mentirme: lleva el nombre tatuado en el antebrazo izquierdo. En sí, no tiene nada de malo ser miembro de un grupo de moteros, siempre y cuando se limiten a beber cerveza mientras hablan de mecánica, en serio... Pero desde hace unos años, su amor por las grandes cilindradas se ha convertido en una fachada para los Blood Angels.

—En tu opinión, ¿qué van a pensar cuando averigüen que eres tan tonto como para dejarte grabar a cara descubierta durante varios minutos justo antes de ir a robar un comercio? ¿Crees que te recibirán con los brazos abiertos para felicitarte?

Al chico le cuesta tragar. Según parece, ni lo había pensado.

—Se podría pensar que tu carrera dentro de los Blood ha quedado algo tocada, ¿no crees?

Le dejo unos segundos para que asimile lo que le acabo de decir. Y, entonces, continúo:

—¿Sabes qué es lo que más detesta Benny, vuestro presidente? Que alguien atraiga la atención hacia su organización. Prefiere mucho más evolucionar en la sombra, si sabes a qué me refiero. Así que si yo fuera tú, no aparecería por su casa.

Ahora Tommy parece tener cierto interés por examinar sus zapatos. Lo dejo marinar unos segundos.

—¿El teniente Smith te ha explicado a qué te enfrentas por el robo?

Asiente con la cabeza.

—Bien. Si yo fuera tú, me iría haciendo a la idea de que me voy a pasar un tiempo en la cárcel. ¿Sabes? No has robado a cualquiera. La joven a la que asaltaste es la hija de uno de los policías más influyentes de esta ciudad y, desde luego, uno de los más apreciados. Así que, aunque no sea él el que te vaya a juzgar, puedes estar seguro de que tiene un largo brazo y que el juez que tendrás delante de ti no te hará ningún regalo. Te expones a la pena máxima. Eso les va a dejar mucho tiempo a los amigos de Benny que se pudren en prisión y que ya no tienen nada que perder para que se ocupen de ti. Estoy seguro de que se van a divertir mucho contigo.

Ahora el chico parece aterrorizado. Quizá lo haya adornado un poco, pero lo necesito para mi otra investigación. Así que decido continuar unos minutos más y, cuando lo noto preparado, le pregunto:

—¿Qué ha pasado con la droga que estaba almacenada en el hangar de East Buckingham?

—¡No tengo ni idea! ¡No estoy al corriente de las grandes operaciones!

Extiende la mano delante de él en señal de defensa y agita la cabeza.

—¿Y has oído hablar de la redada?

No responde.

—¿Sabes? Si quieres que declare a tu favor para que puedas purgar tu pena en un lugar donde los Blood Angels no puedan llegar a ti, me vas a tener que dar algo.

—Le prometo que no tengo ni idea de dónde está oculta la droga.

Por desgracia, le creo. Y eso me fastidia. Esperaba poder sacarle algo de información con un mínimo de valor.

—¿Y de la operación de la policía de la semana pasada? ¿Has oído hablar de ella?

Parece dudar y, por fin, decide cantar.

—Sí, de eso sí he oído hablar. Se dice que un poli dio el chivatazo. Se morían de la risa al pensar que, cuando os plantarais allí, lo único que ibais a encontrar sería polvo y ratas.

Y, efectivamente, eso fue justo lo que nos encontramos. No me cabía la más mínima duda de que la información venía de nosotros, pero escucharlo de la boca de alguien...

No obstante, no debo dejar que se note mi rabia. Mejor no mostrar ninguna emoción delante del chico.

—¿Y viste por casualidad a ese poli?

Retuerce las manos y siento que tiene algo que decir.

—Tommy, soy tu última oportunidad, así que piénsatelo bien antes de decir que no.

—No lo he visto personalmente, pero un día Benny necesitaba un chófer y me pidió que lo llevara a un aparcamiento al sur de la ciudad. Y allí, un tipo se subió al coche. No pude oír demasiado bien de qué estaban hablando porque murmuraban y, además, me habían ordenado que no escuchara, pero, de verdad, ¡el tipo tenía toda la pinta de ser poli!

Bueno, vale, está un poco cogido con pinzas, pero creo que merece la pena profundizar.

—¿Y serías capaz de reconocer al tipo si te mostrara unas fotos?

—Sí, creo que sí.

Tres cuartos de hora más tarde, vuelvo a salir de la sala después de haberle enseñado los retratos de todos mis colegas y tengo ganas de destrozarlo todo a mi paso. Por suerte, mi instinto de poli me salva y sé que tengo que ponerlo todo en marcha para recopilar las pruebas necesarias y hacer caer al traidor. El vago testimonio de Tommy no es suficiente, necesito argumentos sólidos.

Capítulo 15

Amy

Esta mañana me he despertado al amanecer para ir a abrir la cafetería. No me ha costado demasiado, primero porque estoy acostumbrada a levantarme pronto y segundo porque he dormido bastante mal en mi cama de la adolescencia. No ha sido tanto culpa de la ropa de cama como de mi cerebro, que no ha dejado de funcionar a pleno rendimiento toda la noche.

Solo he tenido tiempo de cruzarme con mi padre camino del juzgado. Me ha besado en la frente como lo hacía antes, cuando me preparaba para ir al colegio, y esta especie de vuelta a la infancia me ha hecho sonreír todo el día. Bueno, hasta primeras horas de la tarde, en el momento en el que se suponía que tenía que empezar el turno de Amber. Sigo sin tener noticias suyas y me pregunto cuándo las voy a tener. No he perdido de vista el teléfono con la esperanza de ver aparecer su nombre en la pantalla.

Shelly también parece preocupada por la ausencia de Amber. Al principio, pensaba como McGarrett, que acabaría apareciendo, pero creo que también ha abandonado la tesis de la fuga amorosa. Ha intentado hacerme escuchar en bucle el último disco de «Bruno», que según ella es «el mejor antidepresivo del mundo», pero no estoy de humor para moverme al ritmo endiablado del artista.

A última hora de la tarde, como un cuarto de hora antes del cierre, mientras trabajo sola en mi nueva receta de *cupcake* de calabaza para Halloween, las luces se apagan de repente. Habrá saltado el fusible. Justo en ese momento, suena el timbre de la puerta y veo a un hombre que la cierra tras de sí y gira el cartel de abierto-cerrado. Una descarga de adrenalina me atraviesa el cuerpo y me invade una sensación desagradable con la que, por desgracia, me he familiarizado bastante estos últimos días: el miedo. También gira el cerrojo. Siento que mis manos empiezan a humedecerse. Una vez más, no tengo un arma cerca, a no ser que contemos como tal un batidor de repostería. Me dispongo a protestar cuando por fin reconozco al recién llegado. Hay que decir que va vestido de una forma muy diferente a cuando lo vi por última vez. Lleva unos vaqueros oscuros y una cazadora de cuero negro abierta que deja entrever una camisa de un azul que resalta el color de sus ojos. Me siento aliviada, pero eso no hace que se calmen los latidos de mi corazón.

Cole se acerca y no puedo dejar de mirarlo. Camina con una seguridad impresionante. Va vestido como cualquiera de mis clientes habituales, solo que él es mucho más guapo que ellos. No, guapo no. Guapo no es el término más adecuado para definir la masculinidad brutal que desprende este hombre. Es peligroso y sexi a partes iguales. Peligroso con *P* mayúscula. Diría que incluso escrito en negrita, cursiva y subrayado.

Creo que se da cuenta de que su físico me ha hecho olvidar durante un instante el carácter vital de la función respiratoria porque esboza una sonrisa irónica. Si quisiera ser más sexi que en ese momento, simplemente no sería posible. Rodea el mostrador para ponerse a mi lado. En ese momento, me viene a la mente a toda velocidad la visión de un ciervo encandilado por los faros de un camión.

—Hola, Amy.

Su voz es algo ronca, una auténtica llamada a la lujuria.

¿Pero desde cuándo pienso cosas de este tipo? ¡Sobre todo de un hombre tan peligroso! Agito la cabeza para poner orden en mis pensamientos.

—¿Tiene noticias de Sebastian y Amber?

Mi costumbre de ir siempre al grano lo vuelve a hacer sonreír. Quizá le parezca divertido, pero a mí, desde luego, no. Llevo esperando todo el día a que me llame. Y, cuanto más pasan las horas, mayor es el riesgo de que la situación empeore para ella. He visto suficientes capítulos de *Mentes criminales* como para saberlo.

—Están bien.

Esas dos simples palabras me quitan un peso de encima mayor que el del yunque que llevaba en el corazón desde hace unos días. El peso de, por lo menos, una docena de yunques, de hecho. O de un semirremolque, incluso de un semirremolque lleno de yunques. Bueno, imagino que ya habréis captado la idea.

—¿Dónde está Amber? ¿Cuándo piensa volver?

Ninguna respuesta y siempre esa expresión indescifrable que tanto me exaspera.

No repito la pregunta en voz alta, pero mi mirada lo hace por mí.

—No es tan simple, princesa.

—¿A qué se refiere con que «no es tan simple»?

Oscilo entre el miedo de descubrir lo que me va a contar y la exasperación provocada por sus palabras.

Me hace señas para que me siente. Es lo último que me apetece en estos momentos. ¡Y por qué no hablar del tiempo con un chocolate caliente ya que estamos! ¡Quiero respuestas y las quiero ya! Me cruzo de brazos y adopto la que creo que es, o eso espero, mi expresión más inflexible.

Cole, por su parte, se sienta y me vuelve a señalar la silla que hay frente a él. Su gesto es explícito: no me dirá nada mientras no lo gratifique con mi presencia al otro lado de la pequeña mesa de madera. Suelto un suspiro y claudico. Conozco a ese hombre desde hace solo unos días y siempre consigue lo que quiere de mí.

—Sebastian y Amber van a pasar unos días fuera —me anuncia como si se hubieran ido al campo a relajarse.

Pero algo me dice que no se han ido precisamente a visitar viñedos.

—¿Perdón? ¿Por qué?

—No puedo decírtelo.

—¡Venga ya! —me burlo—. ¡Eso suena demasiado bonito para ser verdad!

Hasta ahora siempre había encajado mis sarcasmos sin chistar, pero esta vez creo que empiezo a molestar.

—Cuanto menos sepas, mejor.

—¿Por qué? ¿Le preocupa que vaya a contárselo todo a la policía y que se pongan a husmear en sus asuntos cuando les diga que ha aceptado ayudarme? ¿No cree que si esa hubiera sido mi intención ya habría ido corriendo a la comisaría más cercana?

Creo que me va a dedicar otra de sus miradas de hielo, pero me sorprende agarrándome por la muñeca por encima de la mesa. El contacto de su áspera palma sobre mi epidermis me produce una sensación que me gustaría poder refrenar. Bajo la mirada hacia su mano, la de un hombre que utiliza los puños para hacer llegar determinados mensajes.

Cuando vuelvo a mirarlo a los ojos, sus pupilas brillan con un fuego nuevo.

—No vas a ir a la policía —me dice con un tono tranquilo que, sin embargo, deja bastante claro que se trata de una nueva orden.

Continúa:

—Esos hombres, princesa, son peligrosos. Si sabes determinadas cosas, te conviertes en alguien interesante a sus ojos. En ocasiones, la ignorancia sí que da la felicidad. Y, créeme, no quieres saber.

—¿No me cree capaz de aguantarlo? Hace ya un tiempo que dejé de creer en los unicornios.

Lo bueno de mi comentario es que le hace sonreír. Me suelta la muñeca y la pérdida de su contacto me entristece.

—No te quedes sola esta noche. Vuelve a casa de tus padres. Puedo enviarte a alguien para que te lleve.

—Puedo arreglármelas perfectamente yo sola.

Me levanto y hago ademán de volver detrás de la barra. Él me sigue.

No me apetece en absoluto volver escoltada por una carabina y mucho menos pasar otra noche con mis pósteres de adolescente.

Se planta frente a mí y me obliga a mirarlo a los ojos. Adopta una expresión severa, como si yo fuera una niña caprichosa. Si quiere jugar a ese juego, puedo aumentar mi apuesta. Me cruzo de brazos para mostrar mi determinación.

—Amy —gruñe.

Mi nombre tiene un sabor especial en su boca. Me alegra que, por una vez, olvide el «princesa», pero no debo dejarme ablandar y perder la cabeza porque me afecte.

¿Pero cómo es eso de que me afecta? ¡Bajo ningún concepto el jefe de una banda debe afectarme! Vale, su parte de chico malo es muy sexi, pero mientras que en algunos es solo una actitud, ¡él realmente es un chico malo, Amy! ¿Cómo me dijo McGarrett? ¡«Uno de los jefes de banda más peligrosos de Boston»! Es un auténtico chico malo, no uno de esos que vemos en las comedias románticas.

Se me acerca, lo que me obliga a mirar hacia arriba. Es mucho más alto que yo y no me gusta que utilice eso en su beneficio. No hay nada que odie más que me recuerden lo bajita que soy.

—¿Cuándo tendré noticias de Amber? —intento para distraer la atención sobre el tema que nos enfrenta.

—Te las daré pronto.

—¿Y «pronto» cuándo es? ¿Tengo que esperar pacientemente a que quiera darme señales de vida?

—Amy, te lo vuelvo a repetir. La banda que te ha amenazado, los Blood Angels, no son unos angelitos precisamente. Más bien lo contrario.

—Que sí, que ya lo he entendido —respondo con tono exasperado—. ¿Y qué es lo que hacen? ¿Tráfico de drogas?

Su silencio es una confirmación. Acaba añadiendo:

—Entre otras cosas.

—¿Y por qué yo? Imagino que tiene alguna relación con el hecho de que Sebastian salga con mi empleada, ¿pero cuál?

—Eso es lo que he intentado descubrir.

—Pero esa banda es vuestra rival, ¿no?

Cole asiente con la cabeza.

—¿Entonces Sebastian os ha traicionado?

—En cierta forma.

¿Será por eso por lo que ha aceptado ayudarme? ¿Porque le interesa? Mientras las preguntas se amontonan en mi mente, Cole continúa:

—Déjame hacer las cosas a mi manera. Te prometo que volverás a ver a Amber en unos días. Tienes mi palabra. No te preocupes.

Me río de sus palabras. Que no me preocupe.

—Me importa poco tener su palabra.

Intento escapar, pero Cole es más rápido. Ya está delante de mí y me agarra por la muñeca. De sus ojos salen rayos con cierta tonalidad metálica.

—Soy un hombre de palabra, Amy. Te he prometido que te devolveré a tu empleada de una sola pieza y que me encargaré de esos tipos y así pienso hacerlo, no lo dudes ni por un segundo. Solo te pido una cosa: no vayas a la policía. Déjame hacerlo a mi manera.

No sé cuánto tiempo nos pasamos allí, uno frente al otro, mirándonos. Me queman sus dedos en la muñeca, pero no quiero apartarlos. Cole levanta su otra mano y me acaricia la mejilla con los nudillos de forma casi imperceptible.

—Confía a mí —resopla.

Estas palabras acaban con mis últimas defensas y acepto. Cole suspira como si hubiera estado aguantando la respiración desde hacía un rato. Algo pasa en el fondo de sus pupilas, pero no consigo determinar exactamente qué.

—Dame tu número de móvil.

Todavía bajo el influjo de su gesto, tardo unos minutos en reaccionar.

Le doy mi teléfono, teclea unos segundos y me lo devuelve.

—Te he metido mi número y me he enviado un mensaje para tener el tuyo. Si ves algo raro, llámame. De día o de noche.

E igual que llegó, se fue, justo cuando por fin vuelve la luz, dejando tras de sí un efluvio de perfume masculino y un simple nombre en mi agenda de contactos: *Cole*.

Capítulo 16

Amy

Esta noche tengo que salir. He llamado a Maddie, pero tiene demasiado trabajo, así que he decidido ir a mi restaurante indio favorito, sola. Suelo hacerlo. A diferencia de otras personas, a mí no me importa ir sola a un restaurante. A veces me gusta estar a solas conmigo misma para reflexionar. Ahora necesito sobre todo escapar de la cafetería y de mi casa.

Cruzo la puerta de Delicias de Bangalore y la camarera me recibe con una amplia sonrisa. Ni pestañea cuando le pido una mesa para una persona y me invita a seguirla. Lo hago y entonces escucho:

—¡Amy! ¡Qué sorpresa!

Me giro hacia el autor de semejante frase y me encuentro con el teniente McGarrett que también está solo en una mesa. Puede que su cita no haya llegado todavía. Porque seguro que tiene una cita. *Quizá con esa abogada con la que suele quedar de forma ocasional. Como sigue siendo un caballero, la invita de vez en cuando a cenar antes de acompañarla a su casa y desnudarla.*

—Teniente McGarrett.

Debe de haber venido directamente del trabajo porque lleva la camisa levemente arrugada y el pelo un poco ensortijado, como si se hubiera pasado la mano varias veces. Ya no lleva corbata. ¿Se la habrá vuelto a manchar de café? En cualquier caso, está claro que no viene a una primera cita porque se habría esforzado un poco más con la ropa. Pero bueno, ¿qué voy a saber yo? Al fin y al cabo, no lo conozco tanto.

—¿Viene sola?

Me dan ganas de preguntarle si resulta tan evidente, pero sigo su mirada hacia la camarera, que está preparando mi mesa para una sola persona.

—Sí —le confirmo—. No voy a acapararlo mucho más tiempo, su cita estará a punto de llegar.

Suelta una pequeña carcajada grave y extremadamente seductora.

—No espero a nadie, Amy. ¿Me haría el honor de cenar conmigo?

Por la forma en que me hace la pregunta, comprendo que ese hombre es un donjuán. Un donjuán que come solo, pero un donjuán de todas formas. Acepto su invitación y hace señas a la camarera para que añada un cubierto a su mesa. Esta obedece y me entrega la carta con un pequeño guiño que me incomoda.

—Entonces, Amy, ¿le gusta comer sola en los restaurantes y la comida india? Pues ya tenemos dos cosas en común.

No puedo evitar parpadear. No esperaba que atacara por ahí.

—Eh... Sí, supongo...

—En cualquier caso, me alegra haberme encontrado con usted esta noche. Me gusta mucho la comida india, pero me gusta todavía más cuando la comparto con una chica guapa.

Siento que me sonrojo un poco y finjo estudiar el menú. Lo sé, es patético. *¡Por Dios, Amy! ¡Di algo! ¡No puedes estar tan oxidada!*

—Me encantan los naan de queso.

Bueno, quizá un poco...

A McGarrett parece divertirle. Está claro que ha comprendido que estoy incómoda. Entonces intenta:

—Hábleme un poco de usted, Amy.

—Pues no hay gran cosa que contar. Tengo veintinueve años, trabajo en una cafetería del Bay Village, tengo una hermana con tres hijos ya y que espera gemelos y me robaron hace unos días.

¡Dios mío! ¡Parece una mala frase de presentación para un speed dating*! Y, al mismo tiempo, ¿qué clase de pregunta es esa? ¿«Hábleme un poco de usted»?*

—Tiene una forma muy interesante de presentarse.

—Ah, ¿sí? ¿Por qué?

Pues no veo qué le ha podido parecer tan interesante.

—Me ha contado casi más cosas sobre su hermana que sobre usted misma. Y todo lo que me ha contado ya lo sabía.

Había olvidado que estuvo la otra noche en casa de mis padres, cuando Carolyn nos dio la buena nueva.

—Lo siento, pero no estoy demasiado acostumbrada a hablar de mí —respondo mientras miro por la ventana para ocultar mi vergüenza.

—Me lo imaginaba.

Se hace el silencio entre nosotros durante unos segundos y, entonces, me pregunta:

—¿No tiene nada que preguntarme?

No parece molesto por mi falta de curiosidad por él e incluso diría que le divierte.

—¡Sí, tengo una pregunta! —exclamo al venirme una idea a la mente.

—Ah, ¿sí? ¿Cuál?

—¿Cuál es su nombre de pila? A menos que sea «Teniente», cosa que dudo.

Se ríe un poco.

—¡No, no tengo unos padres tan crueles! —se divierte—. Me llamo Thomas, pero todo el mundo me llama Tom.

—Encantada, Tom. Desde luego, lo prefiero a «Teniente», pero quién sabe, sus padres podrían tener grandes ambiciones para usted desde que nació —bromeo.

—A mi madre nunca le ha hecho demasiada ilusión que me uniera a las fuerzas del orden y mi padre, por desgracia, no tuvo demasiado tiempo para hacer proyectos de futuro para mí.

Se entristece un poco al decir eso y ya me imagino cómo continúa cuando añade:

—Murió en un accidente de tráfico cuando yo tenía seis años.

—¡Oh! Lo siento mucho...

No sé muy bien cómo seguir, así que decido suponer:

—Su madre solo se preocupa, su profesión es peligrosa.

No responde, pero asiente con la cabeza. El señor Kumar, el propietario del local, nos interrumpe con un cóctel de bienvenida. Al parecer, los dos somos clientes habituales porque nos llama por nuestros nombres. Incluso es posible que nos hayamos cruzado alguna noche.

Nos bebemos nuestros cócteles en silencio y entonces McGarrett... Bueno, Tom me pregunta:

—¿Es algo habitual en su familia eso de tener gemelos?

Me sorprende un poco semejante pregunta, surgida sin previo aviso, pero comprendo que es un intento de retomar la conversación.

—No que yo sepa, pero siempre hay una primera vez para todo, supongo. En cualquier caso, me alegra que le haya tocado a ella, no a mí —admito—. Creo que esperar gemelos me provocaría un ataque de pánico.

De hecho, no estoy segura de que no le dé un poco de pánico a mi cuñado, ahora que lo pienso.

—¿Miedo al doble de pañales?

Me como un trozo de naan de queso y explico:

—Pañales, biberones por la noche, crisis dentales, vacunas en el pediatra, puré pegado en la pared, la colada, ¡todo doble!

—Y, a todas esas cosas, ¿no la ayudaría un poco el padre?

En ese momento recuerdo a Andrew y a su forma de hablar, como si fuera a compartir el embarazo a partes iguales.

—Seamos honestos: los hombres que aceptan colaborar en todo eso se pueden contar con los dedos de una mano. Y ya están pillados. Los mejores siempre están pillados o son gais.

Tom se echa a reír y declara:

—Pues yo tengo la intención de ocuparme de todas esas cosas, a partes iguales con la madre de los niños.

—Es una especie rara, teniente McGarrett, o un gran mentiroso. No lo conozco todavía lo suficiente como para poder juzgarlo, pero le doy el beneficio de la duda.

—En serio, he visto a mi madre criarme sola y sé lo que cuesta. Y a mí me gustaría estar ahí para mis hijos —declara, más serio.

Percibo un poco de nostalgia en su voz, así que intento desviar la conversación hacia algo más liviano.

—Si de verdad es sincero, tenga cuidado: en cuanto divulgue esa información, habrá una cola de candidatas a cenar con usted que llegará hasta la acera. Se acabó lo de cenar solo en el restaurante del señor Kumar.

—No necesito una cola de candidatas. Una cita con la chica que está sentada frente a mí en estos momentos me bastará.

Desconcertada por su respuesta, dejo caer mi tenedor que, por desgracia, va a estrellarse contra el borde de mi plato de pollo tikka masala para, a continuación, rebotar y acabar en el suelo. Balbuceo excusas inaudibles y me inclino para recogerlo. Tom también se ha agachado, así que cogemos el utensilio de acero inoxidable a la vez, pero en vez de soltar tanto el cubierto como mi mano, McGarrett tira de los dos hacia él.

—Acepte una cita conmigo, Amy.

—¿Y no es eso lo que estamos teniendo justo ahora? ¿Una cita?

—No, ahora mismo estamos agachados debajo de una mesa recogiendo un tenedor y charlando. Reconozco que no es el sitio más adecuado del mundo para pedirle una cita. Será mejor que nos levantemos antes de que empiece a parecer raro. Cuidado no se vaya a golpear la cabeza.

Nos volvemos a sentar correctamente y Tom hace señas a la camarera para que me traiga un tenedor limpio.

—Acepte una cita conmigo, Amy —repite.

—¿Y por qué querría usted una cita conmigo? ¿Está seguro de que la sangre no se le ha subido a la cabeza mientras estaba agachado?

—Ya le había dicho que quería una cita con usted el otro día, al salir de su cafetería.

¡Así que no eran palabras vacías!

—Si no recuerdo mal, lo que me propuso fue salir a tomarnos algo.

—Salir a tomarnos algo, tener una cita, está jugando con las palabras. ¿De qué tiene miedo?

¿Que de qué tengo miedo? Buena pregunta. Tengo miedo de no saber qué hacer, de haber olvidado los códigos de la seducción, de hacerme falsas esperanzas y luego sufrir. Tengo una lista de cosas que me dan miedo más larga que mi brazo, pero está claro que no puedo decírselo. Opto por evitar el tema:

—¿Y entonces? ¿Cómo es una auténtica cita con usted, teniente McGarrett?

—Para empezar, iría a buscarla a casa.

—¿Subirme a un coche con un desconocido? No es muy aconsejable —critico.

«Pues tú lo hiciste ayer mismo y ¡con el jefe de una banda además!», me dice una voz interior.

—Llevo placa y arma y, además, ya ha subido al coche conmigo —me recuerda.

—¿Suele ir armado a una cita? —me sorprendo.

—Un buen poli jamás se separa de su arma.

Me pregunto qué hará con ella cuando las cosas se vuelvan más, digamos, intensas. Después me autoflagelo por pensar en eso cuando todavía está en la fase de venir a buscarme.

—Bueno, supongamos que acepto subirme en el coche con usted. ¿Qué pasaría después?

Me paso las manos por debajo de la barbilla y me apoyo en los codos.

—La llevaría a un buen restaurante.

—¿Este no le parece bien?

—Sí, pero prefiero un lugar más romántico en el que las mesas estén más alejadas y separadas para tener más intimidad. No tengo nada en contra de las velas eléctricas del señor Kumar ni contra su hilo musical, pero tendrá que reconocerme que los hay mejores para una primera cita.

—De acuerdo en cuanto a lo del restaurante romántico. ¿Y después? —pregunto.

El señor Kumar debe de haber puesto algo más fuerte de lo habitual en su cóctel de la casa porque soy mucho más intrépida que de costumbre.

—Pues le propondría ir a ver una película y usted me respondería: «Quizá otro día» porque sería un día entre semana y tendría que trabajar al día siguiente. Sé que se levanta temprano, así que no insistiría. Sería el momento de una segunda cita.

—Ah, ¿sí? ¿Porque está seguro de que habría una segunda cita? —me divierto—. Está muy seguro de usted mismo.

—Sí, porque habría plantado en secreto un clavo en mi rueda, lo que me obligaría a parar en el arcén en el camino de vuelta a su casa.

—¿El viejo truco de la avería? Le creía más creativo, Tom —digo, fingiendo decepción.

—No una avería, sino un pinchazo. Una avería implicaría la intervención de una tercera persona, como un mecánico, por ejemplo. Un pinchazo me permitiría hacerme el chico varonil que puede cambiar su propia rueda. Le pediría que saliera del coche para mayor seguridad, pero sobre todo para que tenga una buena vista de todos los esfuerzos que tendría que hacer para solucionar el problema lo antes posible. De hecho, creo que me quitaría la camisa en un momento dado con el pretexto de tener calor y le pediría que me la sujetara. En realidad sería una excusa para impresionarla con mi musculatura.

Me echo a reír y le digo:

—¿En pleno mes de octubre en Boston?

Él también se ríe.

—Pues tiene razón. Tendría que contentarme con remangarme. No me gusta enfermar.

—Y una vez que haya cambiado la rueda, ¿caigo rendida en sus musculados brazos? ¿Ese es el plan?

—No exactamente. Volvemos a la carretera y la acompaño hasta su puerta, donde la besaría fogosamente. Entonces, desaparecería, no sin antes prometerle que la llamaría pronto. Algo que haría al día siguiente, por supuesto.

—¿Y me dejaría así? ¿En mi felpudo?

—No, me aseguraría de que se quedara dentro, con el cerrojo echado, pero jamás intentaría entrar. Como ya hemos dicho, estaría cansada y yo soy un caballero.

—¡Madre mía, teniente McGarrett! ¡Desde luego tiene una gran imaginación!

—Llámeme Tom, por favor. Y no es imaginación, sino lo que va a pasar.

—Pero para eso, primero tendría que decir que sí...

—Pues ya sabe lo que tiene que hacer.

Jamás habría pensado que este hombre estuviera tan seguro de sí mismo ¡ni que fuera tan adulador!

—Tiene mucha imaginación y también sabe cómo tentar a una mujer. ¿Lee novela romántica?

—Para nada, pero le recuerdo que me ha criado una mujer.

Acaba su frase con un guiño.

—Es una pena porque a mí me encanta leer y eso nos habría dado otro punto en común.

Lo digo con malicia porque, en realidad, me da bastante igual que lea o no.

—Es mejor así, si no, ¿quién iría a cambiar los pañales a nuestros gemelos en mitad de un capítulo palpitante?

Me echo a reír otra vez.

—Tiene respuesta para todo, ¿verdad?

—Sinceramente, no, pero desde luego sería algo bastante útil para mi profesión.

Antes de que el buen humor pudiera desaparecer al volver a cosas más graves, me pregunta:

—¿El viernes?

No se puede decir que le falte tenacidad.

—No estoy disponible.

Es mentira, pero si algo he aprendido de todas las lecciones que me ha dado Zoey, es que no hay que parecer demasiado disponible.

—¿Sábado?

—Ceno con mis amigas del club de lectura.

Esta vez es la pura verdad.

—¿Son las mujeres que vinieron el otro día?

—Sí.

—Ahora lo entiendo todo.

—¿Y qué es lo que entiende exactamente?

—Que todas fueran tan distintas. Al menos físicamente. Cuesta imaginar que fueran amigas.

—Supongo que es justo por eso por lo que nos llevamos bien y por lo que somos capaces de debatir durante horas sobre temas completamente diferentes.

—Quizá. ¿Entonces el domingo?

—¿Siempre se sale con la suya?

—No siempre. Pero espero conseguirlo con usted.

Capítulo 17

Amy

Aunque no haya sido oficialmente una cita, Tom McGarrett ha insistido en acompañarme a casa. No me ha besado en el umbral de la puerta. Solo me ha dado un beso en la sien, como mi padre esa misma mañana, y me ha recordado que pasaría a recogerme el domingo a las siete de la tarde.

Entro en mi apartamento, totalmente a oscuras. Enciendo la luz de la entrada y me quito el abrigo y los zapatos. A continuación, me dirijo al salón. No me apetece acostarme enseguida, así que seguramente me ponga a ver la televisión. Pulso el interruptor y, en el momento en que se enciende la luz, casi grito de miedo, porque tranquilamente instalado en mi sofá está... Cole. Su dedo índice está en su boca para indicarme que no haga ruido.

Se levanta, se acerca a mí y sus movimientos me sacan de mi letargo.

—¿Qué hace aquí? —me enfado—. ¿Cómo ha entrado?

No responde. Sus ojos, de un azul glaciar, me escrutan y yo no consigo descifrar su mirada.

—¿Qué hacías con un poli? —me acaba preguntando—. Te había dicho que no metieras a la policía en esto.

—¿Y cómo sabe que estaba con un policía? ¿Ahora me sigue?

Me acaricia la mandíbula con el dedo pulgar. Su contacto me desestabiliza un poco y casi olvido que no me ha respondido a nada.

—¿Para qué te quería el poli?

—No es asunto suyo. Sin embargo, a mí sí que me gustaría saber qué está haciendo en mi apartamento en plena noche.

Me pongo en jarras, a ver si así comprende que no estoy de broma. Suspiro interiormente. Si existiera un premio a la persona que mejor esquiva las preguntas, él lo ganaría de calle.

—Te he pedido que confíes en mí —gruñe.

Ahora entiendo lo que le molesta. Piensa que he ido a contarle todo a Tom McGarrett, pero no es ese el fondo del problema. Siente su orgullo herido y quiere que confíe en él.

—No le he contado nada al teniente McGarrett —respondo con tono seco.

Creía que esta revelación lo calmaría, pero, muy al contrario, veo que de sus pupilas sale fuego.

—¿Entonces qué quería de ti?

—Nada, nos hemos encontrado por casualidad. Los dos estábamos en el mismo restaurante, solos. Así que decidimos cenar juntos, nada más. No sé por qué le cuento todo esto. ¿Y usted? ¿Cómo sabe que he estado cenando con él? ¿Me está siguiendo?

—¿De verdad crees que voy a dejar que vayas por ahí como si nada sin vigilancia, con los Blood Angels dispuestos a acechar a la menor oportunidad, princesa?

Vaya, durante unas horas, me había olvidado de eso.

—¿De verdad cree que pueden hacerme daño?

Asiente levemente con la cabeza, de forma casi imperceptible. También podrían concederle el premio a la menor cantidad de palabras pronunciadas. Cualquiera diría que tiene una cuota diaria que no debe sobrepasar.

Pero hay algo en él que me conmueve. ¿Por qué le preocupa tanto que los Blood Angels me puedan hacer algo? El hecho de que me esté siguiendo debería horrorizarme, incluso asustarme, pero en cierta medida me tranquiliza.

—¿Por qué te preocupa lo que me pueda pasar? De hecho, ¿por qué me estás ayudando, Cole?

Supongo que le gusta que lo tutee porque esboza una pequeña sonrisa de soslayo.

—Porque quiero.

—De todas formas, no pareces el tipo de persona que hace algo que no quiera.

—*Touché*.

—Entonces, ¿por qué quieres? ¿Qué esperas de mí? Porque no me cabe la menor duda de que me vas a pedir algo a cambio. Nada es gratuito en tu mundo. ¿Me equivoco?

Sus ojos brillan de malicia y su sonrisa se hace más amplia.

—Aprendes deprisa, princesa. Efectivamente, hay algo que podrías hacer por mí.

Aparta un mechón de pelo de mi frente y el contacto rugoso de la yema de sus dedos me provoca un escalofrío. Está muy cerca de mí y soy demasiado consciente de su imponente cuerpo musculado próximo al mío. Mi rostro está inclinado hacia el suyo porque es mucho más alto que yo. De no ser así, tendría una vista perfecta de sus pectorales y me niego a bajar la mirada hacia esa parte de su anatomía. Su camiseta gris, bien ceñida, es demasiado para mi salud mental.

Su pulgar se desliza hacia la parte baja de mi cara y me acaricia el labio inferior. Mi corazón se desboca y mi respiración se acelera. ¿Cómo puede alterarme tanto una simple acaricia?

—Me había propuesto ser paciente, pero no es una de mis principales virtudes —confiesa—. Yo no soy un caballero, Amy.

Si estuviera en plena posesión de mis facultades, podría comparar esas palabras con las que Tom había pronunciado tan solo unos minutos antes, pero mi cerebro ha perdido alguna sinapsis en cuanto sus dedos empezaron a tocarme. Y no va a mejorar.

Cole se acerca a mí. Siento cómo su calor se propaga y reanima poco a poco mi cuerpo, largamente letárgico. Mientras su mano sigue explorando los contornos de mi rostro, la segunda viene a posarse sobre mi nuca y se desliza despacio por mi pelo. Ahora soy consciente de su respiración sobre mi piel, que se ha vuelto hipersensible. Sus ojos ya no son glaciares y parecen una tempestad en la que me ahogo. Cuando inclina un poco más su cara, reduciendo aún más la distancia entre nosotros, pierdo toda capacidad de razonar por mí misma. No soy más que la esclava de mi propio cuerpo, que reclama a gritos el contacto de sus labios con los míos. Por fin, Cole le da lo que quiere y recibo el beso más devastador de toda mi existencia.

Sí, he necesitado veintinueve años, cuatro meses y unos días —Maddie sabría exactamente cuántos— para que me besen de una forma que creía que solo existía en los libros.

Cole no pide, lo coge. Su lengua se abre camino con gran rapidez para llegar hasta la mía. Su beso es el de alguien hambriento. Es posesivo, intenso, y ya sé que no me va a dejar indiferente. Sus manos recorren mi cuerpo como intentando descubrir cada curva. Las mías se aferran a la parte inferior de su camiseta y, una vez pasado el estupor, me permito deslizarlas por su abdomen plano y, luego, por su torso. Solo encuentro líneas duras y musculadas, ni un gramo de dejadez en un hombre que no está hecho para la ternura.

¡Muy bien, Amy, estás besando al jefe de una banda!

Poco a poco voy siendo consciente de la enormidad de lo que estoy haciendo. La situación se aclara de repente en mi pequeño cerebro, completamente trastornado por las feromonas segregadas por el individuo masculino que ha entrado por la fuerza en mi salón. Empiezo a apartarme. Cole me agarra con todavía más fuerza, pero deja de besarme.

—Cole... No puedo... No debo...

—Silencio, princesa... —susurra.

Apoya su frente en la mía y cierro los ojos. Su mano dibuja arabescos en mi espalda.

Estoy atrapada entre dos fuegos. El ángel y el diablo se disputan mi cabeza. Hay una parte de mí que creía dormida y que acaba de volver a la vida de repente. Y luego hay otra parte de mí, la racional, que grita que es la peor idea que he tenido en mucho tiempo. ¡Vamos, en muuuucho tiempo!

—Activa la alarma en cuanto me vaya, princesa.

¿Qué? ¿Ya se va? Siento que un escalofrío recorre una parte de mi cuerpo de solo pensarlo, mientras que la otra tiene la sensación de haber ganado.

—¿Cómo has podido entrar sin que salte?

—No te preocupes. No va a pasarte nada. Te estoy vigilando.

Me besa en la frente. Me doy cuenta de que, una vez más, ha esquivado mi pregunta. No tengo tiempo ni de preguntarle de qué forma me está vigilando. Ya se aleja en dirección a la salida. Se mueve como un felino, sin hacer ruido, y cuando cierra la puerta, solo oigo un leve tintineo.

Tras una buena ducha, me meto en la cama, pero no consigo dormirme. Estos últimos tres años o incluso estos últimos diez, mi existencia ha sido bastante tranquila. ¡Pero qué digo! ¡Mi vida siempre ha sido tranquila! En cuatro días, tengo la impresión de que me han pasado más cosas que en los veintinueve años anteriores juntos. ¡Hasta hoy, lo más peligroso a lo que corría el riesgo de tener que enfrentarme era una araña de patas peludas! ¡Ahora, mi día a día está lleno de secuestros, robos, policías y miembros de una banda! Mi vida cada vez se parece más a una novela policíaca y no estoy segura de que eso me guste. ¡Por no hablar de mis recientes peripecias amorosas! He vivido una auténtica travesía del desierto durante tres años y ahora, el mismo día, ¡ceno con un hombre y beso a otro! Acabo de aceptar una cita con Tom y, ni una hora después, me dejo seducir por Cole.

¿Pero es que estás mal de la cabeza, Amy?

Creo que preferiría las arañas...

Lo peor es que, si soy honesta conmigo misma, tengo que reconocer que me siento atraída por los dos. Y eso mismo es todavía más desconcertante, porque son la antítesis el uno del otro. Por su físico, sus ocupaciones —no hay nada más opuesto que un poli y un delincuente— e incluso sus personalidades. Creo que me estoy volviendo completamente loca. Toda esta historia de Amber y las amenazas de los Blood Angels me han trastornado y será mejor que duerma un poco... ¡Pero para eso primero debería poder dormirme!

Capítulo 18

Cole

La observo a través del ventanal de la cafetería. Los rayos del sol otoñal me parecen débiles porque la auténtica fuente de luz a mis ojos es ella.

La irradia, literalmente.

Está hablando con un cliente que la hace reír. Me gustaría oírla reír. Me gustaría ser yo quien la hiciera reír. Ella jamás me ha dedicado una verdadera sonrisa espontánea. De hecho, más bien tengo tendencia a sacarla de sus casillas. Me encanta cuando se pone en jarras y frunce el ceño y la nariz, haciendo destacar sus pecas. Pero de verdad que quiero poder arrancarle una sonrisa en breve.

Me escucho pensar y me siento un poco patético.

¿Cómo se me ha podido complicar tanto la vida desde que conocí a esta mujer menuda en la entrada de mi casa hace unos días?

Por lo general, me limitaba a vivir un día tras otro, sabiendo que me aproximo inexorablemente al momento en el que no habrá un mañana. En el que una bala terminará alojada en mi pecho, en el que desapareceré de la faz de la tierra sin que nadie se preocupe realmente, aparte de por cuestiones de poder y dinero. La única duda es: ¿la bala será de una banda rival o de la policía?

Compro, vendo, organizo. Todo entre tinieblas. Mi vida es sombra, oscuridad, noche. Pero desde que he conocido el sol, ¿por qué soy incapaz de apartar la mirada?

Eso no calma para nada mi inquietud: tengo que vigilarla para estar seguro de que no le pasa nada. Por supuesto que no estoy todo el tiempo ahí. Varios de mis hombres de confianza se van relevando día y noche para no perderla de vista. Me mantienen informado de la más mínima evolución. Y yo, como un adolescente con granos, no dejo de mirar el móvil cada cinco minutos para comprobar si he recibido algún mensaje.

Abre la cafetería.

Hace una llamada.

Entra en la biblioteca del barrio.

Los detalles de su jornada, aparentemente anodinos en su mayoría, nutren mis ansias casi vitales de saber qué hace.

Así que imagínate mi reacción cuando, anteayer, recibo:

Está cenando con un hombre. La hace reír. Creo que es poli.

No me lo he pensado dos veces. Necesito verla.

Lo que pasó después no lo había planeado. De hecho, no había planeado gran cosa. Pero lo que es seguro es que ahora que la he saboreado, quiero más. Un poco como esos dulces que tanto parecen apreciar sus clientes, porque me he dado cuenta de que muchos de ellos son habituales.

El problema es que tengo la impresión de que podría convertirse fácilmente en una obsesión. De hecho, es posible que ya lo sea. Y para un hombre en mi posición, eso es una maldición. Porque si me obsesiono, a los ojos de mis enemigos, ella sería un punto débil. Y no puedo permitirme tener puntos débiles.

Es eso lo que me impide cruzar la calle, entrar y sentarme en una mesa. Y pedir un café con un *muffin* y buscar algún pretexto para hablar con ella.

—Cole, Straight Dogg ha llamado. Tenemos que irnos —me recuerda Reggie, mi segundo.

Sé que se ha dado cuenta de algo, pero es lo suficientemente inteligente como para no decir nada. Justo por eso lo mantengo a mi lado. La mayoría de mis hombres son unos brutos, lo suyo no es precisamente la delicadeza. Cuando tienes la suerte de encontrar a alguien que sabe atarse los cordones solito, lo tomas bajo tu protección. Te será útil y es más fácil de vigilar en caso de que se le ocurra la idea de ocupar tu puesto.

Echo un último vistazo a mi princesa. Utiliza el percolador con gran pericia.

Mi princesa.

Ella no lo sabe todavía, pero es mía.

Reggie aparca el SUV delante del tugurio que sirve de cuartel general a los Blood Angels. Decenas de motos rutilantes ocupan el aparcamiento, anunciando sus colores. Una bandera americana barata ondea por el viento junto a un águila de plástico inmensa. Es tan prototípico que resulta casi ridículo.

Bajamos del coche y tres de mis hombres que nos esperaban en el aparcamiento se unen a nosotros. Empujo la puerta del bar y echo un vistazo al interior.

A la derecha de la entrada, hay una barra de madera que parece bastante pegajosa. Apostados en ella hay unos cuantos moteros en bastante mal estado, teniendo en cuenta que estamos a media tarde. En la sala oscura y de higiene más que cuestionable, distingo algunos miembros de los Blood Angels, fácilmente identificables por sus chalecos de cuero decorados con el escudo de la banda. Sobre las rodillas de dos de ellos, en la sala de juegos, se contonean chicas en minifalda. Su pelo rubio platino refleja los colores blanco y rojo de un viejo neón Budweiser. Al fondo, una *jukebox* toca una canción de Metallica con acento *country*. Adivino una segunda sala con billares.

El barman, peinado con una bandana negra, se sobresalta cuando me reconoce. Lo miro fijamente y me señala la puerta del fondo con un leve movimiento de cabeza. Me esperan y está al corriente. Cruzo la sala con la misma seguridad que César, triunfal, cruzando las puertas de Roma. Soy consciente de las miradas despectivas o inquisitorias que se posan en mí y en mis acólitos, pero me da igual.

Una especie de gigante con cada centímetro de piel completamente tatuado hace de gorila delante de la puerta. No necesito presentarme. Abre, pero me indica por señas que solo dos de nosotros podemos entrar.

Pues vale. Dudo mucho que su jefe quiera matarme a media tarde a unos metros de una docena de testigos. Además, no creo que le interese.

Entro en la habitación, que parece un almacén transformado en puesto de mando para el jefe de una banda. «Benny», como se hace llamar, está sentado detrás de una mesa al estilo padrino de la mafia, rodeado por dos energúmenos que, sin necesidad de verificarlo, sé que van armados hasta los dientes. Su gran barriga tensa el chaleco de cuero sobre el que lleva cosido con orgullo la insignia de presidente. Tiene la cabeza rapada, dejando ver un tatuaje tribal en la coronilla. Es imposible llevar la cuenta del número de piezas de metal que atraviesan la piel de su cara. Oculta la mirada tras unas gafas de sol. La estética completa de un tipo duro, seguramente estudiada hasta el más mínimo detalle.

—¡Cole! ¡Qué placer verte, amigo mío! —se burla.

Ni me molesto en responder. Está claro que no es mi amigo. Sé por qué estoy aquí y no soy de los que pierden el tiempo de cháchara. Él lo sabe porque va directamente al grano.

—¿A qué se debe el placer de tu visita?

Me apoyo en la pared que tengo detrás, adoptando a propósito una actitud confiada. No quiero que pueda pensar que esta historia es más importante para mí de lo que lo es.

—Me ha sorprendido mucho, ¿sabes? —continúa—. No me lo podía creer cuando me han dicho que el gran Cole quería verme para hablar de un pequeño problema banal relacionado con uno de sus esbirros, que se ha creído más listo que nosotros. Pensaba que eras de esos que se mantienen al margen, que las ovejas descarriadas de tu manada podían solucionar sus problemas por sus propios medios. Así que imagina mi sorpresa.

Me la puedo imaginar.

—No estoy aquí por Sebastian.

En estos momentos, yo mismo querría darle una paliza. ¿Y qué me lo impide? No quiero que esta historia acabe en un baño de sangre y, por supuesto, está Amber. La chica no tiene nada que ver en todo esto y, si ajusto cuentas con Sebastian, ella acabaría pagando los platos rotos. ¿Y qué? Apenas la conozco. Pero hay algo que me dice que si la cago con la rubia, cierta pelirroja de ojos verdes va a odiarme a muerte y eso sí que no me apetece en absoluto.

¡Gallina! ¿Desde cuándo piensas con la entrepierna?

Me abofeteo mentalmente para volver en mí y continúo:

—Deja tranquila a la propietaria del café Chez Josie. No tiene nada que ver con todo esto.

Benny me escruta un instante y se quita las gafas de sol, desvelando sus pequeños ojos porcinos y crueles. Al cabo de unos segundos, un mal rictus aparece en sus labios. Sé perfectamente lo que le pasa por la cabeza, pero como suele ser habitual en mí, me mantengo impasible. Hace ya tiempo que aprendí a ocultar mis emociones. Es una condición indispensable cuando llevas una vida como la mía. Como un jugador de póquer, me lo guardo todo y esta cualidad ha hecho que todavía siga vivo.

—Pareces muy seguro de ti mismo. ¿Acaso sabes algo que yo no sé?

He hablado con Sebastian y no me ha contado gran cosa. He pasado poco tiempo con Amy, pero mi observación minuciosa de su día a día me ha aportado suficientes elementos como para poder decir:

—No es ella la que ha robado la mercancía.

No tengo ninguna prueba concreta, pero eso es algo que no pienso decirle. Estoy seguro, eso es todo.

—¿Y cómo es que de repente te interesa la suerte de la dama en apuros, Cole? Te confieso que me intriga. Que estés enfadado con Sebastian, que te ha traicionado viniendo a hacer negocios conmigo, lo comprendo. Que intentes sacarlo del aprieto, por qué no, aunque no veo qué tiene de especial el chico como para eso. Pero que vengas a defender la causa de la pequeña entrometida que se cree más lista que los demás, eso me supera... ¿Dónde está el interés? ¿Por qué te preocupa la suerte de la pequeña Amy Kennedy, Cole?

Sabe cómo se llama, así que sabe quién es.

—¿Realmente crees que tiene el perfil de alguien que le robaría la droga a un cabecilla para revenderla? ¿Con el padre que tiene? Sin nombrar el hecho de que no necesita el dinero.

Benny resopla, molesto.

—Sabes igual que yo que son aquellos de los que menos se sospecha los que al final recurren a los actos más desesperados. Que su querido padre sea el valiente caballero de brillante armadura de esta ciudad no significa que su gentil hija sea blanca como la nieve. Sin embargo, ¿para pasar desapercibida? No hay nada mejor. Quién sabe si la señorita ha contraído una o dos deudas vergonzosas que ha ocultado a su progenitor. Y entonces, como por arte de magia, se topa con la mercancía que al idiota de Sebastian le ha parecido bien esconder en su almacén. Un buen medio de reponerse deprisa.

Después de todo, Sebastian no iba a denunciarla a la policía por haberle robado la droga.

—Ella no tiene la mercancía. Yo mismo he registrado de arriba abajo su tienda y no hay nada.

No sé cómo reaccionaría si supiera que he aprovechado mi visita a su casa de la otra noche para peinar su cafetería. Bueno, sí que lo sé: estaría furiosa.

—¿Has ido a buscar la mercancía? En mi opinión, hace ya tiempo que la ha vendido. Ahora lo que quiero es mi dinero.

No merece la pena que intente convencerlo de que Amy no ha hecho nada, así que le hago la única pregunta que me ayudará a garantizar la seguridad de mi princesa:

—¿Cuánto?

Una sonrisa malvada se graba en su cara.

—¡Mira eso! ¿No resulta irónico? ¡El jefe de una banda está colado por la hija del jefe de la policía! Parece sacado de una obra de Shakespeare —se burla.

Recupera la compostura y me anuncia una cifra. Ni pestañeo, aunque el montante me parece un poco exagerado.

—Dame dos días y tendrás tu pasta. Mientras tanto, ni te acerques a ella o ya sabes de lo que soy capaz. Y puedes estar seguro de que siempre cumplo mis promesas.

Benny asiente con la cabeza, sabe que no bromeo. Me doy la vuelta y me voy sin decir ni una sola palabra más.

Capítulo 19

Amy

El sábado por la noche soy la última en llegar a casa de Libby. Bueno, casi, porque todavía falta Julia, pero lo normal es que llegue al menos media hora tarde.

Libby nos ha recibido en plena crisis de pánico, con una camiseta plagada de manchas y despeinada. Se suponía que su marido se iba a encargar de los niños esta noche, pero al final se ha retrasado por culpa de una reunión de última hora. Eso quiere decir que todavía está intentando controlar a sus dos pequeños monstruos.

—¡Id a la cocina, chicas! Allí tenéis todo lo necesario para los margaritas —nos suelta mientras arrastra a sus hijos al cuarto de baño.

No nos hacemos de rogar: los margaritas siempre son bienvenidos.

Zoey dosifica con mano experta el tequila y el triple seco. Saboreamos nuestro vaso en un silencio casi religioso. El ruido procedente del primer piso donde Libby se ocupa de su progenie apenas perturba ese momento de recogimiento.

—¿Entonces tienes una cita mañana con el teniente McGarrett? —me interroga Maura.

Justo me estaba preguntando cuánto tiempo iban a tardar en abordar el tema. Por desgracia, le he dejado caer la información a Maddie, quien, a su vez, ha debido llamar a Julia, que se lo habrá dicho a Zoey, que seguro que ha llamado a Libby, que no se habrá cortado y habrá prevenido a Maura.

—Ajá —asiento.

—¡Pero bueno! ¡Cuéntanos algo! —dice nuestra benjamina.

—Maura, no hay nada que contar por el momento —interviene Maddie—. Como tú misma has dicho, la cita no es hasta mañana.

Se gira hacia mí con una pequeña sonrisa en los labios y declara:

—Pero sí que puedes contarnos qué piensas hacer para que tu teniente sexi caiga rendido a tus pies...

—¡No es mi teniente sexi! —me defiendo, aunque el apodo le venga como anillo al dedo.

—No me apetece hablar del tema. No hay nada que contar. Es solo una cita. No quiero hacerme ilusiones. ¿No podemos hablar de vuestra vida amorosa para variar?

—Yo no tengo nada que contar —afirma Maura, levantando las manos como para demostrar que es inocente

—Yo tampoco —suspira Maddie.

Todas nos giramos hacia Zoey, que se está bebiendo su margarita a sorbitos.

—¿Qué? —pregunta.

—¿No me digas que no tienes nada que contar? —me sorprendo.

—Bueno, aparte de un encuentro tórrido con Ralph en los vestuarios del gimnasio anteayer, todo está bastante tranquilo en este momento.

Hace una pequeña mueca de decepción. No ha dado detalles jugosos, lo que quiere decir que Ralph, el profesor de defensa personal, no ha debido estar a la altura de sus expectativas.

—¡Hola, chicas!

Julia entra en la cocina como una borrasca otoñal.

—Estoy segura de que ella sí que tiene algo que contar —señala Maddie.

Hay que reconocer que las mejillas rosadas y la sonrisa hasta las orejas de Julia irradian esa luz de la mujer que acaba de hacer el amor.

—Lo siento, me he retrasado por culpa de... un imprevisto —balbucea en el momento en el que es consciente de que no había pensado ninguna excusa.

—¡Cuéntanoslo todo, Jul! ¿Rubio, moreno? —pregunta Maddie.

Maura apoya los codos en la barra y la cabeza en sus manos, como si se acomodara para la lectura de un libro apasionante.

Julia finge sentirse avergonzada, pero todas sabemos que no lo está.

—En realidad, tiene la cabeza rapada —precisa.

—¿Calvo o elección deliberada? —pregunta Zoey.

—Creo que por elección. ¡Dios mío, chicas! ¡Ese hombre sí que sabe moverse! —anuncia con los ojos llenos de estrellas y con una expresión tan embobada que creo oír a Maddie fingir que vomita.

—¡Eh! ¡Esperadme! ¡No empecéis la parte jugosa sin mí! —grita Libby entrando en la cocina.

—¿Los monstruitos se han ido ya a dormir?

Libby fulmina a Zoey con la mirada. No le gusta que califiquen a sus hijos de monstruos.

—¡Sí! Recuérdame que estrangule a Patrick en cuanto vuelva. Para una vez que le pido que se ocupe de ellos... Bueno, dejemos de hablar de eso. ¿Entonces, Jul? ¿Quién es ese misterioso cabeza rapada que te hace tocar las estrellas con las manos? ¿A qué se dedica?

—¡Forma parte de la base de la pirámide humana del Cirque des Étoiles!

Necesito un par de segundos para comprender el cargo que ocupa.

—¡Guau! ¡Debe ser realmente fuerte! ¿De cuántas plantas es la pirámide? —se interesa Maura.

Julia le responde y se enzarzan en una conversación sobre los músculos del señor Pirámide. Desconecto un poco hasta que Julia pronuncia las palabras siguientes:

—¡Chicas, esta vez creo que es el bueno! ¡Estoy enamorada!

Se oye un recital de grititos histéricos. A mí lo único que me viene a la mente es: ¿qué está pasando para que, en una semana, dos personas de mi entorno declaren haber encontrado al hombre de su vida?

—Hasta que un día descubres que es traficante de droga —murmuro.

¡Ups! ¿He dicho eso en voz alta?

Eso parece, porque cinco pares de ojos se giran hacia mí.

—¿A qué viene eso, Amy? ¿Nos puedes explicar ese ataque repentino de pesimismo? —pregunta Maddie.

Aparto el aire ante mí con el dorso de la mano.

—Da igual. Ha sido una reflexión tonta. Con todo lo que ha pasado a mi alrededor en estos últimos días, tengo tendencia a ver el vaso medio vacío en vez de medio lleno.

Cinco pares de ojos se fijan en mí con expresiones que van de la lástima a la sospecha. La de sospecha es de Maddie. Me conoce lo suficientemente bien como para saber que la historia del robo no bastaría para que hiciera ese tipo de declaraciones.

—¿Qué está pasando, Amy? —me pregunta con su expresión más convincente de «No me cuentes historias, cariño».

Ante el pesado silencio y por culpa de los margaritas —sí, creo que tienen la culpa—, les cuento toda la historia... o casi. Les hablo de la desaparición de Amber, de la amenaza de los Blood Angels, de mi encuentro con Cole, de su promesa de devolver a Amber. Solo olvido mencionar el beso intercambiado con este último.

En cuanto termino mis explicaciones, me cae encima una avalancha de preguntas. Intento responder una a una.

—¿Pero por qué no nos habías contado nada?

—No podía. Mi agresor me había prohibido hablar con la policía. Pensé que contárselo a alguien pondría a esa persona en peligro —digo, encogiéndome de hombros al comprender que no debería haberles contado nada—. Y, además, creía que nadie me tomaría en serio.

—¡Pero qué dices! ¡Nosotras sí que te habríamos tomado en serio! —se indigna Maura.

—¿Y crees que puedes confiar en ese tal Cole? —pregunta Maddie.

Buena pregunta. Guardo silencio.

—¿Estás de broma? ¿Confiar en el jefe de una banda? ¿Desde cuándo te puedes fiar de un tipo así? —exclama Zoey.

—Porque tú conoces a muchos jefes de bandas, ¿no? —se burla Julia.

—Bueno, porque he visto *Los Soprano* e *Hijos de la anarquía*, como todo el mundo. Sé que se pasan todo el tiempo tramando cosas, incluso entre ellos.

Quizá tenga razón y no debería confiar en Cole.

—Si quieres mi opinión, solo puedes confiar en ti misma —afirma Julia.

—¡Genial! ¿Y entonces qué hago exactamente para encontrar a Amber y deshacerme de los tipejos que me persiguen? Sirvo cafés y dulces, por si se os ha olvidado. No soy inspectora de la policía criminal.

—Ahora que lo dices, ¿no se lo puedes contar a McGarrett? Él podría ayudarte —comenta Maura.

Es la pregunta que me he hecho miles de veces: «¿Debería hablar con Tom?». Han dicho que no acuda a la policía, pero... ¿a un amigo? ¿Acaso podría ayudarme discretamente?

—¿Has dicho que es la banda de los Blood Angels la que te amenaza? —pregunta Maura.

—Sí, ¿por qué?

—Los Blood Angels tienen su cuartel general en un bar de moteros de Roxbury. ¿Quieres que nos demos una vuelta por allí para ver si escuchamos algo interesante?

¿Por qué será que no me sorprende que Maddie sepa dónde se encuentra el cuartel general de una de las bandas más peligrosas de la ciudad?

—¿Y realmente crees que dándote una vuelta por allí vas a conseguir averiguar por qué los Blood Angels creen que les debo dinero?

—Tampoco cuesta nada intentarlo.

—¡Vale! ¡Podríamos hacernos pasar por unas chicas que solo quieren divertirse y, de paso, intentar interrogar a algunos moteros! —se entusiasma Zoey—. ¡Sería como una misión encubierta!

Jamás debería haber dejado que se comprara un arma.

—¡No! Nadie va a infiltrarse en ningún sitio —intento imponerme, pero, según parece, soy la única que lo ha escuchado porque no abandonan ni por un segundo su plan.

—Esos tipos son peligrosos. Propongo que vayamos con un mínimo de preparación. Para empezar, tenemos que pasar desapercibidas. Para eso, creo que se impone un asalto al armario de Zoey —empieza Libby.

—¿Y por qué al mío? —pregunta la interesada.

—Porque eres la que tiene el armario más grande y, sobre todo, porque eres la única que tiene una colección de minifaldas más imponente que la de Miley Cyrus.

—Ah, ¿sí? ¿Miley Cyrus se pone faldas? Pues yo creía que iba siempre por ahí en bragas —observa Julia.

—Eeeeh, ¿es obligatorio ponerse minifalda? —se inquieta Maddie.

—Maddie, en un bar de moteros, una falda por debajo de la rodilla grita inspectora del fisco o de sanidad. También necesitamos una peluca para Amy porque si no la reconocerían de inmediato.

No me apetece demasiado ponerme una peluca, pero tiene razón: con mi corte de pelo, me identificarían al instante. En vista de que, según parece, no tengo derecho a oponerme a esta expedición escabrosa, será mejor que la preparemos bien.

—Bueno, ¿y cuándo lo hacemos? —pregunta Julia.

—¡Esta noche, por supuesto! —responde Libby poniendo los ojos en blanco—. Mejor no esperar mucho más. Voy a buscar mi arma y nos vamos a casa de Zoey.

—Libby, me sorprende tener que recordarte que tus hijos están durmiendo en la planta de arriba. ¡No pensarás dejarlos solos! —me indigno.

—¿Tan mala madre me crees? ¡Por supuesto que he pensado en ellos!

—¡No estarás pensando en traértelos! —exclama Zoey, a la que la idea de soportar a los monstruitos le da mucho más miedo que una banda de moteros.

—¡Por supuesto que no! Maura se queda con ellos.

—¡Eh! ¿Y por qué yo?

—Porque eres demasiado joven para venir con nosotras. De todas formas, los bares están prohibidos para los menores de veintiún años.

—¡Que tengo veinticinco! —se enfada.

—Necesitamos a Libby —argumenta Maddie—. Tiene un arma.

—Y un monovolumen —añade la interesada—. No vamos a meternos cinco en el Mini de Zoey. Por no mencionar que es demasiado llamativo.

—Vale —resopla Maura—. Lo entiendo. De todas formas, odio ponerme minifalda.

—Pues te equivocas, porque con las piernas que tienes... —empieza Zoey.

Libby le lanza una mirada asesina para que se calle. Mejor no dar argumentos a Maura para que le den ganas de venir.

—Venga, chicas, no perdamos más el tiempo. ¡En marcha!

Capítulo 20

Amy

Dejamos el coche en el aparcamiento del bar que, según Maddie, es el cuartel general de los Blood Angels. No cabe duda de que se trata de un local de moteros: la calle está llena de bólidos de dos ruedas de todo tipo. De hecho, el monovolumen de Libby con sus pegatinas de «Bebé a bordo» desentona un poco.

Bajamos del coche. Maddie se tira nerviosamente de la minifalda de licra negra. Hay que reconocer que tiene más curvas que Zoey y que el atuendo podría pasar fácilmente por un cinturón más que por una falda. Yo me he librado gracias a mi tamaño. Soy la única que podría entrar en una iglesia sin provocarle un infarto al pobre cura. Bueno, siempre que nos olvidemos del maquillaje bien marcado que me ha hecho Zoey y la peluca rubia oxigenada que disimula mi pelo.

—¿Y si nos damos un poco de prisa, chicas? —refunfuña Maddie—. Casi no vamos tapadas y hace tanto frío que tengo la impresión de estar en el corazón de mi ex.

Al atravesar la puerta, nos cruzamos con dos jóvenes a las que les cuesta dar tres pasos seguidos. Los efectos del alcohol no son agradables de ver. Me alegra haberme tomado esos margaritas porque, si no, jamás habría tenido el coraje de plantarme aquí. No obstante, me digo que los disfraces que Libby y Zoey nos han hecho ponernos no están nada mal. Aquí, el código de vestimenta parece ser: cuanto menos, mejor.

Una vez dentro, una mezcla de olor a cerveza barata, sudor y grasa me invade las fosas nasales. Nos colamos entre las mesas, en su mayoría ocupadas por hombres. De repente, no se puede decir que pasemos desapercibidas. Cinco chicas en minifalda, con escotes pronunciados y con todos los dientes debe ser un poco como Navidad antes de tiempo.

Libby nos hace señas para que la sigamos y nos indica una mesa de la esquina. Nos apiñamos alrededor y una camarera viene a tomar nota. Zoey le responde con un acento supuestamente popular, pero más bien parece que tiene una gran afta en la lengua que le impide hablar bien.

Ya con nuestras bebidas, intento abstraerme de los diferentes pares de ojos que nos observan como si fuéramos carne fresca y refrenar mis ganas de sacar el gel antibacteriano.

—Bueno, ¿y cuál es el plan ahora? —pregunto a Zoey y Libby, que parecen ser los cerebros de esta operación.

—Creo que es mejor que nos dividamos en dos grupos, así será más fácil interrogar a todo el mundo. Propongo que tú, Libby, te vayas con Jul y Mad, y yo formaré equipo con Amy.

—¿No me puedo quedar con quien lleva el arma? —intento.

—No, para empezar, llevo mi táser, así que no corres ningún riesgo —me dice con un guiño mientras saca discretamente su juguetito del minibolso que se ha traído—. Y después, nosotras vamos a jugar al billar.

—¿Y?

—Tú eres la única además de mí con un nivel correcto.

Al cabo de una hora, ya no puedo más. No sé dónde se han metido Julia, Maddie y Libby, pero yo ya estoy harta de jugar al billar. No veo la utilidad.

Estamos rodeadas de hombres que, claramente, tienen una cuota de una ducha al mes y me paso todo el tiempo esquivando sus manos largas. ¡Menuda técnica para conseguir información! Por no mencionar que no puedo evitar preguntarme qué pasaría si me llegaran a reconocer.

Zoey parece estar en su salsa. Cualquiera diría que frecuenta este tipo de sitios todas las semanas. Aunque, para ser honesta, un sábado por la noche con Zoey es más canapés y ropa de diseño que aros de cebolla y pantalones vaqueros cortos. Los hombres que la rodean la miran con unos ojos hambrientos que no se veían desde la gran hambruna irlandesa de 1845.

Lleva ya como diez minutos cuchicheando con uno de ellos en una esquina de la sala de billar. Ella le pone la mano en el brazo, tan peludo como el de un gorila, y me cuesta creer que sienta algún tipo de atracción. Él se acerca a ella y le dice algo al oído; ella finge reírse. Conozco su risa y sé que es forzada, lo que me tranquiliza un poco. Se aparta despacio y me señala con el dedo. El hombre asiente con la cabeza a algo que ella le ha dicho.

Zoey viene hacia mí y me agarra por el brazo.

—Ven, vamos a empolvarnos la nariz al baño —me anuncia.

Dado que sabe que no tengo la más mínima gana de empolvarme la nariz y que ni siquiera tengo los utensilios necesarios para ello, imagino que se trata de una estratagema para escapar del señor Brazos-de-mono.

No obstante, pone rumbo al baño, pero cuando llega a la puerta, sigue adelante, echando un vistazo por encima de su hombro para estar segura de que nadie nos sigue.

—¿Zoey? ¿Dónde vas?

—Sígueme. Billy me ha dicho que el despacho de Benny está al final del pasillo.

—¿Y quién es ese Billy? ¿Y ese tal Benny?

Me hace señas como para indicarme que no tiene tiempo de explicármelo y para que acelere el paso.

El pasillo gira hacia la izquierda. Tras unos dos metros, aparece una gran puerta de madera maciza.

Zoey se agacha para mirar por el agujero de la cerradura y luego pega la oreja.

—¿Se puede saber qué estás haciendo? —susurro.

—Intento ver si están hablando de ti.

—¿Ese es tu plan? ¿Pegar la oreja a la puerta de alguien y esperar que estén hablando de mí precisamente en este momento?

—No es la puerta de cualquiera, es la de Benny, presidente de los Blood Angels. Ahora, cállate, que no escucho nada.

Me dispongo a protestar. Su plan es grotesco. De hecho, toda esta historia es grotesca. Jamás debería haber aceptado venir aquí. ¿Qué sentido tiene todo esto? ¿Qué puede hacer un grupo de amigas frente a miembros del crimen organizado? Debería haber confiado en Cole. No, debería haber llamado a la policía. De hecho, eso es justo lo que pienso hacer. Empiezo a tirar del brazo de Zoey para decirle que me quiero ir cuando escucho una voz a nuestras espaldas.

—¿Pero qué hacéis aquí?

Las dos nos sobresaltamos y Zoey se golpea la cabeza con el pomo. Se le escapa un gritito de dolor, pero eso no parece ablandar al gigante que nos mira, furioso.

Es inmenso, debe estar cerca de los dos metros. Su piel es negra como la noche y tiene los ojos desencajados. Lleva una bandana roja anudada a la cabeza que le da cierto aspecto de pirata. De pirata malo, nada que ver con Johnny Depp. Nos agarra a las dos por el brazo y, no sé ni cómo, consigue abrir la puerta delante de nosotras.

Entramos en la habitación y, en el centro, hay una mesa enorme y llamativa que desentona con el resto del mobiliario. Por supuesto, detrás de ella no hay una estantería llena de valiosas ediciones de libros, sino más bien un caos de cajas de alcohol, productos alimenticios y otras cosas que no tengo tiempo de analizar. Un hombre, también bastante imponente aunque no tanto como el hombre que no nos ha soltado ni un milímetro, se encuentra detrás de la mesa.

El enorme negro nos sacude un poco y se me mueve mi peluca. Con un gesto seco, me la arranca y el hombre sentado adopta un rictus de satisfacción.

—¡Anda! ¿No es esta la novia del bueno de Cole?

Abro los ojos de par en par. Conoce a Cole. Bueno, imagino que el mundo de las bandas no debe de ser tan grande. ¿Acaso tendrán un anuario? ¿Pero por qué me llaman *la novia de Cole*?

Veo que Zoey también me lanza una mirada inquisitoria. Le respondo con un leve encogimiento de hombros.

—Las he encontrado escuchando detrás de la puerta —explica el armario de hielo.

El que parece ser su jefe le hace señas para que nos suelte.

—Creía que Cole vendría en persona, no que enviaría a su novia —se burla el hombre detrás de la mesa—. ¿Ahora le doy miedo?

Su sonrisa malvada se hace todavía más amplia y deja ver un diente de oro.

Me sorprendería que Cole tuviera miedo de este tipo que parece una caricatura de mafioso a la salsa de motero con sus *piercings*, su cabeza tatuada y sus dientes de oro. Me siento tentada a decírselo, pero hay momentos en la vida en los que es mejor callarse. Y considero que este es uno de ellos. Sin embargo, Zoey no parece haberse dado cuenta.

—No tiene derecho a retenernos en contra de nuestra voluntad, así que dejad que nos vayamos o, si no, el novio de Amy os lo hará pagar.

Me giro hacia ella. ¿Ha perdido la razón? Amenazar a un motero con un diente de oro no me parece la mejor solución para salir de esta situación. Por no mencionar el hecho de que ha insinuado que Cole es mi novio.

El que supongo que es Benny rompe a reír. Zoey parece contrariada y frunce el ceño. Saca su teléfono del bolso, lo esgrime y añade:

—¿No me cree? Solo tengo que llamarlo y él y su banda se presentarán aquí en un minuto.

La acción que sigue parece desarrollarse a cámara lenta.

El grandullón me rodea y se acerca a Zoey para arrancarle el teléfono. Ella se resiste con todas sus fuerzas, pero acaba soltándolo. El dedo del gigante se desliza por la pantalla del *smartphone* y se ilumina una luz azul. Un sonido parecido al de una ráfaga de metralleta suena y el grandullón suelta un grito de angustia. Vacila un segundo y, con enorme estruendo, se cae de bruces al suelo. Flota en el aire un olor parecido al de cerdo quemado.

Zoey se lleva las manos a la boca, solo le ha dado tiempo a dar un paso al lado para evitar que el titán se le tire encima. Yo estoy paralizada y observo al hombre a mis pies preguntándome si todavía está vivo.

—¿Pero qué habéis hecho? —grita Benny, levantándose de un salto.

La silla se cae al suelo.

—¡Lo ha hecho él solo! —se justifica Zoey—. Ha sido él quien le ha dado al botón.

Justo cuando creo que el jefe del gigante va a estrangular a Zoey con sus propias manos, se abre la puerta.

—¿Pero qué haces aquí? —grita una voz que reconozco de inmediato.

Cole entra en la habitación, seguido de dos tipos que no parecen estar nada cómodos. Sus ojos apuntan en mi dirección y de ellos salen rayos. Mientras se acerca a mí a toda velocidad, digo con voz entrecortada:

—¡No ha sido culpa nuestra! ¡Ha sido él quien le ha dado al botón de la táser!

Cole parece descubrir en ese momento a Zoey y al hombre del suelo.

—¡Te había pedido que te mantuvieras al margen de todo esto!

Transpira ira por cada poro de su cuerpo. Entonces añade:

—Reggie, llévatelas al coche, a ella y a su amiga, y esperadme.

Me cruzo de brazos, dispuesta a plantar cara. ¿Quién es él para hablarme así y para decirme lo que tengo que hacer? Y bajo ningún concepto pienso seguir a sus dos compañeros a ningún sitio. Se gira hacia mí y sus ojos azules glaciares se fijan en los míos.

—Por favor —me pide con delicadeza.

No estoy segura de haber sido la única que lo ha escuchado. Durante un par de segundos, nuestra discusión se desarrolla en silencio y termino por capitular.

—Vale.

Hago señas a Zoey para que obedezca. De todas formas, no creo que tenga muchas ganas de quedarse. Seguimos al famoso Reggie, que nos saca del bar y nos lleva a un SUV negro. Nos pide que nos subamos.

—¡Esperad! Nuestras amigas todavía están dentro, tenemos que buscarlas —intenta Zoey.

Reggie niega con la cabeza y nos señala el interior del vehículo.

—Subid al coche. Le diremos lo de vuestras amigas al jefe.

Vale, entonces Reggie es uno de los hombres de Cole y, por lo que parece, no le gusta discutir sus órdenes.

Zoey y yo nos encontramos en la calma silenciosa del vehículo. El interior, todo de cuero, y los acabados me hacen suponer que el coche vale una pequeña fortuna. No quiero ni pensar a qué tipo de actividades se dedica Cole para poder financiar una joya parecida. Es de un estilo completamente diferente al del Camaro en el que ya me he subido. Este coche se corresponde más con la idea que tengo del vehículo de un jefe de banda.

Al cabo de unos minutos de silencio, Zoey decide romperlo.

—¡No tenía ni idea de que la táser tuviera semejante potencia de disparo! ¿Has visto cómo se ha caído ese hombre al suelo? ¿Cuánto puede pesar? ¿Ciento veinte, ciento cincuenta kilos? ¡Estoy impresionada!

—¡Estás loca por utilizar ese trasto, Zoey! ¿Te das cuenta de lo que el otro tarado podría habernos hecho si Cole no llega a intervenir?

—¡No ha sido culpa mía! ¡Ha sido él quien le ha dado al botón! Y, bueno, hablemos de Cole: ¿cómo es que el rey de los moteros cree que es tu chico?

—No lo sé.

—Amy, deja de mentir, te crece la nariz cada vez que lo haces.

—¡No es mi novio! ¡Me ha besado una vez, en mi apartamento, así que no sé cómo lo ha sabido Benny! —me enfado.

—¿Qué? ¡Has besado a ese tipo y no nos lo has contado! —se desgañita.

—¡Ah, claro, porque tú nos presentas un informe detallado cada vez que un tío te mete la lengua hasta la campanilla!

Si mi abuela me escuchara, me arrastraría al confesionario en el acto.

Zoey se queda patidifusa y, antes de que pueda decir nada, se abre la puerta del coche.

—Zoey, baje. Sus amigas le esperan para volver a casa.

Es Cole quien acaba de hablar. Zoey obedece su orden y me lanza una mirada que me indica que esta conversación no ha terminado.

El jefe de la banda ocupa su lugar en el asiento trasero del vehículo, justo a mi lado.

—¿Y adónde voy yo?

—Tú te quedas aquí, segura, conmigo.

Reggie se sube delante, al volante.

—Pero mis amigas... —empiezo a decir.

—Ya le he dicho a tus amigas que te quedas conmigo esta noche. Uno de mis hombres las seguirá para asegurarse de que llegan sanas y salvas a sus casas.

¡Genial, chicas! ¿Un tío os dice que me lleva con él y no hacéis ni una sola pregunta?

—¿Y yo tengo que obedecer? ¿No tengo ni voz ni voto?

—Te he pedido que confíes en mí, Amy.

Capítulo 21

AMY

«Te he pedido que confíes en mí, Amy».

Pronuncia la frase con tal frustración que comprendo que se trata de un reproche. ¿Qué puedes responder a eso? ¿Que no voy a confiar en el jefe de una banda?

Cole me agarra la mano y me sobresalto ante ese gesto inesperado. Sin embargo, no me mira y prefiere las luces de la ciudad que se cuelan por las ventanas tintadas del SUV.

—¿Sabes el riesgo que has corrido al presentarte allí?

Su tono se ha dulcificado un poco, pero siento que sigue enfadado.

—Quería comprender por qué la habían tomado conmigo —me justifico en voz baja—. ¿Qué habrías hecho en mi lugar? No entiendo nada de todo esto y me cuesta mantenerme al margen.

Gira la cabeza y me observa un instante.

—Ya no corres ningún riesgo, te lo prometo.

¿Qué valor puede tener la promesa de un hombre así? Sin embargo, me parece sincero. Sus ojos hablan por él.

—¿Para qué ibas a ver a Benny? —pregunto.

Cole deja escapar un largo suspiro.

—Amy, por favor, créeme cuando te digo que cuanto menos sepas, mejor.

Me siento contrariada por su respuesta.

—¿Cómo puedes saber que no me va a pasar nada? Le has pedido a Benny que me deje tranquila y ¿tú crees que va a escucharte?

Se me cruza una idea por la mente.

—¿No le habrás dado el dinero que me reclama?

Cole se gira hacia mí y me dedica una mirada que me indica que puedo insistir todo lo que quiera, pero no obtendré ninguna respuesta. Esta situación me molesta mucho, pero, por desgracia, ya he comprendido que este hombre no se pliega ante nada y, desde luego, no ante una avalancha de preguntas de mi parte.

Nos quedamos unos minutos en un silencio apenas interrumpido por el ruido del motor del coche que los lujosos acabados del habitáculo amortiguan casi en su totalidad.

—¿Adónde vamos? —le interrogo.

—A mi casa.

Me dispongo a protestar, pero el coche se detiene. Cole abre la puerta y sale sin soltarme la mano, lo que no me deja más opción que seguirle.

Reconozco el porche de su casa. Subimos deprisa las escaleras y abre la puerta de entrada.

Noto que no está cerrada con llave. Supongo que un jefe de banda no les tiene miedo a los ladrones.

Cole no se molesta en encender la luz. En cuanto entro en el pasillo, cierra la puerta y me empuja contra ella. Sin darme tiempo ni a abrir la boca, atrapa mis labios con los suyos. Ese beso es todavía más salvaje que el que habíamos intercambiado en mi casa el día anterior. Contiene toda la cólera reprimida desde que me encontró en el despacho de Benny. Su lengua toma posesión de la mía, mientras que sus pulgares acarician mis mejillas.

Entonces, sus manos se deslizan bajo mis glúteos y me levanta de golpe, como si no pesara nada. La distancia entre nosotros se reduce todavía más cuando empuja su cuerpo contra el mío. Como por instinto, rodeo su cintura con mis piernas, lo que hace que se me suba el sucedáneo de falda que llevo puesta, pero no es momento de hacerse la tímida. Me aferro a sus hombros, aunque sé que no me dejará caer. Cuando por fin se aparta un poco para recuperar el aliento, pronuncia una sola palabra:

—Deliciosa.

Siento un vuelco en el corazón y, esta vez, soy yo la que acude al asalto. Soy incapaz de pensar, así que me abandono al deseo que me arrolla como un tren a toda velocidad. Soy vagamente consciente de que Cole nos ha desplazado. Subimos las escaleras, no sin hacer algunas pausas que aprovecha para agarrarme con gran fuerza. Termino tumbada en una superficie mullida que deduzco que es su cama.

Me interroga con la mirada y, al tomarla como una aprobación silenciosa, se quita la camiseta.

Lo que descubro me deja sin respiración. Este hombre es la viva encarnación de la virilidad. Creía que este tipo de físico solo se veía en la portada de las novelas o en las películas. Su torso parece haber sido tallado en mármol por un escultor del Renacimiento que quería representar a un dios griego, con la única diferencia de que una buena parte de él y sus dos brazos están cubiertos de tatuajes. Los dibujos son complicados y se entremezclan los unos con los otros, por lo que la simple luz de una lámpara de noche y mi excitación no me permiten comprender su significado.

Las manos rugosas de Cole se deslizan ahora bajo mi top que, hay que recordar, no oculta gran cosa. Su boca besa cada centímetro de piel que va descubriendo poco a poco, arrancándome un escalofrío de placer. Su barba roza mi epidermis hipersensible. Mi camiseta termina desapareciendo en alguna parte al pie de la cama. Cole se aparta un poco y se toma su tiempo para observarme. Me siento completamente desnuda bajo su mirada, a pesar de quedar todavía la barrera del sujetador. Me cuesta tragar y, en un ataque de pudor, me cubro el pecho con los brazos.

Cole frunce el ceño y agarra mis manos para apartarlas.

—No te escondas, princesa. Estás espléndida.

Y ese es el momento que elige mi cerebro para activarse. ¿Qué puede ver en mí que le guste? Imagino que un hombre como él tendrá donde escoger. Entonces, ¿qué puede interesarle de mí cuando a duras penas soy lo bastante grande como para comprarme la ropa en la sección de adultos? ¿Con mi piel blanca, casi translúcida, de irlandesa y mi pecho que apenas rellena una copa B?

—Amy, quédate conmigo.

Sus labios se posan en mi cuello y su voz ronca me hace vibrar. Ha comprendido que me estaba alejando. Yo voy comprendiendo poco a poco que estoy a punto de cometer un grave error.

Intento incorporarme. Tengo que ponerme en pie, vestirme y volver a casa. Sin embargo, en cuanto consigo esbozar un leve movimiento, Cole me empuja contra la cama. Es más fuerte que yo y no tiene que esforzarse mucho para mantenerme tumbada.

—¿Adónde piensas ir así? —me pregunta.

—Tengo que volver a casa.

—No vas a ninguna parte, princesa. Y mucho menos a tu casa. El único lugar en el que estás segura hoy es aquí, conmigo.

Hace una pausa y añade:

—En mi cama.

Me siento tentada a preguntarle si puedo irme a dormir al sofá o a la habitación de invitados, pero, en vista del tono empleado, no creo que sea una opción viable.

—¿Qué estamos haciendo, Cole?

Se me queda mirando un instante con sus ojos azul glaciar, suspira y se deja caer a un lado. Tengo que darme la vuelta para que mi espalda se apoye en su torso. Su mano se acomoda en mi vientre. A continuación, murmura en mi oreja:

—No lo sé, princesa, pero me gustaría rodearte con mis brazos. Al menos esta noche.

¿Lo estoy soñando o el hombre más peligroso que conozco —y he conocido unos cuantos estos últimos días— me está pidiendo que me quede a dormir con él haciendo la cucharita? ¿Quién ha dicho que a los tipos duros no les gustan los mimos?

Cole me besa el pelo y, en poco tiempo, noto que su respiración se hace más regular. Yo estoy todavía demasiado alterada por los acontecimientos de la noche como para poder dormirme.

Un rayo de sol en mi cara me despierta.

¡Dios mío! ¿Qué hora será? ¿Y dónde estoy?

Me incorporo de repente en la cama. En dos segundos, los acontecimientos del día anterior me vienen a la memoria: la velada en casa de Libby, la idea un poco loca de ir a buscar a los Blood Angels, Zoey que acaba tumbando al gigante con su táser, Cole que aparece y que me trae a su cama... Miro a un lado y, aparte de unas sábanas arrugadas, no veo nada.

Busco con la mirada un despertador o un reloj que pueda indicarme la hora, pero solo encuentro mi ropa cuidadosamente doblada en una silla. De hecho, me doy cuenta de que alguien me ha quitado la falda durante la noche... Pero tengo que ir a abrir la cafetería, que hoy es domingo, y es uno de los días con mayor afluencia, así que ya lo investigaré más tarde. Si ya es de día, es que llego tarde. Y, para colmo de males, voy vestida como una prostituta. Seguro que le provoco un infarto al señor Connelly. Así que tengo que pasar por mi casa para cambiarme. No me atrevo siquiera a mirarme en el espejo. Aunque tampoco es que haya ninguno cerca. Se me habrá corrido todo el maquillaje y, teniendo en cuenta la capa que me había puesto Zoey, no creo que sea bonito de ver.

Bajo las escaleras a toda velocidad. Me viene un *flash* de cómo las habíamos subido la noche anterior.

La casa parece vacía. ¿Tanto madruga el jefe de una banda? Y yo que creía que se levantarían tarde y que vivirían principalmente de noche. También pensaba que su casa estaría un poco más... No sé... ¿Desordenada? Aquí todo está perfectamente ordenado, la decoración es decididamente masculina y las dos videoconsolas son un buen indicador complementario, pero, de no ser así, costaría imaginar que aquí vive un hombre solo. Porque vive solo, ¿no?

Encuentro mi bolso en la entrada, justo donde lo había dejado tirado el día anterior. Lo cojo y corro al exterior. No he dado ni tres pasos cuando me encuentro de frente con el famoso Reggie al que Cole le había encargado la misión de ser nuestra niñera, de Zoey y de mí, en el aparcamiento del bar de los Blood Angels.

—Cole me ha pedido que la lleve a casa —me anuncia.

En vista de que debe ser realmente tarde, no me paro a discutir los detalles. Incluso diría que su ayuda es bienvenida. Me subo al SUV rezando para que a mi abuela no se le haya ocurrido venir a tomarse un café esta mañana.

Capítulo 22

Amy

Es domingo por la noche y me cuesta prepararme para mi cita.

Sí, recordad, esta noche he quedado con Tom McGarrett. Mi vieja culpabilidad católica me ha estado torturando todo el día. Ir a cenar con un hombre mientras has pasado la noche en la cama de otro es más bien censurable, ¿verdad? Pero no he tenido valor suficiente como para descolgar el teléfono y anularlo todo. No sabía qué excusa poner. Si fingiera estar enferma, lo único que conseguiría sería retrasar la cita. Y, además, siendo honesta, tampoco es que me apeteciera anularla. Creo que Tom McGarrett es un hombre realmente encantador y tengo ganas de saber más sobre él. Pero no consigo deshacerme de la culpabilidad y, junto con el hecho de que estoy nerviosa porque hace mucho tiempo que no tengo una cita, me cuesta horrores escoger un vestido.

Tom McGarrett viene a buscarme a las siete en punto. Cuando me ve, se dibuja una enorme sonrisa en su cara y me digo que mis esfuerzos por escoger modelito no han sido en vano. Me lleva a un pequeño restaurante con mucho encanto que se encuentra a tan solo cinco minutos de mi casa, pero al que jamás había ido. El ambiente es perfecto, la decoración original y las mesas están a suficiente distancia como para tener sensación de intimidad sin caer en el cliché del restaurante romántico.

La camarera viene a tomar nota de nuestras bebidas y nos instalamos en un silencio algo molesto. Antes hemos intercambiado unas cuantas banalidades sobre el tiempo, el barrio o nuestras impresiones sobre el restaurante, pero ya me he quedado sin ideas. Este silencio es uno de los muchos en los que buscamos desesperadamente un tema que pueda relanzar la conversación, intentando no cometer el error de escoger uno de los que están prohibidos en una primera cita: política, dinero, su ex o su increíble colección de vacas de porcelana.

—Entonces, Amy, ¿qué te gusta hacer en tu tiempo libre?

Esta sí que está claramente homologada como pregunta imprescindible en una primera cita.

—Bueno, no es que tenga demasiado tiempo libre —confieso—, pero, cuando lo tengo, me gusta leer, pasar tiempo con mi familia y mis amigos y cocinar.

En realidad, nada apasionante. Ocupaciones banales de una chica banal.

—¿Y tú? ¿Qué haces cuando no corres para hacer que nuestras calles sean más seguras? —pregunto, sabiendo que, por lo general, no se considera de buen gusto devolver la pregunta.

—Yo también estoy muy ocupado con mi trabajo.

Hace una mueca al comprender que, desde luego, no se trata de un argumento demasiado glorioso en su favor.

—Pero cuando no estoy protegiendo a honestos ciudadanos, me gusta jugar al baloncesto con mis amigos, ver un partido de béisbol o de *hockey*, correr o, en raras ocasiones, salir con chicas guapas —apostilla con un guiño.

Vale, ahora resulta que es un deporte. Al mismo tiempo, un físico como el suyo no se consigue tragando *muffins*.

—¿«Salir con chicas guapas» en el sentido de varias chicas a la vez? —pregunto, principalmente para mortificarlo un poco, pero también por curiosidad.

Sonríe por mi comentario.

—No, soy más bien de los que solo ven a una chica a la vez. No me gusta demasiado compartir, quizá porque soy hijo único y considero que eso es algo que debe ser recíproco por la otra parte.

Un sentimiento de malestar me invade. ¿Acaso sospecha algo? A mí tampoco me gusta compartir y es la primera vez que me encuentro en semejante situación, pero, después de todo, ¿de qué situación estamos hablando? He intercambiado unos cuantos besos con Cole y está claramente en la categoría «No acercarse bajo ningún concepto». Jamás podrá haber entre nosotros algo más que lo que ya ha pasado. Y, entonces, ¿por qué estoy frente a un hombre encantador, divertido e inteligente pensando en otro?

—¿Estás bien, Amy?

Y, según parece, soy bastante mala ocultando mis emociones. Esbozo una sonrisa falsa y respondo.

—Sí, por supuesto.

—¿Es la desaparición de tu empleada lo que te preocupa? ¿Sigue sin aparecer?

Tom frunce el ceño y aprovecho la ocasión para desviar la conversación.

—Sí, sigo preocupada por ella.

Pero vuelvo a pensar en Cole pidiéndome que no le cuente nada a la policía. Le he prometido que voy a confiar en él y no debe despertar las sospechas de McGarrett, así que añado:

—Tenías razón. Seguro que se ha ido a alguna parte con su novio. Quizá exageré un poco el otro día. A veces olvido que la pequeña Amber ya ha crecido y que la entrada en la edad adulta lleva asociada unas cuantas tonterías.

Intento adoptar una actitud distante, pero no estoy segura de que se me vaya a dar mejor que hace unos instantes. Tom se me queda mirando con una expresión que me cuesta descifrar. Solo espero no arrepentirme de haberle mentido de aquí a unos días.

Me siento realmente incómoda. De repente, intento escabullirme para recuperar la compostura.

—Necesito ir al baño. ¿Me disculpas?

Me levanto deprisa. Tengo que escapar para poder respirar un poco. Me da la impresión de que mis afirmaciones no han convencido del todo a Tom McGarrett. Después de todo, por algo es inspector.

Me lavo las manos y me miro en el espejo. De alguna forma, no reconozco a la Amy que tengo enfrente. Suspiro profundamente y saco el teléfono del bolso. Me espera un mensaje de Cole.

«Deshazte del poli y vuelve a casa».

No sé qué me exaspera más: que, una vez más, me esté siguiendo o que se permita decirme lo que tengo que hacer. Decido ignorar su mensaje.

Vuelvo a la mesa y McGarrett ha desaparecido. Estoy un poco sorprendida, pero la camarera se acerca para decirme que ha tenido que salir para responder a una llamada importante, pero que me ha pedido un chocolate caliente.

Me instalo en la mesa, impresionada por que se acordara de ese detalle. Está claro que es el hombre perfecto. Entonces, ¿cómo es que no puedo pensar en otra cosa que no sea el mensaje que acabo de recibir de Cole?

Veo a Tom en la acera, en lo que parece una conversación muy animada. También estudio a los viandantes. Si Cole sabe que estoy en un restaurante con Tom, es que me observa o ha ordenado a alguien que me observe. ¿En qué rincón escondido estará agazapado mi espía? ¿No es un poco exagerado? Los Blood Angels me han amenazado, pero ya deben de saber que no he vuelto a ir a la policía

Excepto por el pequeño detalle de que estás cenando con uno.

Por un motivo que no tiene nada que ver con la desaparición de Amber, pero ¿cómo podrían saberlo ellos? La incomodidad que había desaparecido tras ir al baño reaparece poco a poco. ¿Cabe la posibilidad de que los Blood Angels malinterpreten esta cena? ¿La advertencia de Cole quizá va por ahí?

¡Eres realmente tonta, Amy!

McGarrett vuelve tras unos minutos. Parece incómodo.

—Amy, lo siento mucho, pero me temo que tengo que poner fin a nuestra cita. Me han llamado por un asunto urgente.

—Lo comprendo. El crimen no sabe de horarios —intento bromear para relajar el ambiente, pero no parece ser suficiente para hacer sonreír a Tom.

Para ser sincera, me alegra que nos vayamos. Después de caer en el hecho de que nuestra cena podría hacer creer a los Blood Angels que estoy hablando con la policía, no estoy demasiado cómoda.

Tom va a buscar a la camarera para pagar la cuenta y luego me ayuda galantemente a ponerme el abrigo. Salimos y me acompaña a su Jeep.

—Puedo coger un taxi, Tom. Si tienes que irte a algún sitio, quizá sea lo más inteligente.

—Quizá sea un adicto al trabajo, pero déjame al menos disculparme llevándote a casa. Además, no está tan lejos.

No protesto y hacemos los pocos minutos de trayecto en silencio. Veo que McGarrett parece tenso. Está decidido a acompañarme hasta mi descansillo.

Una vez más, se disculpa:

—Lo siento, Amy, habría preferido que la noche acabara de otra forma. Me lo he pasado muy bien.

Estamos uno frente al otro y tengo las llaves en las manos.

—No pasa nada. Yo también he pasado una velada muy agradable.

Tengo que reconocer que, aunque hemos tenido momentos un poco raros, en conjunto, no ha estado nada mal.

McGarrett se acerca a mí y solo nos separan unos cuantos centímetros. Inclino la cabeza para poder mirarlo a los ojos.

—Ha sido nuestra primera cita y te había prometido que te besaría. No ha sido todo lo perfecta que había imaginado, pero al menos me gustaría resarcirme al final.

Siento que me sonrojo y me cuesta aguantarle la mirada. Bajo levemente el rostro y Tom posa un dedo bajo mi mentón para volver a levantarlo.

—¿Puedo? —pregunta con dulzura, de forma casi imperceptible.

Soy incapaz de responder por la avalancha de ideas que saturan mi cabeza. Tom interpreta mi silencio como un sí. Me besa con delicadeza, deleitándose con mis labios como si fueran preciosos. Lo dejo hacer, estoy alterada. Su beso es suave, dulce como una golosina y tierno como una nube de azúcar. Es el beso de un caballero que intenta seducirme sin pedirme demasiado.

Tom le pone fin y da un paso atrás muy a su pesar, de eso estoy segura. Me acaricia levemente la mejilla.

—Tengo que irme. Buenas noches, Amy. Mañana te llamo.

Espera a que meta la llave en la cerradura y luego se aleja. Abro la puerta tras mirarlo una última vez y entro en mi apartamento.

Y, entonces, no puedo creer lo que ven mis ojos.

Capítulo 23

McGarrett

Dejo a Amy en su casa muy a mi pesar. No habría insistido en entrar esta noche, pero sí que me habría gustado que la velada se hubiera prolongado un poco más, pero, como siempre que me llaman del trabajo, respondo de inmediato. Y, vista la situación actual, con el topo que tenemos dentro y teniéndome el capitán en el punto de mira, no es el momento de fingir que estoy enfermo. De todas formas, ese tampoco es mi estilo. Siempre he tenido tendencia a dar prioridad al trabajo. Y, esta noche, es una de esas pocas veces que me ha molestado de verdad, tengo que reconocerlo.

Aunque Amy ha estado un poco rara en algunos momentos, he pasado una velada bastante agradable. Es una chica divertida, chispeante, inteligente, además de tener un encanto notable. Me ha parecido que estaba un poco ausente, más pensativa que otras veces. Supongo que la ausencia de su empleada ha tenido algo que ver, pero no estoy del todo seguro. Intento convencerme de que solo estaba cansada, pero sé que me estoy mintiendo. Hay algo más; me lo dice mi instinto de poli, que rara vez se equivoca.

Me subo a mi Jeep, dejando mis pensamientos sobre Amy a un lado, y pongo rumbo a la dirección que Mancini me ha indicado y que se encuentra en Dorchester. No sé muy bien qué me puedo encontrar allí. Según me ha dicho, sería un gran golpe: importantes cantidades de droga deberían cambiar de manos esta noche. No sé mucho más. Lo que más me sorprende es que no me ha llegado información por mis medios y los acontecimientos de los últimos días me hacen desconfiar. Todo me parece demasiado fácil.

Me reúno con mi colega en el aparcamiento de una discoteca abandonada. Smith también está allí, junto con otros dos tipos de la brigada. Después de ponerme el chaleco antibalas, me informan deprisa y me dicen que hay un equipo de camino, que no vamos a presentarnos sin apoyo.

—¿Cómo habéis conseguido la información? —pregunto a Mancini tras llevármelo a un lado.

—Ha sido David el que me ha pasado el soplo.

—¿David? —me sorprende porque normalmente suele contactar conmigo.

Asiente con la cabeza. Todo esto me gusta cada vez menos. No tengo tiempo de llamarlo y, de todas formas, no respondería: jamás hablamos por teléfono. Decido no perder de vista a mis colegas; después de todo, todavía no he destapado al topo y esta noche es la ocasión ideal para intentar recabar pruebas.

Llegan los refuerzos y se inicia la operación. Una vez que se ha dado la señal, el equipo de intervención se introduce en el edificio industrial. Nosotros esperamos pacientemente a que nos den luz verde. No tardan mucho en dárnosla. Según parece, nuestros hombres no se han encontrado con demasiada resistencia. Han pillado a los delincuentes desprevenidos y ha sido bastante fácil someterlos. Seguro que solo son ayudantes, no los cerebros de la banda, pero, con un poco de suerte, quizá consigamos que hablen.

Se podría decir que la operación ha sido un éxito. La información proporcionada por nuestro soplón ha resultado ser exacta. Procedemos al registro de varios kilos de cocaína y de resina de cannabis. Al menos hemos conseguido alejarlos de los jóvenes de la ciudad y nos aportarán indicios adicionales para escalar por la cadena de mandos.

Los equipos de intervención se van y dan paso a la científica, que nos ayudará a recopilar pruebas y a hacer inventario. Me quedo para gestionar las operaciones, que seguramente durarán varias horas sin que me dé cuenta.

Cuando por fin puedo irme del lugar, ya ha amanecido y me siento tentado a irme directamente a la cama, pero al pasar por el Bay Village, se me ocurre una idea. Solo hace unas horas que la dejé en su casa, pero me gustaría disculparme en persona por haber tenido que acortar nuestra velada. Y, además, necesito un café.

Capítulo 24

Amy

Cuando Tom McGarrett me besó, olvidé por un instante los acontecimientos de los últimos días, pero duró poco. En cuanto cruzo la puerta de mi apartamento, me encuentro una luz encendida en el salón. A diferencia de lo que habría pasado unos días antes, esta vez no me asusto. Diría incluso que se me aceleraron las pulsaciones y se me desbocó el corazón. La primera idea que se me pasa por la cabeza es… Cole.

Cuando no he dado ni dos pasos en dirección a la sala de estar, una vocecita dubitativa pero que reconozco de inmediato me pregunta:

—¿Amy?

No me lo puedo creer, pero, dado que mi apartamento no es muy grande, no tardo en encontrarme frente a su propietaria: Amber.

Con el mismo impulso, nos abalanzamos la una hacia la otra y nos abrazamos. Durante unos segundos, aprieto con fuerza a la que es algo más que una empleada porque necesito asimilar lo que pasa. Asegurarme de que está bien de verdad. Y luego, una vez tranquila, doy un paso atrás y la observo. Aparentemente está bien, goza de buena salud y no ha adelgazado. Parece comprender mi inquietud porque me lo confirma:

—Estoy bien, Amy.

Estoy tan contenta que empiezo a llorar y la vuelvo a abrazar. Ella también rompe a llorar y le paso la mano por el pelo murmurando palabras reconfortantes.

Tenemos muchas cosas que contarnos, pero tendrá que esperar a mañana. Espero a que se calmen un poco los sollozos y le propongo una taza de té. Nos instalamos en el sofá y le pregunto:

—¿Cómo has entrado aquí?

—Cole me ha abierto. Fue él quien vino a buscarme al lugar al que me había llevado Sebastian, me dijo que me trasladaba a un sitio en el que no podría pasarme nada, donde estaría segura. Así que imagina mi sorpresa cuando me vi aquí.

Se ríe con nerviosismo mientras que yo solo puedo pensar que él ha estado aquí. Mientras cenaba con Tom McGarrett, él se encargaba de cumplir su promesa.

—Tiene razón, aquí no te pasará nada.

—Amy, lo siento mucho —dice en voz baja—. Tenías razón respecto a Sebastian: no es el hombre que yo creía. Siento mucho todo lo que te ha pasado por mi culpa estos últimos días.

Fija su mirada en las puntas de sus zapatos y me parece realmente frágil en estos momentos. La rodeo con mis brazos.

—No es culpa tuya, Amber. No podías saber que te estaba mintiendo.

Se sorbe los moscos con gran estruendo.

—Sí, es culpa mía. Si no hubiera sido tan tonta como para enamorarme de Sebastian, no habría pasado nada de esto. Te han robado y te han agredido en plena calle. Lo siento mucho.

Las lágrimas vuelven a inundar su rostro de muñeca. Le acaricio el brazo con delicadeza. Me pregunto cómo ha podido enterarse de que me han agredido, teniendo en cuenta que las únicas personas que lo saben son mis amigas y Cole. ¿Quizá se lo habrá oído comentar a Sebastian? ¿O puede que Cole se lo haya contado?

—No es culpa tuya, Amber. Alguien en quien confiabas se ha aprovechado de ti y, por desgracia, no eres la primera a la que le pasa. Y no has sido tú la que ha venido a robarme, que yo sepa.

—Sí, pero sospechaba que Sebastian estaba metido en algo no demasiado legal y no quise ver la realidad.

—No, simplemente estabas enamorada —le digo con voz suave mientras aparto un mechón de pelo que se había quedado pegado a su mejilla por las lágrimas.

Asiente con la cabeza y me interroga:

—Cole me ha dicho que me has buscado por todas partes.

—Sí, yo sabía que no eres de las que desaparecen de un día para otro sin decir nada, así que no tardé demasiado en iniciar mis investigaciones.

—Gracias —susurra—. No sé qué haría sin ti.

—Seguramente muchas cosas. Eres una luchadora, Amber. Con mi ayuda o sin mi ayuda, harás grandes cosas. Ahora será mejor que descanses. Quiero que te quedes a dormir en la habitación de invitados. Y puedes quedarte el tiempo que necesites.

Un destello de alivio cruza su mirada. ¿Creía que la iba a enviar de vuelta a su casa en mitad de la noche? Y, además, Cole tiene razón: aquí está segura. Con mi sistema de alarma último grito y las cámaras de la entrada. Por no mencionar el hecho de que lo más seguro es que me estén vigilando. Bueno, quizá no. Según me ha dicho, en teoría, estoy fuera de peligro y ya ha cumplido su promesa de devolverme a Amber, así que ya no tiene razones para protegerme. De hecho, incluso es posible que no vuelva a verlo. Se me encoge el corazón y, justo en ese momento, Amber me dice:

—Cole me ha pedido que te diga que se pasará a verte más tarde. Tenía que arreglar un asunto antes.

Se me queda mirando un instante y luego, con un punto de malicia, me pregunta:

—¿Qué hay entre vosotros?

La premura con la que le respondo es demasiado pronunciada como para que suene honesto:

—Nada de nada. Lo conocí cuando te estaba buscando. Supongo que quiere explicarme cómo ha terminado todo esto.

Sus labios esbozan una sonrisa que me deja claro que no he conseguido engañarla. Me odio por ser tan transparente. Sin embargo, para mi gran sorpresa, no insiste y pone rumbo a la cama para irse a dormir.

Y yo, de repente, no sé qué hacer. ¿Debería esperarlo tranquilamente en el sofá leyendo un libro? ¿Debería irme a la cama? Las lecciones de Zoey sobre cómo comportarse con un hombre no parecen demasiado útiles aquí. ¿Qué se tiene que hacer con un hombre con el que ya has intercambiado unos cuantos besos febriles, con el que casi me he acostado —el *casi* aquí es importante—, en cuya cama me he despertado esta mañana, sabiendo que he cenado y besado a otro hombre esta misma noche? ¡Mi vida es peor que un episodio de una telenovela! Y no estoy segura de que me guste demasiado el cariz que está tomando, pero si algo es seguro es que no me gustan nada las telenovelas.

Decido fumarme un cigarrillo, a ver si reflexiono un poco mientras tanto. Me instalo en mi balcón para saborear mi pequeño placer nefasto. A pesar de que me he puesto el abrigo, tengo frío. Me siento en la minúscula silla y contemplo la calle en silencio. Me sobresalto cuando escucho:

—Apaga ese cigarrillo ahora mismo. No es bueno para tu salud.

Su tono es rudo y no espera a que le obedezca para arrancarme de los dedos mi dosis de nicotina antes de aplastarlo en el cenicero.

—¿Qué haces aquí?

Mi pregunta suena a reproche, aunque no puedo negar que una parte de mí está contenta de verlo.

—¿Amber no te ha dicho que venía?

—Sí, pero no sé para qué has venido ahora que ya me la has devuelto. Nada te obligaba a volver. Supongo que no habrás venido como representante de la liga antitabaco, ¿no? —ironizo.

Se me queda mirando sin decir nada. Me cruzo de brazos, un poco por culpa del frío, pero sobre todo para contenerme.

—Entremos. Te estás muriendo de frío —comenta.

Me dan ganas de responderle que, si me apetece congelarme fuera, es mi problema, pero tiene razón: finales de octubre en Boston no es el momento ideal para mantener una discusión en el balcón.

Cuando entro, Cole cierra el ventanal y yo me quito el abrigo una vez sentada en el sofá.

Él solo lleva una camiseta de algodón y una chaqueta de cuero que le hacen parecer un auténtico tipo duro. Acerca una silla para sentarse frente a mí. Estoy un poco decepcionada porque no se ha sentado junto a mí en el sofá. Veo que escruta mi ropa.

—¿Te ha besado?

Parpadeo. No me esperaba esa pregunta. Durante un segundo, no acabo de entender de qué quiere hablar. Luego recuerdo que sabe que he estado con Tom.

—¿Qué dice el informe de tus esbirros?

Me fulmina con la mirada y veo que aprieta los puños.

—Te lo pregunto a ti.

—¿Cambia algo que me haya besado o no?

Ahora es él el que parece desconcertado.

—¿Que si cambia algo? ¡Joder, princesa! ¡Te has despertado en mi cama esta mañana! ¡No tiene derecho a besarte!

—Esta mañana estaba sola en esa cama —destaco—. De hecho, ni siquiera sabía por qué habías desaparecido.

—¿No has leído la nota que dejé en la cocina?

—No.

A decir vedad, ni siquiera intenté averiguar si me había dejado alguna. En mi cabeza, él no era de los que se disculpan dejando un pósit.

Cole se levanta y se sienta en el sofá, reduciendo la distancia entre nosotros. Me acaricia la mejilla con el pulgar y, cuando su mirada se fija en mis labios, me dice:

—No quiero que vuelvas a ver a ese poli. Eres mía y yo no comparto, princesa. Será mejor que te vayas haciendo a la idea.

—No soy de nadie. Ni tuya ni de nadie.

—Sí, eres mía. El poli ha jugado, pero yo gano siempre, Amy —replica contra mis labios.

¿Por qué esas palabras que deberían darme ganas de salir corriendo en circunstancias normales no hacen más que intensificar el deseo que siento por él? Mi cerebro sufre un cortocircuito y solo tengo una idea en la cabeza: que me bese.

No lo hace de inmediato. Empieza acariciándome el labio inferior con el pulgar y luego sustituye su tacto por sus labios, con los que me roza y me acaricia.

Debería aprovechar la ocasión para apartarlo, pero no puedo. Estoy paralizada por la oleada de sensaciones que nacen en mí.

Entonces me besa castamente. Un beso ligero como una pluma, seguido de otros no mucho más fuertes. Gimo de frustración y tengo la impresión de que se divierte, porque se toma su tiempo. Me excita, me saborea, me pone a prueba. Tardo cierto tiempo en darme cuenta de lo que pretende. Quiere que sea yo la que lo bese. Así que, no pudiendo soportarlo más, aprieto mis labios contra los suyos.

Nuestros besos se hacen cada vez más fogosos. Nuestras lenguas se acarician con pasión.

Poco a poco, necesito más. Mis manos se pasean por sus hombros, sus bíceps y su torso. A duras penas soy consciente de que ya no estamos en el sofá. Nos acercamos peligrosamente a mi dormitorio.

Una vez dentro, Cole no pierde el tiempo y se centra en el cierre del vestido que me he puesto para ir a cenar con otro. Si no estuviera bajo el hechizo de sus besos, encontraría la situación algo incómoda. La ropa cae a mis pies como una corola. Me siento un poco desnuda, tapada tan solo por mi ropa interior y la parte de abajo del vestido. Entonces introduzco mis manos bajo su camiseta para quitársela, desvelando de paso unos abdominales que despertarían los celos de una tableta de chocolate. Cole responde desabrochándome el sujetador de manera experta. Yo paso a la hebilla de su cinturón y luego a los botones de sus vaqueros. Me ayuda a deshacerme de ellos y se quita los calcetines. Me tira a la cama y se arrodilla junto a ella. Su mirada ya no es de ese azul frío que suele mostrar. Es ardiente y tiene las pupilas dilatadas. Posa su boca en la parte alta de mi muslo, justo por encima de la parte de abajo del vestido que todavía llevo puesto. Siento un escalofrío. Desliza mi ropa despacio y sigue con los labios el camino marcado por el velo de nailon. Repite el movimiento con la otra pierna y ya no puedo recordar ni mi propio nombre. A continuación, se encarga de mis bragas, desvelando mi intimidad abrasadora. En circunstancias normales, no habría soportado que un hombre me escudriñara en esta posición más que bochornosa, pero no me siento incómoda. Cualquiera diría que la Amy de hace unos días ha cambiado en más de un aspecto. Vuelve a atacar mi boca y siento que sus falanges acarician mi sexo.

—Cole —murmuro entre dos respiraciones entrecortadas.

Poco a poco, sus dedos se introducen, acarician y excitan esta parte de mi anatomía descuidada durante demasiado tiempo. En tan solo unos minutos, siento que esta oleada de sensaciones se intensifica en el centro de mi vientre hasta apoderarse de mí de forma espectacular. En el momento en que me sumerjo en un orgasmo, Cole me besa para ahogar mi grito.

Tras unos segundos en blanco, recupero la consciencia y me doy cuenta de que Cole se ha deslizado detrás de mí y que me rodea con sus brazos mientras reparte pequeños besos por mi hombro. Siento su erección a través de su bóxer, contra mis glúteos. Intento darme la vuelta para poder mirarlo, pero él me lo impide.

—Chsss, no te muevas, princesa.

—Pero... tú... —balbuceo en un intento de hacerle comprender que me gustaría devolverle el gesto.

—No, esta noche no. La primera vez que esté dentro de ti, quiero que puedas gritar mi nombre. Y bajo ningún concepto vamos a hacer nada teniendo a una niña durmiendo en la habitación de al lado.

¡Amber! ¡Me había olvidado! Mi cuerpo me grita que le suplique, que no piense en las consecuencias, pero una vez más, mi mente toma el control y se impone la razón.

—Buenas noches, princesa.

Y, por segunda vez en dos días, me quedo dormida en los brazos de Cole.

Capítulo 25

Amy

La mañana ha empezado de una forma un poco surrealista. Mi radiodespertador ha sonado a las cinco y media como todos los días. No soy de las que se quedan dando vueltas bajo las sábanas, así que me dispongo a iniciar mi rutina, solo que he olvidado un pequeño detalle: no estoy sola en la cama. En cuanto hago un mínimo amago de movimiento, un brazo musculado y cálido me agarra y me impide irme. También escucho un gruñido ronco. Y luego una pregunta:

—¿Adónde piensas ir así, princesa?

—Tengo que levantarme, hay que abrir la cafetería en menos de una hora.

—¿No piensas siquiera darme un minuto para darte los buenos días como es debido?

Una alarma salta en mi cabeza. Por mucho que me llame «princesa», no lo soy. Eso significa que mi aliento matinal se parece más al del bonito caballo que tira de la carroza que al de su ocupante.

Utilizo mi maravillosa técnica de la anguila para escapar y pongo rumbo al cuarto de baño, no sin antes prometer que volveré deprisa.

Una vez frente al espejo, constato los daños. Llevo un maravilloso maquillaje, tipo mapache. Me maquillo muy poco, pero como ayer salí, me había puesto un poco de máscara de pestañas que no me tomé la molestia de quitar antes de irme a la cama. Fue por culpa del hombre demasiado musculado y demasiado sexi que se encuentra en mi cama en estos momentos y que hizo que se me olvidara mi rutina. Ya son dos veces en dos días. Por suerte, mi pelo corto limita el desastre. Nada de pelos de loca por la mañana.

Me meto en la ducha y me deshago a regañadientes del olor de Cole en mi piel. Vuelvo a la habitación para vestirme. Él ya no está en la cama. Por un instante, me da miedo que se haya ido, pero escucho ruido en la cocina.

Así que entro y entonces me encuentro a Cole y a Amber en plena conversación.

—¡Buenos días, Amy!

El tono y la sonrisa de mi empleada son demasiado alegres como para ser honestos. Aunque no se le den especialmente bien las matemáticas, está claro que ha sido capaz de sumar dos más dos.

El hecho de que Cole me devore literalmente con la mirada no ayuda tampoco. Da un golpecito en la silla que hay junto a él y me anuncia:

—Te he preparado un chocolate caliente.

¿Cómo sabe que bebo chocolate caliente por la mañana? Se lo habrá dicho Amber. Prefiero quedarme con esa hipótesis a pensar que lo ha averiguado mientras me vigilaba. Con todo, es bastante flipante que lo sepa. Un rasgo claro de asesino en serie.

Todavía no he podido ver su taza, así que pruebo suerte:

—¿Expreso solo sin azúcar?

—Bingo.

—Nunca se equivoca —confirma Amber.

—¿A qué te refieres? —se sorprende Cole, que me mira como si tuviera algún poder especial.

—Es capaz de adivinar qué bebe la gente tras tan solo unos minutos de conversación. Todavía no sé cómo lo hace —dice, encogiéndose de hombros.

—Es mi pequeño secreto —respondo con un guiño.

Y con este tono de buen humor se desarrolla este desayuno muy matinal y un poco surrealista.

Cuando llego a la cafetería, Cole y yo no hemos tenido realmente tiempo de hablar. Ni siquiera sé si volveré a verlo algún día. Había hecho una leve alusión a que pensaba jugar con mi cuerpo en otra ocasión, pero ¿de verdad se puede dar por hecha una declaración realizada en semejante situación?

Cuando Amber se adelanta para abrir la cafetería, él aprovecha para empujarme contra la pared del pasillo de mi edificio. Luego me da un beso digno de la escena final de una película romántica, con violines y primeros planos, que haría soñar a toda una generación de jovencitas. Su abrazo me altera sobremanera. Entonces murmura:

—Eres mía, princesa.

Vale, esa reacción de hombre de las cavernas no tiene cabida en la escena que acabamos de protagonizar.

Quizá no tenga cabida por ya no ser yo una jovencita, pero en vez de indignarme por su actitud de macho, siento que una nube de mariposas despega en mi vientre. Me limito a verlo desaparecer por la puerta de atrás, un poco aturdida. He debido de quemarme las neuronas con las tostadas esta mañana.

Cuando empiezo a trabajar en la cafetería, docenas de preguntas brotan en mi mente.

¿Cuándo volveré a verlo? Ni idea.

¿Qué somos exactamente? No sé.

La idea de ser pareja de Cole es simplemente ridícula. No creo que sea de los que mantienen una relación estable con alguien y mucho menos con una chica como yo. ¿Y yo? ¿Qué es lo que quiero yo? ¿Acostarme con un tío que está metido en asuntos más que dudosos hasta el día que ingrese en prisión? Ya puedo ver los titulares: *La hija del jefe de la policía de Boston, pareja del jefe de una banda importante, asegura que desconocía por completo las actividades de su compañero.*

Lo que ha pasado entre nosotros ha sido puramente físico, pero tengo que ponerle fin ya.

Llegan los primeros clientes y, entre ellos, hay un hombre en el que he pensado mucho últimamente. Un hombre divertido, inteligente, guapo, comprometido y que cuenta con la aprobación de la familia Kennedy: Tom McGarrett.

Parece agotado. Alrededor de sus ojos color chocolate hay un círculo negro. Lleva la misma camisa que ayer, solo que un poco más arrugada. Imagino que no ha dormido nada. Y, sin embargo, todavía reúne fuerzas para sonreírme como si fuera el rayo de sol de su mañana.

Se acerca a la barra como si solo me viera a mí. Noto que se me acelera el corazón con tan solo pensar que soy la fuente de toda su atención. Una enorme ola de culpabilidad se apodera de mí, os podéis imaginar por qué. ¿Cómo puedo mirarlo a la cara cuando he pasado la noche en los brazos de otro hombre? En cuanto empieza a hablarme, me dan ganas de salir corriendo y esconderme.

—Buenos días, Amy. ¿Has dormido bien?

Sí, estupendamente bien. De hecho, ahora que lo dices, espero que no me odies demasiado, pero, como me dejaste tirada, he preferido pasar la noche con otro hombre. ¿Y sabes lo mejor? Seguramente tendrás, al menos, una decena de buenas razones para enviarlo a la cárcel.

La vocecita de mi cabeza desvaría, así que me cuesta horrores soltar un miserable:

—Sí.

Ni siquiera le pregunto qué quiere beber. Me giro hacia el percolador con la esperanza, tal vez, de encontrar una solución a mi vergüenza en la marca de café. Preparo de forma mecánica su café largo y se lo doy sin ni siquiera mirarlo a los ojos.

—Gracias, lo necesitaba de verdad.

Demasiado preocupada por mi culpabilidad, ni he pensado en preguntarle cómo había dormido él, a pesar de que es evidente que no ha dormido.

—¿Una noche dura?

—Se podría decir, pero, con todo, ha sido bastante positiva.

Un pequeño destello ilumina su mirada.

—Ah, ¿sí? —digo, curiosa y deseosa de poner fin a ese silencio a partes iguales.

Adopta una expresión seria.

—Hemos hecho una importante incautación de droga esta noche, así que sí, se puede decir que la noche ha sido muy positiva. Hemos tenido la suerte de poder detener a algunas personas y espero que los interrogatorios nos permitan atrapar al resto.

—¿Crees que es una red de traficantes?

—Todos son miembros de una banda muy conocida por nuestros servicios. Están involucrados en varias actividades criminales. Quién sabe, si jugamos bien nuestras cartas, quizá podríamos poner a sus jefes a la sombra una buena temporada...

Hace una pausa breve y añade:

—¡Pero no vendamos la piel del oso antes de cazarlo!

Pero yo ya he dejado de escucharlo desde que dijo: «quizá podríamos poner a sus jefes a la sombra una buena temporada...»

¿De qué banda estará hablando? ¿Podría afectar a Cole? ¿Estará involucrado en el tráfico de drogas? Después de todo, ¡Sebastian ha vendido droga! Y trabaja para Cole... Me dan ganas de preguntárselo a Tom, pero, si lo hago, despertaría sus sospechas. Se supone que no conozco a Cole.

Eso me devuelve a mis pensamientos de hace unos minutos. Desde luego soy una ingenua y una absoluta inconsciente por haber pasado tan siquiera unos minutos en compañía de un hombre así.

Tengo que alejarme. Y, cuanto antes, mejor.

—¡Veo que tu empleada ha vuelto!

Sigo su mirada, fija en Amber.

—¡Sí! ¡Ha sido una sorpresa agradable!

El tono que empleo me suena falso incluso a mí. Esbozo una sonrisa de circunstancias y rezo para que no vaya a hablar con ella. No me ha dado tiempo a acordar con Amber de qué manera debíamos responder a posibles preguntas sobre su desaparición.

Por suerte, Tom McGarrett se despide. Comprendo que se sentía culpable por haberse ido de forma precipitada de nuestra cita del día anterior. Intercambiamos unas cuantas banalidades y me promete que me llamará en breve. Me da un beso en la mejilla y yo casi ni lo siento. Parece demasiado cansado como para preocuparse por mi falta de reacción. Lo observo mientras se aleja sin verlo realmente.

Una vez que cruza la puerta, Amber se pone a mi lado.

—¿Qué ha sido eso?

Su pregunta me saca de mi estado semicomatoso.

—¿A qué te refieres?

—El tipo que acaba de salir. ¿Quién es?

Había olvidado que Amber no lo había visto nunca.

—Es el teniente McGarrett, es él el que lleva la investigación del robo de la cafetería del otro día.

—¿Y ahora es costumbre en la policía besar a la víctima antes de irse?

—Solo ha sido un beso en la mejilla —intento justificarme.

—Sí, bueno, pero aunque solo sea un beso en la mejilla, ¡no creo que sea el procedimiento estándar de la policía de Boston, Amy! Vale que me he ido unos días, pero ¡tampoco es que esperara encontrarme una cola de hombres locos por ti al volver!

—¿Eh? ¿Pero de qué hablas? —digo, intentando hacerle entender que es mejor hablar un poco más bajito.

Puedo ver a la señora Krounsky pegando la oreja para intentar captar algunos cotilleos que le alegren el día.

—¡No me intentes convencer de que no sabes de qué te estoy hablando! Te recuerdo que esta misma mañana había un grandullón tatuado de lo más sexi y con unos abdominales de acero sentado en tu cocina. Y estoy segura de que no estaba allí para montar guardia durmiendo en el sofá del salón.

¿Y cómo sabe ella que tiene abdominales de acero? Prefiero morderme la lengua.

—Y una hora más tarde, me encuentro con ese poli, que parece sacado de un calendario, que viene a dedicarte sonrisas de cien mil vatios y que te besa.

—En la mejilla —preciso.

—Amy, jamás te había visto dejar que un solo hombre te besara en la mejilla aparte de tu padre o el señor Connelly el año pasado para desearte una feliz Navidad. Así que dime, ¿quién es ese hombre para ti, aparte del inspector que lleva la investigación del robo?

—Mi padre lo conoce —empiezo.

Amber se cruza de brazos y frunce el ceño.

—¡Bueno, vale! ¡Tú ganas! Salí con él anoche. Tuvo que acortarla porque lo llamaron por un asunto y ha venido esta mañana a disculparse, supongo.

Amber se queda con la boca abierta. Decir que está estupefacta sería un eufemismo.

—¡Tuviste una cita con ese tipo ayer por la noche y, después, te acuestas con otro! ¿Pero qué has hecho con mi jefa?

Le lanzo una mirada furibunda.

—¡Amber! ¡Más bajo!

Les señalo a los clientes de la sala y a Shelly, que finge limpiar una mesa para que no pensemos que está escuchando nuestra conversación.

—No me he acostado con...

Bueno, no exactamente.

No me deja terminar.

—Hayáis pasado toda la noche mirándoos a los ojos o probando todas las posturas del Kamasutra, no puedes negarme que ha dormido en tu cama.

Abro la boca para protestar, pero me vuelve a interrumpir.

—No, Amy, el sofá estaba vacío. Lo sé porque me he levantado a buscar un vaso de agua esta noche.

Cierro la boca al no saber qué responder.

Amber continúa, pero esta vez con un tono algo más reposado.

—Me alegra que salgas con hombres. Cuando tuvimos esta conversación el otro día, no creía que el cambio sería tan rápido, pero me alegra que haya sido así.

—Gracias.

—¡Pero no me esperaba que acabaras viendo a dos hombres a la vez!

—No veo a...

—Amy —me interrumpe—, tu vida amorosa no es de mi incumbencia. Al fin y al cabo, solo soy tu empleada.

—Eres más que una empleada y lo sabes —preciso.

—Sí. Lo que quiero decir es que no es asunto mío. Sobre todo teniendo en cuenta el éxito que tengo yo en el amor últimamente. Y, además, solo tengo dieciocho años y tú eres mucho mayor que yo.

—Muchas gracias por recordármelo —refunfuño.

—Pero ten cuidado, Amy. Tú no eres así. Tú eres una chica con la cabeza bien amueblada. Que no hace las cosas sin reflexionar. Esta historia de ver a Cole y al inspector al mismo tiempo no es propia de ti. Vas a tener que escoger, Amy. Y ya. Porque, además, tengo la impresión de que ninguno de los dos son de los que aguantarían esa situación.

No respondo. No es necesario que diga nada porque ella sabe que tiene razón y que soy consciente de ello. De repente, mi moral ha caído a niveles mínimos y Amber intenta desviar la conversación para hacerme sonreír.

—En vista de todo lo que me he perdido estos últimos días, ¿por casualidad no se habrá pasado Bruno por aquí para cantarle su amor eterno a Shelly?

Acompaña su pregunta con una pequeña mueca cómica que me hace reír.

—Por desgracia, no. Pero siento que tiembla de impaciencia. No creo que espere siquiera a Acción de Gracias para imponernos su CD de canciones navideñas en bucle.

—¡Odio la Navidad!

Capítulo 26

Amy

Tener un padre con un puesto importante en esta ciudad tiene ciertas ventajas. Cuando, por ejemplo, roban en tu pequeña cafetería unos cuantos dólares, te asignan inmediatamente un inspector cualificado para resolver el asunto.

También parece que es igual de fácil que te quiten las multas, pero, como no tengo coche, es algo que jamás he podido comprobar. Eso sí, una de las grandes ventajas de ser la hija del jefe de la policía local es que los organizadores de las recepciones más bonitas no olvidan jamás enviar una invitación a tu familia.

En circunstancias normales, no soy muy fan de las galas, fiestas benéficas y similares en las que se reúne la élite de Boston, pero sí que hay una velada que no me perdería por nada del mundo, aunque eso implique tener que soportar los comentarios de mi madre y de mi abuela por no tener pareja: la fiesta de Halloween que organiza todos los años el fiscal general en su casa familiar. Voy con mis padres desde la adolescencia y este año no va a ser una excepción.

Por supuesto, tratándose de una fiesta de Halloween, no pueden faltar los disfraces. Eso sí, nada de aparecer con un atuendo de mal gusto. Allí no va nadie disfrazado de lata de cerveza ni de enfermera sexi. Lo más habitual es cruzarse con princesas de saris lujosos o piratas al estilo de Johnny Deep. Algunos, incómodos con el hecho de tener que disfrazarse, solo llevan una máscara. La norma es no presentarse como si fuera un día cualquiera.

Para esta ocasión, he decidido disfrazarme de los «años cincuenta». Me he comprado un vestido palabra de honor rojo con lunares negros, con escote corazón y *evasé* desde la cintura. Le he pedido unos zapatos Mary-Jane negros a Maddie, que por suerte usa el mismo número que yo. Mi corte de pelo no me deja muchas más opciones, así que me anudo un pañuelo a modo de cinta, a juego con mi lápiz de labios. Estoy bastante satisfecha con el resultado. Por una vez, me siento sexi e, incluso, creo que mi estatura juega a mi favor con este tipo de vestido.

He decidido reunirme con mis padres directamente allí. El taxi me deja delante de la bonita casa de ladrillos rojos con grandes columnas blancas. Varias parejas llegan al mismo tiempo que yo y me cuelo entre ellos, saludando a los conocidos. Localizo a mis padres con relativa facilidad. Mi madre ha ocultado su melena rojiza bajo una peluca negra, mucho más adecuada para su disfraz de Cleopatra. En cuanto a mi padre, lleva la toga de Marco Antonio para ir a juego con ella. Me acerco a ellos para darles un beso, después quiero ir a dar una vuelta por la barra porque sé que Julia trabaja para el servicio de *catering* que se encarga de la organización esta noche.

—¡Amy, querida, estás resplandeciente! —exclama mi padre, que me escruta de pies a cabeza antes de darme un abrazo.

—Gracias, papá.

Le doy un beso en la mejilla y se excusa para ir a saludar a unos conocidos.

—¡Oh, Amy! ¡Has venido! ¡Me encanta tu vestido y te queda realmente bien!

Me alegra recibir la aprobación de mi madre, para variar. Pero como no por ello deja de ser mi madre, no puede evitar añadir:

—Ya me he informado y el hijo de los Hewson, Matthew, viene esta noche. Está soltero, acaba de romper con su prometida de mucho tiempo. Una historia sórdida. Parece que se ha fugado con el jardinero... ¿O quizá era con el técnico de la calefacción? Bueno, ya conoces a Dolores, su madre, que detesta los escándalos y por eso no quiere hablar del tema. Es abogado en un bufete del centro. Está a punto de convertirse en socio. ¡Y solo tiene treinta y cuatro años!

Ya no escucho a mi madre, que me cuenta todos los detalles del pedigrí del hijo de su amiga, que seguro que es un hombre encantador. Bueno, quizá no tanto, teniendo en cuenta que su novia se ha dado a la fuga, pero es que me da igual. Bastante tengo con tener que lidiar con dos hombres que se interesan por mí, mejor no añadir un tercero.

¡Qué pretenciosa pareces, Amy!

Mientras saboreo una copa de champán fingiendo que escucho la perorata de mi madre, me doy cuenta de que ha parado de hablar y esboza una sonrisa extática. Supongo que el famoso abogado abandonado a los pies del altar debe de estar acercándose.

—¡Aquí están las dos mujeres más guapas de la fiesta!

En circunstancias normales, un acercamiento tan cursi me habría hecho elevar la mirada al cielo, pero reconozco la voz de su autor y me sobresalto. Me giro y me encuentro con Tom McGarrett, sonriente.

—Señora Kennedy, Amy —nos saluda.

—¡Oh! Por favor, llámeme Anna —cloquea mi madre, a quien Tom está besando la mano, imagino que llevado por su disfraz.

En efecto, con su abrigo y su *deerstalker*,[5] parece el perfecto detective inglés de finales del siglo XIX.

5 Gorra de *tweed* inglesa que se utiliza en el campo y que suele asociarse a la imagen del detective.

Se incorpora y sus ojos se posan por fin en mí y, según parece, le gusta lo que ve. Sus ojos color chocolate brillan mientras me dice:

—Estás muy guapa, Amy.

—Gracias. Tú tampoco estás mal.

Echo un vistazo a mi madre, que nos escucha sin escrúpulos, y puedo ver que, en su cabeza, ya está escogiendo los vestidos de dama de honor.

Tom, al percatarse de las artimañas poco discretas de esta, posa una mano en mi brazo y anuncia educadamente a mi madre:

—Anna, me llevo prestada a su hija unos instantes.

—¿Adónde vamos? —le pregunto tras alejarnos unos pasos.

—A bailar.

—¿Y si no me gusta bailar?

—El vestido que llevas es perfecto para bailar. No me intentes convencer de que te lo has puesto para no hacerlo.

Tiene razón, me encanta bailar y, cuando me lo estaba poniendo, esperaba tener la ocasión de hacerlo girar por toda la pista de baile.

A pesar de que la velada no ha hecho más que empezar, cuando nos unimos al resto de bailarines, la pieza que está tocando la orquesta es lenta y con un toque de *jazz*. Tom me atrae hacia él y apoyo la mano en su hombro. Empezamos a movernos suavemente. Baila bien. Tan cerca de él, puedo oler su *aftershave* y su colonia. Algo con notas de madera.

—¿Cómo es que conoces a la familia del fiscal general? —pregunto y justo en ese instante me doy cuenta de que mi pregunta es estúpida. Debe de cruzarse con él con cierta frecuencia debido a su trabajo.

—En realidad, no lo conozco demasiado. De hecho, estoy aquí por orden de mi capitán. Hay muchas personalidades importantes de la ciudad en esta fiesta. Tener algunos polis en la sala no está de más.

—¿Forma parte de tu trabajo proteger a las personalidades? —me sorprendo.

McGarrett hace una mueca.

—Digamos que mi capitán está un poco disgustado en estos momentos, así que es su forma de indicarme que tengo que hacer un buen trabajo o me enviará a misiones mucho menos interesantes.

—Creía que habías conseguido un buen golpe esta semana, ¿no?

—Sí, pero mi jefe es difícil de contentar —se divierte.

Una vez terminada la primera canción, empieza la segunda. McGarrett baila bastante bien, tengo que reconocerlo. Ya no hablamos más, así que, cuando suena su teléfono, resulta imposible ignorarlo.

Lo saca de su bolsillo y mira la pantalla con una mueca.

—¿El deber te llama?

—Exactamente. Lo siento, Amy, pero creo que voy a tener que abandonarte una vez más.

Parece afligido de verdad y yo también lo estoy un poco, pero le hago señales para indicarle que se puede ir y él sale corriendo en dirección opuesta. No me da tiempo a dar más de dos pasos cuando me tropiezo con alguien. Me disculpo de inmediato y, entonces, elevo la mirada hacia el hombre con el que me acabo de topar. Va vestido de negro. Un traje negro, una camisa negra e incluso la corbata es del mismo color. ¡Menuda fiesta de disfraz! Lleva una máscara, también negra como habréis podido imaginar, que en realidad es de lobo, y que acentúa de forma impresionante el azul glaciar de sus ojos, con los que ahora estoy tan familiarizada. Sí, porque no necesito ni un segundo para comprender que el caballero negro que se encuentra frente a mí no es otro que Cole.

Se me desboca el corazón y no soy capaz de pronunciar ni una sola palabra. Él no sonríe. Baja la mirada, me acaricia la parte superior de la oreja y me susurra:

—Baila conmigo, Amy.

La forma en que lo dice no me deja la más mínima opción de rechazar su invitación. Está claro que no se trata de una pregunta. De todas formas, mi cuerpo ya ha conectado el piloto automático y soy incapaz de decir que no.

Cole me agarra de la mano y me lleva de vuelta a la pista de baile. Me empuja contra él, quizá un poco más cerca de lo que la buena educación aconseja para dos personas que supuestamente se acaban de conocer. Pero Cole no es de esos a los que le importa el qué dirán. Apoya la palma de su mano en la parte baja de mi espalda y casi tengo la impresión de que me quema, a pesar del volumen del vestido que separa nuestras epidermis. Coloco tímidamente la mano en su hombro, firme, y percibo cómo se contrae su músculo. Empezamos a movernos y no puedo estar más sorprendida. Cole es un bailarín excelente. Lleva nuestro dúo como solo un hombre seguro de sí mismo podría hacerlo. Noto que unas cuantas miradas inquisitorias se posan en nosotros.

—¿Qué haces aquí?

Me observa un instante y, como de costumbre, no responde a mi pregunta.

—Estás sublime, Amy.

Su comentario, pronunciado con voz ronca, me agrada y hace vibrar algo en mi interior, pero no me dejo distraer por sus halagos.

—Cole, ¿qué haces aquí?

—¿Por qué estabas bailando con el poli?

Esta costumbre de responder a mis preguntas con otras empieza a hartarme. Pero, de nuevo, en vez de mandarlo a paseo, me veo justificándome.

—Él me ha invitado a bailar, que es lo que suele hacerse en los bailes de disfraces. Como tú conmigo en este momento. De hecho, ¿cómo es que sabes bailar tan bien?

En el momento en el que se lo pregunto, me doy cuenta de que mi interrogante podría resultar ofensivo, pero no parece preocuparle demasiado. Una pequeña sonrisa se dibuja en sus labios.

—Todo el mundo tiene sus pequeños secretos, ¿verdad?

Ya no puedo más. Lo empujo para escapar de su agarre.

—Ya estoy harta —me quejo—. Ni siquiera sé por qué pierdo el tiempo hablando contigo porque, de todas formas, no me cuentas nunca nada.

Me doy la vuelta, pero no me da tiempo a dar más de dos pasos cuando él me atrapa. Me agarra del brazo y me susurra al oído:

—Ven, vamos a hablar.

Me lleva a la parte de atrás de la sala y nos metemos en un pasillo que solo parecen utilizar los miembros del personal de servicio. Empuja una puerta y aparece una escalera. Subimos una planta y nos encontramos en otro pasillo. Abre otro paso y me hace señas para que entre en la habitación. Nos hemos movido como si conociera el lugar a la perfección y tengo que reconocer que es un poco desconcertante. Miro a mi alrededor y está todo oscuro. Tengo la impresión de que estamos en una biblioteca. Oigo cómo Cole gira el pestillo. De inmediato, se acerca a mí, atrapa mi cara y me besa con fogosidad. Antes de que me dé tiempo a procesar lo que está pasando, se aparta y, sin esperar, declara:

—Sé bailar porque mi madre era profesora de baile.

—¡Oh!

Me gustaría hacerle más preguntas sobre su madre, sobre él, sobre su infancia, sobre muchas cosas. Solo sé su nombre y su dirección. Y la poca información que tengo sobre Cole no se la debo a él precisamente. Es la primera vez que me cuenta algo sobre él. Por desgracia, no me da tiempo a averiguar nada más porque me murmura al oído:

—He venido esta noche porque la oportunidad de tenerte en mis brazos en público era demasiado tentadora, Amy. Porque, a pesar de la distancia que he intentado poner entre nosotros, no consigo sacarte de mi cabeza. Te has convertido en una auténtica obsesión para mí, princesa, y no estoy seguro de que eso me guste.

Desde luego es una de las respuestas más largas que le he escuchado pronunciar. Pero, sobre todo, es la que más me ha dejado sin palabras. Me doy cuenta de que él, en tan solo unos días, también se ha convertido en una obsesión para mí. Me paso todo el tiempo preguntándome dónde puede estar. Qué hace. Yo tampoco estoy muy segura de que eso me guste, porque como bien ha dicho él mismo, solo estamos condenados a vernos a oscuras u ocultos tras una máscara.

Se acerca a mí y me acaricia la mandíbula con el pulgar. A pesar de la escasa iluminación, veo cómo le brillan los ojos mientras escruta mi rostro para terminar en mis labios. Se ha quitado la máscara, ahora sobre su cabeza.

—¿Te he dicho ya que estás muy guapa esta noche? —murmura.

—Sí.

—Cuando te he visto bailar en los brazos de ese poli, he necesitado reunir toda mi sangre fría para no cruzar la habitación, darle un puñetazo y subirte a mis hombros para llevarte a mi casa.

Elevo la mirada al cielo, aunque no estoy segura de que me vea.

—¡Eres un auténtico hombre de las cavernas, te lo juro! Tom McGarrett solo es un amigo y solo estábamos bailando. ¡Y, de todas formas, no veo por qué tengo que justificarme!

—Un amigo que te ha besado. Y ya te lo he dicho, tú eres mía —gruñe.

—No soy de nadie y mucho menos tuya. ¡Soy una mujer, Cole! ¡No un objeto!

Me gustaría protestar con más fuerza, pero el hecho de que me bese en el cuello mientras intento enfadarme con él no juega en mi favor. Y, bueno, también tengo que reconocer que esa parte suya de macho dominante me pone un poco.

—Entonces, déjale bien claro que no te interesa.

Su mano se pierde en mi pelo y desciende por mi nuca.

—¿Y por qué tendría que hacer eso? Quizá me guste.

—Ah, ¿sí? ¿Acaso él te estremece de la misma forma que yo lo hago cuando estoy cerca de ti?

Su dedo se desliza por mi cuello y siento que la carne se me pone de gallina.

—¿Acaso él te vuelve loca hasta el punto de olvidarlo todo cuando te besa?

Sus labios rozan los míos sin llegar a besarme.

—¿Acaso el simple sonido de su voz te hace sonrojar?

Las mejillas me arden. Por suerte para mí, Cole no las puede ver. Su mano se pasea ahora por mi espalda, se posa sobre la parte baja y me aprieta contra él.

—¿Acaso él es capaz de hacerte disfrutar con la misma fuerza con la que yo lo he hecho? ¿Ha podido ver tu mirada en ese momento? ¿Ver lo guapa que eres en ese instante de éxtasis?

Estas últimas palabras hacen que me consuma por completo. Estoy jadeando, seguramente igual de roja que mi vestido, y solo tengo un deseo: que me lo arranque ahora mismo. Parece sentir lo mismo que yo porque sus manos se vuelven más osadas. Se cuelan bajo mi falda y suben por mis muslos, cubiertos de satén. Su boca se alinea con la mía, con delicadeza, saboreando primero mis labios. Me quedo sin aliento. Y, luego, su lengua se cuela entre mis labios.

¡Guau! Eso sí que es un beso. Fogoso. Duro. Húmedo. Jamás había sentido algo así. Su lengua se desliza por la mía y no se contenta con besarme, sino que me devora. La aspereza de su barba de dos días, mezclada con la dulzura satinada de sus labios, es una mezcla excitante que me arranca un gemido.

—Joder, Amy —maldice—, salir de esta habitación va a ser una de las cosas más difíciles que voy a tener que hacer esta noche.

—¿Ya te vas?

Estoy decepcionada; esperaba poder disfrutar de él un poco más. Sin embargo, mis padres no tardarán en empezar a buscarme si ven que he desaparecido.

—Tengo que encargarme de un asunto, pero luego voy a verte a tu casa.

Esas palabras me devuelven la sonrisa, pero también me aterrorizan.

—Imagino que no puedo preguntarte qué vas a hacer, ¿verdad?

Me observa un instante y me tomo su silencio como un no.

—Debo ocuparme de un asunto que no puede esperar, pero, créeme, seré todo tuyo después. Vuelve a casa y nos vemos en dos horas como máximo.

Me besa en la frente y eso me decepciona, porque habría preferido que me besara como lo había hecho un minuto antes.

—Queda terminantemente prohibido que te quites el vestido antes de que llegue. Yo me encargaré de eso.

Y, con esta última orden, sale de la habitación.

Capítulo 27

Cole

Bajo del coche y le hago un gesto con la cabeza a Reggie para indicarle que no tardaré demasiado. Desaparezco en la oscuridad. Sigo llevando el disfraz que me había puesto para el baile. Mejor que no me vean: el traje y la corbata no es precisamente el atuendo ideal para pasar desapercibido en el barrio.

He llegado al almacén y sé que McGarrett ya tiene que estar aquí. De hecho, en cuanto me oye acercarme, no se anda con formalismos innecesarios.

—¡Eres un maldito imbécil! Espero que tengas una buena razón para haberme hecho venir aquí.

—A mí también me alegra verte, McGarrett. ¿Tienes miedo de que te vean conmigo y piensen que eres tú el poli corrupto?

Me fulmina con la mirada. Puedo comprenderlo: yo, en su lugar, también estaría furioso. A decir verdad, ya me habría partido la cara.

—¿Qué quieres, Cole? Imagino que toda la puesta en escena de esta tarde no era más que una pantalla de humo para hacerme salir de la fiesta a la que me habían asignado, así que, dime, ¿qué quieres?

Me dan ganas de reírme en su cara. ¿Ahora tiene que hacer de agente de seguridad en una fiesta llena de ricachones? Pero mejor no enfadarlo, que eso podría comprometer su capacidad para pasar el mensaje. Así que decido responder a su pregunta de la forma más honesta y directa posible. ¿Qué quieres?

—A Amy Kennedy.

Decir que lo he pillado desprevenido sería un eufemismo. Tiene los ojos tan abiertos por la sorpresa que casi lo siento por él. Veo cómo se le pasa el asombro poco a poco y luego empieza a reírse.

—¿A Amy Kennedy? ¿Solo eso? ¡Joder, Cole, es Halloween, no el día de los Santos Inocentes! ¡Sabía que, en el fondo, tenías un gran sentido del humor, pero no hasta ese punto!

Esas palabras me producen el mismo efecto que el ácido en el estómago.

—No estoy bromeando, quiero que dejes de rondarla. Punto. Búscate a otra.

Me observa, incrédulo.

—¡Joder, Cole! ¡No me digas que crees lo que me estás diciendo! ¿Lo dices en serio? Vamos, ¿pero la has mirado? Esa chica es la *crème de la crème*, la guinda del pastel, y tú...

No hace falta que termine la frase, los dos sabemos lo que va a decir. Y lo peor es que tiene razón.

—¿De verdad crees que se puede interesar por alguien como tú? ¡Tío, es la hija de un poli!

Aprieto los puños para contenerme. Hiervo por dentro. No ha hecho más que decir en voz alta lo que no he parado de repetirme en voz baja cientos, sino miles de veces.

—Aléjate de ella, es la última vez que te lo repito.

Porque ella ya es mía.

—¡Vete a la mierda, Cole! ¡No te la voy a dejar como si nada cuando tanto tú como yo sabemos que no tienes ninguna posibilidad!

Conozco a McGarrett y sé perfectamente cómo conseguir mis fines. Jugando con su mayor debilidad: su trabajo. Si la mía es, desde hace algún tiempo, cierta pelirroja, este tío está casado con su trabajo. Esperemos que siga siendo el caso.

—Te propongo un acuerdo.

Se cruza de brazos y sé que tengo toda su atención.

—Puedo ayudarte a atrapar al topo.

—¿Y por qué crees que necesito tu ayuda? Ya sé quién es. ¿Cuánto tiempo crees que he tardado en comprender que no eras tú quien le había informado de nuestra última redada? Aunque, en vista de tus últimas revelaciones, empiezo a tener mis dudas. ¿Has sido tú el responsable de que me llamaran para así poder acortar mi cita con Amy?

Si cree que voy a responder a esa pregunta, está muy equivocado. Prefiero seguir hablando del tema que me interesa.

—Si no está ya entre rejas, imagino que no tienes pruebas sólidas para encerrarlo. Te propongo proporcionártelas en bandeja de plata a cambio de que te olvides de Amy.

Guarda silencio. De repente, me preocupa haber subestimado su apego por ella. Entonces me pregunta:

—¿Has sido tú quien la ha ayudado a encontrar a Amber?

Otra pregunta que quedará en el aire. Me observa, con las mandíbulas apretadas.

—¿Te acuestas con ella?

Me echo a reír.

—Un caballero no habla de esas cosas.

—¡Vete a la mierda, David! Tú no eres un caballero.

—No, no lo soy, no como tú. Pero también eres un tipo inteligente y sabes que te interesa pensártelo. Mi oferta solo estará en pie por un tiempo limitado y sabes que si te cruzas en mi camino, no tendré ningún problema en jugar según mis propias reglas. Así que un consejo: deja en paz a la chica y escucha la voz de la razón. Cuando te decidas, ya sabes dónde encontrarme.

Me doy la vuelta y lo dejo solo.

Me subo al coche.

—¿Adónde vamos? —pregunta Reggie.

—A su casa.

No responde. Jamás me daría su opinión y, además, si lo hiciera, me diría cosas que no tengo ganas de escuchar.

Sé que acercarme a ella es una mala idea. Yo soy oscuridad y ella luz. Y como una polilla estúpida, me dirijo hacia ella, aún a riesgo de quemarme las alas, pero desde que la conocí, me obsesiona. Como nadie me había obsesionado en la vida.

Para un hombre como yo, un capricho como este es sinónimo de peligro. Ella puede ser mi perdición, de la misma forma que yo puedo ser la suya. Pero eso es algo que jamás permitiría.

McGarrett tiene razón: es demasiado buena para mí. Ella es una princesa y yo no soy más que una cucaracha, gentuza, pero, por una razón que se me escapa, me ve. De hecho, es la primera persona en mucho tiempo que me ve. A mí, no al jefe de una banda involucrada en asuntos más o menos turbios, temido por todo el mundo. Solo a mí. Al hombre detrás del maleante.

Sé que me tiene miedo, pero me niego a creerlo. Quiero ser aquel a quien acuda cuando tenga un problema. Quien la reconforte. ¿Y cómo podría ser ese hombre si ni siquiera puedo mostrarme en público con ella? Todo esto tiene que cambiar. Me llevará un tiempo y exigirá muchos esfuerzos, pero no me da miedo. Ella vale la pena.

Queda saber si estará dispuesta a esperarme. Sé que sería egoísta por mi parte imponerle algo así. No soportaría perderla frente a un idiota como McGarrett. Pero si hay algo de lo que estoy seguro es de que ella es mía.

Reggie aparca el coche en un callejón a tan solo una manzana de su casa. Ni me molesto en despedirme. Él ya sabe que lo llamaré si lo necesito. Corro al apartamento de Amy a través del patio trasero de su inmueble para que no me vean. No quiero asustarla, así que decido llamar a su puerta. Golpeo discretamente una vez y luego otra y, de inmediato, oigo sus pasos acercándose. El hecho de que esté alerta, esperándome, me da ganas de sonreír. Entreabre la puerta. Ni siquiera sé si ha comprobado a través de la mirilla que soy yo o no, pero no me da tiempo ni a reprochárselo porque salta a mi cuello.

Pesa poco más que una pluma, así que la cojo de inmediato por debajo del trasero para elevarla un poco más. Me rodea la cintura con las piernas y no necesito mucho más para notar cómo mi sexo empieza a sentirse presionado por el pantalón de mi disfraz.

—¡Menuda bienvenida! —sonrío.

—Te he echado de menos.

Solo han pasado dos horas, pero yo también la he echado de menos. Diría incluso que nuestro encuentro en la biblioteca no ha hecho más que torturarme un poco más. Tenerla una vez más cerca de mí sin poder disfrutarla plenamente ha sido toda una prueba. Pero ahora es toda mía y no pienso perder ni un segundo más. Así que la beso. Pongo toda mi energía, toda mi frustración por no haber podido hacerla mía hasta este momento, en este beso. Quiero que solo piense en mí.

Gime y juro no haber oído jamás nada más dulce para mis oídos.

Nos dirijo hacia su dormitorio. Imagino que esperaba que termináramos rápido allí porque la lámpara de la mesita de noche está encendida y hay unas cuantas velas en la cómoda. La luz suave y ambarina que emiten se refleja en los mechones rojizos de Amy. La suelto al pie de la cama para poder deslizarla contra mí. Doy un paso atrás y parece sorprendida por la distancia que he puesto entre nosotros. Solo quiero admirar una vez más ese vestido que condenaría a un santo antes de quitárselo. Aunque es fantástico, estoy seguro de que lo que hay debajo lo es todavía más.

—Quítate el vestido.

Mi orden le produce un leve estremecimiento, así que intento sonreír para tranquilizarla. No sé si lo consigo porque tengo que reconocer que estoy bastante tenso. Necesito todo el control que puedo reunir para no saltar sobre ella, que es lo que me apetece en realidad.

Se lleva la mano a la espalda y baja lentamente la cremallera. Tengo la impresión de que mi princesa se presta al juego. No aparta la mirada de la mía y sus ojos son incandescentes. Destapa uno de sus hombros y luego el otro. A continuación, desliza despacio la tela y revela un sujetador de encaje negro que resalta su piel clara. El vestido sigue su camino hacia el suelo y, poco a poco, desvela unas braguitas también negras. Pero lo que desde luego no me esperaba es un liguero a juego.

—Quería llevar los detalles del disfraz hasta las últimas consecuencias —precisa, levemente avergonzada.

—Para mi mayor placer —respondo con una voz demasiado ronca como para no traicionar mi deseo.

Me acerco despacio, quiero saborear cada segundo. Acaricio su cuello con un dedo hasta llegar a su clavícula, siguiendo el recorrido trazado por algunas pecas que salpican su hombro.

Amy se estremece y luego pregunta:

—¿Y tú?

—¿Yo qué?

—Yo también quiero descubrir lo que se oculta bajo ese disfraz de perfecto caballero.

—No soy un caballero, Amy.

—Lo sé, tampoco lo quiero.

Sus bonitos ojos verdes me escrutan, le aguanto la mirada y sé que es sincera.

Sus manos atrapan mi chaqueta y la desliza por mis hombros y luego por mis brazos. Sus pequeñas manos me aflojan la corbata y empiezan a desabrochar los primeros botones de mi camisa, lo que me hace pasar a la acción. No espero a que me los quite todos, atrapo la camisa por la parte de abajo para quitármela por la cabeza. Amy ya está con la hebilla de mi cinturón, la ayudo con mis pantalones y me quito los calcetines. Veo que sus ojos se posan en la enorme erección que deforma mi bóxer negro. Traga saliva y, cuando su mirada sube hasta la mía, no pierdo un segundo, la beso y la empujo a la cama que hay detrás de ella.

Nuestra ropa interior vuela deprisa por toda la habitación y, durante los minutos posteriores, estoy como en un mundo paralelo. La mujer que ocupa todos mis pensamientos está aquí, tumbada sobre la cama, a mi merced. Mis caricias la hacen estremecer y mis besos, gemir. Con cada suspiro, cada vez que pronuncia mi nombre, se refuerza la certeza de que jamás podré dejar que se aleje de mí. A cada segundo, me embruja un poco más. Nuestros dos cuerpos se unen y, en ese momento, me siento completo. Por fin he encontrado a mi mitad, el elemento que le faltaba a mi vida para sentirme completo y no estoy dispuesto a perderla. Lo único que tengo que hacer es convertirme en el hombre perfecto para ella.

Capítulo 28

Amy

Desde hace unos días, llevo una doble vida.

Durante el día, soy Amy, la propietaria de la cafetería Chez Josie, la hija del respetado jefe de la policía de Boston, la amiga simpática —bueno, eso espero— del club de lectura.

Por la noche, soy Amy, la chica que se está enamorando locamente de un hombre demasiado peligroso y misterioso para su propio bien.

Porque sí, esta mañana, mientras saco brillo a la vitrina de la repostería, me doy cuenta de que me estoy enamorando de Cole. Y esa revelación me deja al borde de una crisis de pánico. Estoy a punto de plantarme voluntariamente en la puerta del hospital psiquiátrico más cercano para pedirles que me ingresen.

No voy a hacer grandes declaraciones, como Amber hizo en su momento. En primer lugar, porque estoy sola en la cafetería y, aunque tengo serias dudas sobre mi capacidad mental, todavía no estoy como para hablar sola. En segundo lugar, porque, como podréis suponer, Cole no es el tipo de tío que presentas a tus padres. Y mucho menos a los míos. No es el tipo de tío con el que te podrías imaginar un futuro juntos. Y, en tercer lugar, aunque estoy bastante segura de que mis sentimientos por él van más allá de una simple atracción física, no tengo ni idea de qué siente él por mí. Tengo que reconocer que esto último es lo que más me aterroriza.

Hace como diez días que Cole viene a pasar la noche conmigo. A veces, en cuanto cae la noche, pero otras, cuando ya me he dormido. En la mayoría de ocasiones, se fuga al amanecer. Incluso hubo una noche en que la única prueba de su presencia a mi lado fueron las sábanas todavía calientes y su olor impregnado en la almohada. Por suerte, ha habido otras noches en la que hemos disfrutado más ampliamente el uno del otro. Y no solo para hacer posturitas en la cama. Por muy sorprendente que pueda parecer, pasamos mucho tiempo charlando.

Bueno, vale, soy yo la que más habla. Con bastante frecuencia, Cole se limita a escuchar. No es un gran conversador y no creo que sea de los que se confían con facilidad. Lo poco que he conseguido averiguar sobre él me lo ha contado con cuentagotas. Eso hace que los pocos momentos en los que se relaja resulten todavía más preciosos. Escuchar su bonita voz ronca, acurrucada en su torso firme, se ha convertido en una de mis actividades favoritas.

Sin embargo, hay temas de los que se niega rotundamente a hablar, como, por ejemplo de todo lo relacionado con su trabajo. Soy muy consciente de que cuanto menos sepa, mejor.

Pero no puedo evitar hacerme multitud de preguntas y, cuantos más días pasan, más siento que esos silencios están cavando una fosa entre nosotros.

Sé que debería poner fin a esta historia. Todas las mañanas me prometo que es la última vez que sucumbo, que la próxima vez le diré que no quiero volver a verlo. Pero cada noche, tras haber ensayado en mi cabeza un gran discurso para pedirle que se vaya, me sorprendo a mí misma acechando el más mínimo ruido. Se me desboca el corazón en el pecho cuando lo veo aparecer y soy incapaz de hacer otra cosa que no sea lanzarme a sus brazos.

Sigo con mis tareas previas a la apertura mientras Sheryl Crow se desgañita en la radio: «*If it makes you happy, it can't be that bad*».[6] ¡Se ve que esta chica no se ha enamorado nunca del jefe de una banda!

Mi teléfono vibra: he recibido un mensaje. Me precipito para recuperarlo junto a la caja, pero no es Cole. Intento fingir que no estoy decepcionada. De hecho, no me llama nunca; me envía mensajes con frecuencia, pero por lo general se limita a confirmarme que pasará luego a verme. Jamás un «Te echo de menos» o un «Estoy pensando en ti, cariñito mío», aunque tampoco es que me gustara que me llamara así. Nada que pudiera inflamar mi corazón de buena chica. Y nada que pudiera confirmar que siente por mí algo más que una atracción fuerte pero puramente sexual.

De hecho, el mensaje es de Tom McGarrett. ¡Tampoco a él lo he visto mucho últimamente! Ahora que lo pienso, no lo veo desde la fiesta de Halloween. Imagino que el trabajo debe de tenerlo muy ocupado... Aunque tengo que reconocer que estoy un poco triste, creía que le interesaba de verdad. Según parece, no tanto como pensaba. Pero puede que haya sido lo mejor porque, en caso de que hubiera seguido insistiendo, ¿lo habría escogido en vez de a Cole? Mi corazón me dice que no. Y, sin embargo, habría sido una elección cien mil veces más sensata. Es todo lo que no es Cole, todo eso que hace que mi relación con él no tenga futuro.

Leo su mensaje:

Buenos días, Amy:

Solo quería decirte que el hombre que te robó ha sido oficialmente arrestado. Nuestros servicios se pondrán en contacto contigo.

Que tengas un buen día,

Tom

¿Adónde se ha ido el hombre que intentaba seducirme con el truco del pinchazo? ¿El donjuán? ¿«Que tengas un buen día»?

6 «Si te hace feliz, no puede ser tan malo».

También podía haber puesto «Hasta siempre». ¡Este mensaje podría haberlo escrito mi padre!

Un cliente que se acerca al mostrador me saca de mis reflexiones y no vuelvo a pensar en ello en todo el día.

Ahora estoy en casa; hace unas cuantas horas que acabó mi jornada laboral. Ceno deprisa con Maddie. No he escuchado prácticamente nada de lo que me ha contado la pobre. Cole me ha mandado un mensaje al principio de la comida para decirme que vendrá a verme más tarde, seguramente cuando ya esté acostada, y esta vez he decidido no conformarme con algo tan lacónico.

En realidad, he decidido intentar que le apetezca venir a verme antes. Para conseguirlo, me he dicho que tendría que utilizar el argumento más convincente en mi posesión: la promesa de una noche tórrida. Así que, por primera vez en mi vida, me he entregado al arte del cibersexo. No se puede decir que me haya convertido en una experta en la materia, sobre todo tras escribirle:

Estoy toda mojama pensando en ti.

En vez de: *Estoy toda mojada pensando en ti.*

¡Quien jamás haya tenido un problema con el corrector ortográfico que me tire la primera piedra!

En resumen, como empezaba a estar seriamente en el estado descrito en mi mensaje —el segundo, por supuesto, no el primero, que me hace pasar por un trozo de atún seco y bastante salado—, me he dado prisa en volver. En parte llevada por la emoción de haber descubierto este nuevo arte y en parte al ver que Cole entraba en el juego cuando me respondió, quizá haya falseado un poco la verdad. ¡Pero solo un poco, no os preocupéis! Le he dicho que no llevaba nada debajo de la falda. ¡Desde luego era mucho más sexi que confesarle que llevaba unas braguitas de algodón debajo de mis vaqueros viejos desgastados! Así que he dejado tirada a mi mejor amiga a toda prisa para poder llegar a casa antes que él y cambiarme.

Y ahora llevo una falda, sin nada debajo, me he perfumado, arreglado e, incluso, maquillado, en espera de mi misterioso gánster.

He sacado una botella de vino y, como no sé realmente cuándo va a llegar, me he servido una copa.

Bueno, más bien dos o incluso tres, pero pequeñitas, así que solo cuentan por dos.

Por fin oigo tres golpes en la puerta. La mayoría de las veces ni se toma la molestia de llamar, pero hoy debe de saber que todavía no me he acostado y que lo estoy esperando.

Salto de mi taburete y me precipito hacia la puerta. Corro descalza por la moqueta. Abro deprisa, sin ni siquiera echar un vistazo por la mirilla. Lo que descubro al abrirla no es para nada lo que me esperaba.

—¿Señorita Kennedy?

Un hombre de la edad de mis padres se encuentra frente a mí, con traje, y me muestra su placa. Otros dos policías, uniformados, esperan dos pasos detrás de él.

—Sí.

—Está arrestada por posesión y venta de estupefacientes. Tiene derecho a guardar silencio. Cualquier cosa que diga puede y será usada en su contra en un tribunal de justicia. Tiene derecho a un abogado y que un abogado esté presente durante cualquier interrogatorio. Si no puede pagarse uno, se le asignará uno de oficio.

Mientras me suelta su discurso, uno de los dos agentes uniformados se coloca detrás de mí, me coge por las muñecas y siento de repente el mordisco de un metal frío que sustituye a sus manos. Acaba de esposarme y, completamente paralizada por la situación, ni siquiera me muevo para intentar evitarlo.

Las palabras del oficial frente a mí acaban golpeándome y mi cerebro pasa de un estado letárgico a una actividad al borde de la sobrecarga. Me asaltan centenares de preguntas. *¿Posesión de* *estupefacientes? ¿Venta de estupefacientes? ¿Cuándo? ¿Cómo? ¿Dónde? ¡Tiene que ser un error! Bueno, vale, puede que me haya fumado algún que otro porro cuando era estudiante, ¡pero eso es todo!*

—¡No he hecho nada! ¡Esto es un error! —empiezo a protestar.

El policía de traje se gira hacia mí y me lanza una mirada que podría secar un cactus.

—Señorita Kennedy, por respeto hacia su padre, a quien tengo en gran consideración, le doy un solo consejo: no diga nada de lo que pueda arrepentirse. Y no creo que quiera que sus vecinos la vean esposada, así que será mejor que evite despertar a todo el vecindario dando gritos como una niña pequeña. Guárdese todo lo que tenga que decir para la sala de interrogatorios.

Bajamos a la calle y me hacen subir al asiento de atrás de un coche patrulla. Veo que las luces de la cafetería están encendidas y que varios vehículos policiales están aparcados delante. Están haciendo un registro. Al menos, buscan algo. Lo que quiere decir que tienen una orden. Esta historia es una absoluta locura. ¿Realmente creen que escondo droga en mi lugar de trabajo? ¿Cabe la posibilidad de que alguien lo haya hecho? Por desgracia, cuando pienso en quién podría aprovecharse de mí de esa forma, solo me viene un nombre a la cabeza y esa idea es peor que una puñalada en el pecho.

Capítulo 29

Cole

—Ya ha llegado a casa, jefe —me confirma uno de mis hombres asignados a la vigilancia de Amy.

—Gracias, Ruiz. Eso es todo por hoy.

—¿Puedo irme? —me pregunta, incrédulo.

Es normal que se sorprenda. No soy ese tipo de jefe que les da la tarde libre a sus hombres así como así, por capricho. Ni de los que dejan a su princesa sin vigilancia, aunque solo sea por un cuarto de hora, pero sé que la novia de Ruiz acaba de dar a luz y que debe de estar deseando reunirse con su pequeña familia. Podría parecer que me estoy volviendo humano y no necesito un psicoanalista para saber quién está en el origen de este cambio.

—Date prisa antes de que cambie de opinión —gruño.

Cuelgo el teléfono sin añadir nada más. ¿Volverme más humano? Vale. ¿Preocuparme por las fórmulas de cortesía al hablar con mis hombres? Tampoco hay que exagerar.

Ya he llegado al lugar de mi cita; solo tengo que entregar la mercancía e ir corriendo a refugiarme a los brazos de mi princesa. Jamás había tenido tantas ganas de ver pasar las jornadas como en este momento, porque sé que, al terminar, me reuniré con la persona que monopoliza mis pensamientos: Amy. Se ha convertido en algo peor que una droga, peor que el más adictivo de los narcóticos que haya podido ver circular por las calles de esta ciudad. Y yo, el peor de los yonquis. Y, como soy totalmente incapaz de renunciar a mi dosis, hago como ellos: estoy dispuesto a todo para conseguirla. Solo que mientras los toxicómanos no ven nada más allá de su próximo chute, yo pienso en el siguiente y luego en el siguiente, y sé que habrá decenas, sino cientos. No quiero que pare. Así que para estar en disposición de conseguir lo que necesito, he reflexionado día y noche sobre cómo hacer que eso sea posible. Por primera vez en mi vida, tengo ganas de que algo me obligue a replanteármelo todo. Sobre todo, tengo ganas de hacer sitio a alguien en mi vida. ¡Y esa es una sorprendente noticia! Pero no soy tonto y, en el estado actual de las cosas, no tenemos futuro. Sé que ella es consciente y yo también lo soy. Solo evitamos hablar de ello. Y yo hago todo lo que puedo para evitar esa conversación para la que todavía no estoy preparado. Porque si hablamos de eso ahora, no podría contarle mi plan. Porque sí, tengo un plan. De hecho, esta noche se inicia una de las primeras etapas.

No quiero seguir mintiendo a Amy. Ya hay demasiadas mentiras entre nosotros, cierto que la mayoría por omisión, pero mentiras al fin y al cabo. Mi princesa se merece la verdad. Y tampoco estoy muy seguro de que sea capaz de afrontarlo. Así que, como el cabrón egoísta que soy, me digo que cuanto más espere, más posibilidades hay de que se enamore de verdad de mí. Y cuando sea el caso, ya no podrá escapar. Porque no se abandona a aquellos a los que quieres, ¿no?

Si mi padre nos hubiera querido, jamás nos habría abandonado a mi madre y a mí. Y si ella lo hubiera querido un poco menos, no se habría perdido en los paraísos artificiales tras su marcha.

Quizá he crecido con el ejemplo más feo posible de lo que puede ser el amor, pero desde que conozco a Amy, no paro de repetirme que debe de existir una versión más positiva. No sé si lo que siento cada vez que la veo, cada vez que la rodeo con mis brazos, es amor, pero debe de parecerse peligrosamente.

Llego al jardín desierto en el que me espera mi cita. No me gustan demasiado los lugares de encuentro a cielo abierto, pero, como tenemos que cambiar de sitio cada vez que nos vemos, hay que ser creativo. De todas formas, con el frío que hace, habría que estar loco para poner un pie fuera. O tener una razón realmente buena. Como querer espiar al famoso Cole que va a reunirse con un poli.

McGarrett me espera, apoyado en un árbol. No hay muchas más opciones, teniendo en cuenta que ha nevado esta tarde y que todos los bancos están cubiertos por una fina capa de nieve. Veo el vaho salir de su boca, también sale de la mía. Me saluda con un gesto de cabeza y yo se lo devuelvo.

—¿Tienes lo que me habías prometido? —me pregunta sin más preámbulos.

—Siempre cumplo mis promesas y lo sabes.

Le entrego el pequeño trozo de plástico negro que contiene todo lo necesario para concluir su investigación: grabaciones de conversaciones, copias de correos electrónicos y fotos. Un auténtico trabajo de profesional, sólido como el hormigón armado. Conozco lo suficientemente bien el mundo judicial como para saber que la más mínima grieta puede ser utilizada por los abogados de la defensa, así que hace falta que McGarrett tenga el caso bien atado para poder hacer caer a su colega. Le pregunto:

—¿Cómo lo llevas?

La situación parece divertirle y arquea una ceja. Tiene razón: antes jamás le habría hecho semejante pregunta y él lo sabe.

—¿Por qué me lo preguntas?

—Estás a punto de hacer caer a tu mentor, el hombre que casi ha sido tu padre durante todos estos años, así que no me digas que no te afecta.

Suspira.

—Por supuesto que habría preferido que fuera otro, pero así es la vida...

Finge indiferencia, pero imagino que es solo para no mostrar sus debilidades. No me trago que no le importe.

—¿Cuándo descubriste que el topo era Mancini?

—Tenía algunas dudas, pero cuando interrogué al tipo que robó en la cafetería de Amy, lo reconoció sin la más mínima duda. Imagino que tú lo sabías desde hacía tiempo.

Asiento con la cabeza sin decir nada.

—Ahora ya estamos en paz. ¿Sabes lo que eso significa para ti? —me interroga, enseñándome la memoria USB que acabo de entregarle.

—Lo sé. Estoy preparado. De hecho, no podría estarlo más. Realmente quiero hacerlo.

Ahora le toca a él demostrar aprobación con un movimiento de cabeza.

—Ella vale la pena —afirma.

—Ella bien vale todo eso y mucho más.

Como cada noche, me dispongo a colarme por la entrada de servicio del edificio de Amy. Todavía están encendidas las luces de su salón, así que es posible que no se haya acostado. Tengo que reconocer que con todos los mensajes que me ha enviado esta noche, estoy deseando verla. Ni siquiera la entrevista con McGarrett y el frío polar que hace en la calle han calmado mi excitación. No sé si voy a ser capaz de esperar a llegar a su habitación para hacerla gritar de placer. Después de todo, no sería la primera vez. Ya hemos probado todas las superficies planas de su apartamento, tanto horizontales como verticales.

Sin embargo, al acercarme a su inmueble, olvido todo pensamiento obsceno. La calle está plagada de coches de la policía.

Por instinto, me llevo la mano al arma y avanzo con cuidado para intentar que no me vean. También hay policías en la cafetería; de hecho, veo que incluso la científica está allí. Sea lo que sea lo que está pasando, no pinta bien. De repente, me viene una idea horrible a la mente: «¿Y si le ha pasado algo?». Hace más de una hora que no recibo ninguno de sus mensajes ambiguos. Había creído ingenuamente que había llegado a su casa y que me estaba esperando. ¿Y si resulta que estoy aquí, como un imbécil, oculto tras un coche, mientras ella está gravemente herida... o algo peor?

Un escalofrío me atraviesa el cuerpo, pero, por primera vez en mucho tiempo, decido hacer lo más racional que se hace en estos casos. Saco el teléfono, marco un número y espero que mi interlocutor responda.

—McGarrett —responde.

—¿Puedes explicarme que está pasando?

Tengo ganas de gritar, pero tampoco quiero que me vean.

—¿Qué? ¿Qué está pasando, Cole?

—¡Amy! ¿Por qué la mitad de los policías de esta ciudad han aparcado en su calle y están poniendo su cafetería patas arriba?

El silencio que sigue a mi pregunta no es buena señal. No parece saber nada. Me paso la mano por el pelo y casi me dan ganas de arrancármelo. No poder cruzar la puta calle para preguntar a alguien qué está pasando y dónde se encuentra mi princesa me está matando. Eso me recuerda una vez más que he tomado la decisión correcta al optar por pasarme al otro lado del espejo. Ya no puedo seguir viviendo así.

—¿Has pasado la información sobre Mancini? —pregunta McGarrett.

—Sí, hace una hora. ¿Crees que tiene algo que ver?

—Me parece la hipótesis más probable.

Escucho vagamente a McGarrett decir que viene ahora mismo, pero soy incapaz de pensar en otra cosa que no sea en Amy y en la forma más rápida de encontrarla.

Capítulo 30

Amy

Siempre he creído que soy una chica a la que no le dan miedo las nuevas experiencias. Durante toda mi vida he estado dispuesta a salir de mi zona de confort. Como la vez que acepté acampar con mis amigas en mitad de la nada cuando mis padres me habían acostumbrado más bien a la comodidad de los hoteles de cinco estrellas que al encanto discreto de una noche tirada en el suelo con letrinas improvisadas detrás de un arbusto.

Pero pasar una noche detenida, sentada en un banco mugriento junto a una mujer de higiene dudosa y visiblemente en pleno delirio psicótico es una experiencia de la que habría prescindido con gusto. Ni siquiera voy a hablar de la enorme negra de expresión aterradora y bíceps de luchador profesional que no deja de mirarme desde hace varias horas de una forma que me está provocando sudores fríos.

Si se trata de una prueba para demostrar mi fe, desde luego hay algo de lo que estoy totalmente segura y es que jamás había rezado tanto como en estas últimas horas. Si Dios tiene a bien acortar mi calvario en esta celda con tufo a orina, prometo llevar yo misma a mi abuela a misa. Incluso a la misa en latín. Iré a repartir sopa a los pobres en Acción de Gracias y ¡hasta me confesaré si hace falta!

Mientras espero, no tengo la impresión de que mis oraciones silenciosas sean demasiado eficaces porque la drogadicta acaba de vomitar, salpicando generosamente mis zapatos de camino. ¡Genial! ¡Lo que me faltaba! Os recuerdo que mi ropa no se adapta precisamente a la situación: ¡no llevo bragas! Cuando se me ocurrió semejante idea atrevida, supuse que el resto de mi vestuario desaparecería deprisa bajo las caricias de Cole, no que tendría que vivir la noche más humillante de mi vida y, además, sin ropa interior.

Me esfuerzo sobremanera para contener mis propias náuseas.

Cuando llegamos a la comisaría hace unas horas, el oficial que me arrestó, el teniente Mancini, me sometió a un interrogatorio en toda regla. En resumen, me pidió que explicara la presencia de cocaína en el almacén de mi cafetería para lo cual, como os podréis imaginar, no tengo ninguna explicación. De hecho, lo único que ha conseguido la entrevista es desestabilizarme aún más. Tengo la impresión de que él sabía mucho más que yo sobre el asunto, pero que, por supuesto, no ha querido decirme nada. Al ver que todo aquello no llevaba a ninguna parte, me ha enviado a esta celda en la que me estoy pudriendo desde hace ya un buen rato. Seguramente ha debido de pensar que una chica como yo no aguantaría en un ambiente como este y que acabaría confesando para escapar de la presencia de mis compañeras de celda. No se equivoca, pero el problema es que... ¡no tengo absolutamente nada que decir!

Bueno, hay algo a lo que no paro de darle vueltas desde que me pusieron las esposas. ¿Quién habría podido ponerme la droga en el almacén? ¿Y por qué? Al principio pensé en Sebastian. Después de todo, Cole me confirmó que había traficado para los Blood Angels y, además, supongo que fue precisamente por ese motivo por el que la tomaron conmigo. ¿El joven matón habría ocultado droga en Chez Josie sin que yo lo supiera? Pero hay dos cosas que no encajan: en ese caso, ¿por qué los Blood Angels no han ido a recuperar la mercancía directamente en vez de llevarse mi caja? Después de todo, eso habría sido mucho más fácil. Y después, Cole me ha asegurado varias veces que Sebastian estaba en esos momentos muy lejos de Boston y que si se le ocurría poner un pie en la ciudad, lo sabría de inmediato por sus hombres, que según él vigilaban mi cafetería y mi apartamento día y noche. Información que, cuando me la contó, provocó algunas tensiones entre nosotros. No me gusta demasiado que sus esbirros me espíen todo el tiempo y le hagan, supongo, un informe sobre todos mis actos. Comprendía la necesidad cuando estaba en el punto de mira de los Blood Angels, pero a partir del momento en que me confirmó que ya no iban a por mí, yo ya no veía la utilidad.

A menos que sea a mí a quien vigilan... Esta idea me bombardea la mente desde hace varias horas. ¿Acaso sería Cole el que me habría plantado la droga en mi casa? En ese caso, ¿estarían ahí sus hombres para vigilar la mercancía?

En un primer momento, deseché esa hipótesis. No podría hacerme algo así... Pero, al fin y al cabo, ¿qué puedo saber yo? Jamás he podido descubrir cuál es la naturaleza de las actividades de Cole. Para ser sincera, jamás le he preguntado directamente. No he tenido el coraje. Y algo me dice que, de todas formas, no me habría respondido. He intentado adivinarlo haciendo preguntas indirectas, pero Cole está lejos de ser idiota: ha detectado mis maniobras todas las veces y las ha esquivado como un profesional. Este hombre es simplemente incapaz de hacer algo en contra de su voluntad. Esquivar forma parte de su naturaleza. Si pienso en lo que he conseguido averiguar sobre él durante estas últimas semanas, estoy segura de que podría resumirlo en menos de cinco frases. Y no es porque no lo haya intentado. Al final, a pesar de haber vivido momentos de una rara intensidad con él, sigue siendo un extraño del que no sé casi nada.

Y, sin embargo, le tengo aprecio. No, corrijo, estoy enamorada de él. ¿Pero él? Después de todo, jamás me ha dicho nada. Y, de haberlo hecho, ¿habría sido verdad? Podría utilizarme sin problemas. Sé desde el principio que está lejos de ser un angelito. De hecho, en parte es lo que me atrae de él, seamos honestos. La parte de misterio, su lado peligroso. Eso y la impresión de que soy la única que puede romper su armadura, su autocontrol.

Cuando crucé las puertas de esta celda, no dudaba ni por un instante que sentía algo por mí. No podría afirmar que está enamorado de mí, pero repasando la película de estos últimos días, recordaba las miradas, los gestos y los besos y habría jurado que, al menos, le importaba un poco. Lo veía inclinado sobre mí, con su mirada habitual, fría pero ardiente por un fuego intenso en cuyo origen creía estar yo. Pero a medida que han ido pasando los minutos en este nido de ratas, he empezado a preguntarme si había confundido excitación sexual y pasión. Si había malinterpretado lo que para él solo había sido un juego. O lo que es peor, si todo aquello no había sido más que una comedia destinada a engañarme y servir a sus propios intereses. El tiempo pasa, mis certezas desaparecen y la duda se instala confortablemente en mi mente. Y, por desgracia, cuando analizo los hechos, no encuentro ningún elemento que pudiera contrarrestar esta teoría.

Cole me ha traicionado.

La cólera se apodera de mí y va creciendo por momentos y, por sorprendente que pueda parecer, no lo culpo a él. Me culpo a mí misma. He sido tan ingenua. ¿Cómo he podido encapricharme del jefe de una banda? ¿Cómo he podido pensar ni por un solo segundo que estaba interesado en mí? Una chica joven de buena familia ingenua. Me ha tendido una trampa y yo he caído en ella sin hacerme ni una sola pregunta. Debe de haberse divertido mucho viéndome ceder a sus pretensiones. Incluso es posible que en estos momentos esté alardeando de su hazaña. Ahora soy yo la que está en una celda, mientras él está fuera, libre como el viento.

¿Cómo he podido ser tan tonta?

Sé que lamentarme no va a sacarme de aquí, pero lo necesito. Me mantiene la mente ocupada y, además, evita que piense en todo lo demás. No solo en el hecho de que mis zapatos ya no tienen arreglo. En algo, por desgracia, mucho más grave... *¿Cuál habrá sido la reacción de mis padres cuando les hayan dicho que su querida hija pequeña está en la cárcel por posesión de droga?*

Aunque soy inocente, supongo que mi padre estará viviendo las horas más humillantes de toda su carrera. Mi madre debe de estar al borde del síncope y a mi abuela... me la imagino ya con la Biblia en la mano, con el rosario entre los dedos, rezando por la pobre pecadora en la que creerá que me he convertido. Solo cabe esperar que tengan suficiente confianza en mí como para no creer ni una sola palabra de toda esta historia y para que me ofrezcan su apoyo. Está claro que, si es el caso, no me quedará demasiado tiempo en esta celda. Mi padre, gran conocedor del sistema judicial, debe de estar removiendo cielo y tierra para sacarme de aquí. Sin embargo, a cada minuto que pasa, va aumentando mi inquietud. ¿Y si cree que soy culpable?

¡Odio esta situación! ¡Jamás había dudado tanto en mi vida! No me reconozco y, sobre todo, ya no confío en nada y eso es algo que detesto. Lo único que impide que rompa a llorar son mis dos compañeras de infortunio. Bueno, no sé si en su caso también es infortunio, pero prefiero no pensar demasiado en lo que han podido hacer para terminar aquí. El hecho de que compartan celda conmigo me obliga a mantener cierta apariencia de dignidad porque si hay algo que no quiero, aunque me asalten las dudas, es parecer débil. Sobre todo cuando está claro que una de ellas podría machacarme los huesos con sus propias manos.

Oigo ruidos en el pasillo. La drogadicta por fin se ha dormido en el banco y doña Músculos no se ha movido ni un ápice. Distingo pasos que se acercan y voces, creo que masculinas, que parecen charlar de forma animada. Casi diría que están discutiendo. Al final acabo reconociendo una de ellas y se me desboca el corazón.

Capítulo 31

AMY

Reconozco esa voz y no sé si debo sentirme aliviada o no. Es la de Tom McGarrett. Parece bastante enfadado.

El ojo morado de mi compañera de celda no se aparta de mí, así que no me atrevo a mover ni un solo músculo. Por fin veo aparecer al teniente al otro lado de la reja, acompañado de dos oficiales uniformados. Su mirada se posa en mí y una parte de su tensión parece desaparecer. Solo una parte. No sé si debo alegrarme.

—Abre, deprisa —grita a uno de sus colegas.

El policía saca un manojo de llaves de su bolsillo y abre la reja con un chirrido. La drogadicta abre un ojo, pero, al comprender que la visita no tiene nada que ver con ella, lo vuelve a cerrar. La gran mujer de color ni pestañea.

Tom da un paso hacia el interior de la celda, pero, seguramente por culpa del vómito del suelo, no se aventura mucho más.

—Amy, vente conmigo, por favor.

Pronuncia esas palabras con dulzura y comprendo que es su forma de anunciarme que mi calvario ha llegado casi a su fin. Bueno, eso creo. Después de todo, no tengo ningún doctorado en interpretación de entonaciones del lenguaje, así que podría estar completamente equivocada, aunque espero que no sea el caso.

Me levanto, me acerco y él me agarra del brazo. Me saca deprisa fuera de la celda y hace señas a su colega para que vuelva a cerrar. Guarda silencio, pero anda a paso rápido hacia el final del pasillo que, hasta donde yo sé, conduce a la salida. Me tiene cogida con fuerza del brazo, así que es difícil que me pueda escapar. Justo cuando voy a hacerle una pregunta, como si supiera mi intención, gira la cabeza y me indica con la mirada que es mejor que me calle.

Cruzamos una puerta, luego torcemos a la izquierda, hacia otro pasillo con una hilera de puertas. Sé que detrás de una de ellas se esconde la sala de interrogatorios en la que Mancini me había metido unas horas antes, pero pasamos por delante sin detenernos. Por fin, Tom abre la última puerta y me indica que entre.

La habitación no se diferencia mucho de su vecina, con las paredes color beis y tristes. El linóleo azul es el mismo de toda la comisaría.

Seguro que les debieron hacer un enorme descuento, teniendo en cuenta la gran cantidad que han usado, por no mencionar que es realmente feo, así que no creo que hubiera nadie más interesado.

Avanzo unos pasos y luego me giro hacia McGarrett, que ha cerrado la puerta. Intercambiamos miradas y aparta un poco los brazos. No necesito más. Me abalanzo sobre él y me abraza. Apoyo mi mejilla en su torso y las lágrimas empiezan a brotar.

—Chsss... Ya se ha acabado —susurra contra mi pelo.

Sus manos acarician con suavidad mi espalda.

—Soy inocente —termino declarando entre sollozos.

—Lo sé —responde sin más.

Unos segundos más tarde, doy un paso atrás y clavo la mirada en sus ojos.

—¿Entonces quién?

Sus ojos parecen tristes y siento que no me va a gustar su respuesta. De hecho, le cuesta tragar antes de soltarme:

—Shelly.

—¡¿Shelly?! —exclamo.

Esta vez sí que me alejo de verdad y lo miro fijamente como si se hubiera vuelto loco. Agito la cabeza con la esperanza de que eso me reorganice las ideas. O puede que lo haya escuchado mal.

—Ha sido ella la que ha escondido la droga en tu almacén.

Suelto una risita nerviosa.

—¿Shelly? ¿En serio? ¿No se te ha ocurrido nada más ridículo? ¿Esto es una cámara oculta?

Finjo mirar a mi alrededor. Lo único que veo es la expresión de exasperación de Tom McGarrett, que me observa.

—¿Shelly? —repito—. ¿Mi Shelly? ¿Mi empleada desde hace tres años y, antes, de mi tía?

Asiente levemente con la cabeza.

—¿Shelly? ¡¿De verdad crees que vende droga?! ¡Aunque esa chica a veces no parece tener los pies en la tierra, es totalmente incapaz de hacer algo así!

Esta vez, suelto una carcajada que dura varios segundos, pero solo unos segundos, porque cuando vuelvo a mirar a Tom, en sus ojos veo que a él no le divierte. No le divierte en absoluto.

—¡No! ¿En serio?

Vuelvo a adoptar una actitud más seria que la del empleado de una funeraria en un entierro.

—Acaba de firmar su confesión hace unos minutos.

Guarda silencio y comprendo que me está dejando algo de tiempo para asimilar sus palabras.

—Pero... Pero... —balbuceo—. ¿Por qué?

Tom suelta un suspiro y me hace señas para que me siente en una de las dos sillas de la sala. Obedezco, un poco aturdida. Arrastra la otra silla para colocarla frente a mí y también se sienta.

—Shelly ha confesado que necesitaba dinero.

—¿Y entonces ha decidido convertirse en traficante de drogas? ¡Madre mía! ¡No tiene sentido! ¡Uno no se convierte en camello así como así!

—Amy, déjame que siga —me ordena con expresión severa.

—Vale —respondo, curiosa por conocer la continuación de esta historia completamente absurda.

—Shelly ha confesado haber encontrado la droga hace unas semanas al ordenar el almacén.

—¿Droga en mi almacén? —me sorprendo en voz alta, consciente de que, una vez más, lo había vuelto a interrumpir.

Pero, en rigor, la policía había afirmado haberla encontrado hace tan solo unas horas y él acaba de decir: «hace unas semanas». ¡Entonces ya había droga en mi almacén hacía tiempo! No es que yo sea la reina del orden, pero ¿cómo puedo no haberla visto?

Tom McGarrett frunce el ceño para volver a pedirme que no lo interrumpa más. Me callo para dejar que continúe.

—Encontró la droga y pensó que sería una buena forma de ganar dinero fácil.

Luego, como respuesta a mi pregunta silenciosa, es decir, «¿Pero por qué había droga en mi almacén?», continúa:

—¿Te acuerdas de Sebastian, el novio de Amber?

¡Cómo podría olvidarme de él! Asiento con la cabeza.

—Pues era él quien estaba utilizando tu almacén para esconder la droga que luego revendía para los Blood Angels. Utilizaba la llave de Amber. Su jueguecito duró varias semanas hasta que Shelly encontró su alijo y se adueñó de él para intentar revenderlo por su cuenta. Obviamente, cuando Sebastian no pudo encontrar su mercancía, acabó confesándoselo a los Blood Angels, que creyeron que habías sido tú la que la había robado. De hecho, en cuanto a ese tema, ¿cuándo pensabas contarme que te habían amenazado por segunda vez?

Su mirada es severa y comprendo que no es tanto el policía que se disgusta porque una víctima le ha ocultado información como el amigo al que le habría gustado que confiara en él. Agacho la cabeza para hacerle comprender que siento mucho mi decisión, aunque en el fondo de mí sé que lo volvería a hacer.

—Lo siento, Tom, pero es que me habían pedido que no le dijera nada a la policía. Tenía miedo de la represalias.

Y, para evitar disertar sobre el tema, le pregunto:

—¿Y sabes por qué Shelly necesitaba dinero? ¿Por qué no me lo pidió si necesitaba algo?

Tom McGarrett se muerde los labios, reprimiendo una sonrisa. No comprendo ese cambio repentino en su estado de ánimo, así que frunzo el ceño.

—Sé que está mal burlarse de la desesperación de la gente y, en mi carrera, he visto a mucha gente cometer actos desesperados en situaciones complicadas, pero esta, desde luego, es inédita.

Tom inspira y yo sigo esperando la continuación.

—Según parece, tu empleada está realmente enamorada de un cantante que va a actuar en la Super Bowl...

—¿Bruno Mars?

—¿Lo sabías?

—¡Cómo no saberlo! —respondo, elevando la mirada al cielo—. ¡Debe de tener la colección más grande del mundo de productos dedicados a su persona! He tenido que batallar para que comprenda que bajo ningún concepto pensaba sustituir nuestras tazas Chez Josie por otras con la foto de Bruno que había pedido sin ni siquiera consultarme. ¿Pero qué tiene que ver su obsesión por Bruno Mars con sus problemas económicos?

—Según parece, viene de concierto a Boston dentro de poco y resulta que se han repartido pases de *backstage* que algunos listillos han puesto a la venta en Internet. Los precios se han disparado y Shelly quería conseguir uno.

Ante mi expresión de duda, McGarrett añade:

—Sí, tarifas realmente desorbitadas. Algunas personas están dispuestas a gastarse fortunas con tal de conocer a sus ídolos.

No se equivoca. Sobre todo en el caso de Shelly, que está totalmente convencida de que en el momento en que los ojos del cantante se posen en ella, se dará cuenta de que es el amor de su vida y de que, como en la canción «Marry You», la llevará corriendo a la primera capilla disponible.

—¿Entonces se ha puesto a vender droga para poder conocer a Bruno Mars? ¡Esta historia es una auténtica locura! —exclamo mientras agito la cabeza—. ¿Por qué no vino a verme en vez de decidir hacer semejante tontería para comprar un pase de precio prohibitivo?

McGarrett reprime una sonrisita.

—Ha declarado que tú jamás has soportado su relación con «Bruno» y que incluso sospechaba que estabas celosa.

—¿Yo? ¿Celosa de una relación inexistente con un tipo cuyas canciones apenas soporto? ¡Esa sí que es buena!

No debería haberla dejado encerrarse en su delirio *marsiano*; me siento un poco culpable por haber hecho como si no hubiera visto nada raro en su comportamiento.

—Al menos eso es lo que nos ha dicho —dice, con tono divertido, levantando las manos delante de él como para defenderse.

Lo fulmino con la mirada y luego suelto un suspiro.

—No creía que su delirio la pudiera llevar tan lejos.

—Si te sirve de consuelo, no creemos que llegara realmente a vender la droga. Solo se quedó la droga con la idea de venderla, pero, según parece, jamás pasó al acto. Cuando comprendió que te había metido en problemas, puso todo de vuelta en su sitio, pero para entonces Sebastian ya se había dado a la fuga, por lo que no podía saber que el alijo volvía a estar donde lo dejó.

—Bueno, algo es algo —suspiro.

—La posesión de droga con intención de distribuirla es un delito, pero, con un juez comprensivo, no debería salir demasiado mal parada. No se puede decir lo mismo de Sebastian o Mancini.

Pienso en Sebastian y me alegro mucho de que ese delincuente vaya a pasar un tiempecito a la sombra. Sé que va a ser duro para Amber, pero lo superará; todavía es joven y no creo que tener un novio camello le emocione tanto. De repente, algo en las palabras de Tom me trastorna.

—¿Mancini? ¿Qué tiene que ver en todo esto?

McGarrett suspira y se pasa la mano por la cara. Siento que la historia va a ser larga y complicada.

—Ya hacía unos meses que sospechábamos que la banda de los Blood Angels estaba metida en el tráfico de drogas duras. Habíamos arrestado a unos cuantos camellos que nos pasaron algo de información, nada demasiado concreto en un principio, pero conjuntamente con otras pistas aportadas por mis soplones, pudimos remontar hasta ellos. El problema es que necesitábamos incautar una parte de la mercancía para poder tener pruebas tangibles. Sin embargo, cada vez que identificábamos un lugar de almacenamiento y que organizábamos una redada, cuando llegábamos al sitio, la droga había desaparecido sistemáticamente. Entonces comprendí que había alguien de dentro que los avisaba. Cuando arrestamos al tipo que había robado en tu cafetería, reconoció a Mancini en las fotos que le enseñé, pero el hecho de que un matón de poca monta lo hubiera visto charlar con su jefe no bastaba para encerrarlo. Necesitaba pruebas más sólidas y uno de mis informantes me ayudó a conseguirlas. De hecho, estaba reunido con él cuando Mancini fue a arrestarte y ese es uno de los motivos por los que no estaba al corriente de la redada en tu casa.

—¿Pero cómo sabía Mancini que había droga en mi cafetería?

Tom se echa a reír.

—Fue él mismo quien le sugirió ese escondite a Sebastian cuando supo que salía con Amber. ¿Quién iría a buscar droga al almacén de la cafetería de la hija de un policía, que además es el más importante de la ciudad? De hecho, fue él quien reclutó a Sebastian para los Blood Angels. Al muy idiota lo habían arrestado unos meses antes por posesión de estupefacientes y Mancini le propuso un acuerdo: si distribuía su droga, a cambio, él olvidaría el asunto de la posesión. Por eso, cuando no pudo encontrar la mercancía, Sebastian se dio a la fuga.

—¿Y cómo supo que Shelly la había devuelto a su sitio?

—No lo supo hasta que uno de mis contactos se lo dijo ayer.

—Pero, entonces, ¿cómo lo sabías tú? ¿Habías estado rebuscando en mi almacén?

—No, yo no —responde, un poco incómodo.

—¿Entonces quién? ¡No tiene sentido! ¡Con la cantidad de sistemas de seguridad que mi padre ha instalado, no es posible entrar en mi cafetería como si nada! ¡Me habría dado cuenta, digo yo!

Tom apoya su mano en la mía, seguramente en un intento de calmarme.

—¿De verdad que no se te ocurre nadie? —pregunta.

Capítulo 32

McGarrett

—¿De verdad que no se te ocurre nadie?

Le hago la pregunta, pero sé que en unos instantes descubrirá la respuesta ella sola. Soy consciente de que me dispongo a soltar una bomba que va a poner su vida patas arriba y a hacer que se cuestione todo cuanto creía saber. Al menos lo poco que queda después de haberle revelado que su empleada modélica era, en realidad, la fuente de todos sus problemas de estos últimos días.

En el momento en que su mirada se fija en la mía y veo cómo, de repente, una oleada de comprensión recorre su cuerpo, la puerta se abre de golpe, haciendo que los dos no sobresaltemos.

Cole se nos acerca a gran velocidad y, cuando se da cuenta de que mi mano sigue en el brazo de Amy a pesar de habernos levantado, me fusila con la mirada. La retiro de inmediato. No porque el hombre me impresione, sino porque Amy tiene ya bastantes cosas que asimilar por hoy como para además añadir una pelea de gallos.

Los ojos de Cole se posan en ella y su expresión cambia por completo.

—Princesa.

Avanza y abre los brazos con la intención de abrazarla, pero Amy da un paso atrás, con los ojos abiertos como platos, sin parar de mirarnos a él y a mí. Puedo ver que está completamente desorientada, algo de lo que también se da cuenta Cole.

—Mejor os dejo solos —anuncio.

Amy me mira como si me hubiera vuelto completamente loco. Por eso le digo:

—A menos que quieras que me quede...

Cole y Amy responden al mismo tiempo:

—No hace falta que te quedes.

—Sí, quédate.

Cole hace una mueca, contrariado. Comprendo que no le haga mucha gracia, pero si ella lo quiere, él aceptará mi presencia.

—¿Qué haces aquí?

—He venido a buscarte.

La tensión puede cortarse con un cuchillo y entiendo que Cole no sepa ni por dónde empezar. No solo parece un tipo duro, sino que es un tipo duro y estoy seguro de que la comprensión de la psicología femenina no es uno de sus fuertes. Al final creo que he hecho bien quedándome.

—Cole, ¿qué haces aquí? —repite.

Retrocede dos pasos más. Si lo hubiera abofeteado, habría tenido el mismo efecto en él. Pero en vez de responder a su pregunta, se limita a observarla.

—Tom, ¿qué hace él aquí?

Le lanzo una mirada a Cole y este me confirma con un movimiento de cabeza que puedo responder a la pregunta.

—Cole es la persona que me ha ayudado a atrapar a Mancini. Era él quien sabía que la droga volvía a estar en el almacén y ha sido él quien se lo ha dicho a Mancini.

—¡Entonces me han arrestado por tu culpa! —grita Amy.

—Princesa, lo siento mucho. No debería haber pasado así. Mancini tenía que haber informado a los Blood Angels y habérselas ingeniado para recuperar la droga. No pensábamos que acabaría organizando una redada y deteniéndote.

—¡Así que, durante todo este tiempo, estabais preparando un plan a mis espaldas! ¡Me has mentido! ¿Por qué? ¿Para eliminar a uno de tus rivales? ¿Para saldar tus cuentas con la policía? ¿Qué te han prometido? ¡Quiero saberlo, Cole! ¿Qué te han ofrecido para que aceptes acostarte conmigo y pasarles la información que necesitabas?

Veo que Cole aprieta los puños hasta que sus articulaciones se ponen blancas. Encaja las acusaciones sin rechistar, pero está claro que le hacen daño.

—Has debido de estar riéndote bien todo este tiempo, viendo cómo la pobre chica ingenua se enamoraba de ti.

—Princesa…

—¡No! ¡Te prohíbo que me llames así! ¡No sé ni quién eres! No quiero escuchar tus penosas excusas.

Se abalanza hacia la puerta y me apresuro a seguirla. No debo dejarla sola ahora. Justo en el momento en que pone la mano en el pomo, Cole declara en voz baja:

—Me llamo David Coleman.

Amy se detiene y se gira hacia él.

—Me has preguntado quién soy. Me llamo David Coleman y soy oficial del departamento de policía de Boston en misión encubierta.

Las palabras que acaba de pronunciar cortan la respiración de Amy. Lo observa, con la boca abierta. Solo sus ojos verdes reflejan lo que se le pasa por la cabeza: el *shock*, la decepción, la cólera. A continuación, se gira hacia mí, preguntándome en silencio si es cierta esa versión. Asiento con la cabeza. Cole da un paso hacia ella, pero, una vez más, ella retrocede y se apoya en la puerta.

—Me has mentido —termina declarando con voz neutra.

—Yo…

—Me has mentido —lo interrumpe—. Desde el principio. Todo esto no ha sido más que una mentira.

Amy agita la cabeza y veo que las lágrimas se amontonan en las comisuras de sus ojos.

—Princesa, soy el mismo hombre desde el principio...

—¡No! —grita ella.

Abre la puerta y sale al pasillo. Cole se apresura a seguirla, pero yo le corto el paso.

—Déjale un tiempo.

Al principio, tengo la impresión de que va a destriparme allí mismo, pero luego, retrocede.

—La llevaré a casa de sus padres.

Asiente con la cabeza y sé que ha comprendido que Amy necesita espacio y poner sus ideas en orden. Sin embargo, no se me escapa la expresión de su cara: la de un hombre que acaba de ser rechazado por la mujer que ama.

He instalado a Amy en mi coche y, desde entonces, parece completamente letárgica. He tenido que ponerle yo mismo el cinturón de seguridad antes de subirme al asiento del conductor y poner rumbo a la casa de sus padres.

Durante los primeros minutos, el silencio solo se veía interrumpido por el ruido de sus sollozos. Ya no lo aguanto más, así que decido romperlo.

—No te preocupes, te voy a llevar a la casa de tus padres, te están esperando. Pronto podrás olvidar todo esto.

No responde de inmediato y su llanto se intensifica. Me siento un poco desconcertado; ya no sé qué más decir.

—No podré olvidar que estoy enamorada de él y que, durante todo este tiempo, él no ha parado de mentirme.

¡Ay! ¿Qué puedo responder a eso? Aunque me gusta hacerme el listillo y fingir que conozco a las mujeres, no se me ocurre nada que

decirle. Sobre todo, sé que lo que podría decirle no tiene por qué gustarle. Pruebo suerte de todas formas.

—No te ha mentido, Amy. No tenía otra opción.

—Siempre hay otra opción. Me lo podía haber dicho o, por lo menos, haberme dado alguna pista.

—No, no podía. Aunque hubiera querido. Yo, en su lugar, habría hecho lo mismo.

Amy hace una mueca y responde con tono sarcástico:

—Supongo que debería haberte escogido a ti, pero nunca he sido buena tomando decisiones. Tú eras la opción de la razón. Jamás he sabido ser razonable.

Sus palabras me hacen daño, pero por el momento prefiero dejar mis sentimientos a un lado. No quiero ser la opción de la razón.

—Has decidido con el corazón y el instinto. Si tu instinto hubiera detectado maldad, jamás lo habrías escogido. ¿Realmente crees que habrías podido enamorarte de un criminal? ¡Cuántas mujeres creen estar enamoradas de un buen hombre y una mañana, al despertarse, se dan cuenta de que, en realidad, se trataba de un mal bicho! ¿Te imaginas la suerte que has tenido? ¡Pensabas que estabas saliendo con un maleante y, al final, resulta que estás con uno de los buenos!

—¿Suerte? —Se echa a reír Amy—. ¿A eso le llamas tú suerte? Ya había aceptado quién era. Sabía que no podía esperar nada de él. Y ahora todo ha volado por los aires.

Su voz se rompe en esta última frase. Y entonces, de repente, se sobresalta y su tono se vuelve acusador.

—¡Tú lo sabías!

—¿Qué sabía yo?

—¡Que estaba viendo a Cole! ¡Tú lo sabías! Tú eres poli y él también. ¡Habéis estado trabajando juntos estos últimos días! ¡Tú lo sabías!

Llegados a este punto, no sirve de nada negarlo.

—Estuvimos juntos en la academia y soy uno de sus contactos.

—¡Fuiste tú el que primero me habló de él! No me dijiste que lo conocieras tanto. ¿Desde cuándo sabes que nos estábamos viendo? ¿Es por eso por lo que dejaste de llamarme?

Está furiosa. Inspiro profundamente para responder.

—Sí, lo sabía. ¿Pero de verdad crees que le habría dejado acercarse a ti si no hubiera estado seguro de que es un buen tío?

—¡Tú también me has mentido!

—¡Yo no te he mentido, Amy! ¡De verdad que quería tener algo contigo! Pero cuando vino a hablar conmigo, comprendí de inmediato que haría cualquier cosa con tal de estar contigo. Conozco a Cole lo suficiente como para saber que no se encariña con nada ni con nadie, así que verlo de repente dispuesto a machacarme los huesos uno a uno para evitar que me acercara a ti, ¡era toda una novedad! ¿Que si yo también estaba dispuesto a luchar por ti? ¡Claro que sí! Pero en ese momento comprendí que no lo estaba tanto como él. Si hubiera tenido la más mínima duda al respecto, habría hecho todo lo posible para que lo evitaras. ¡Habría ido yo mismo a secuestrarte y a encerrarte en algún sitio para que él no pudiera hacerte daño! ¡Quizá tengas la impresión de que te ha traicionado, pero joder, Amy, solo hacía su trabajo! ¿Y sabes qué? Para hacer bien su trabajo, ¡lo primero es no decirte en qué consiste su trabajo! También lo ha hecho para protegerte. Su trabajo consiste en mentir a todo el mundo para poder protegernos a todos.

—Pero... —dice con voz temblorosa.

—No hay peros que valgan, Amy. No puedo contártelo todo, pero Cole estaba haciendo todo lo posible para poder estar contigo. Está dispuesto a descubrir su tapadera, dejar años de investigación por ti. Lo ha hecho hoy. ¿Sabes lo que significa su trabajo para él? Es toda su vida. Es todo para él. Solo tiene el trabajo y a ti.

Amy me mira y es incapaz de pronunciar una sola palabra. Soy muy consciente de que lo que le estoy diciendo es un poco duro, sobre todo después de lo que acaba de vivir.

—Solo le quedas tú, Amy, así que piensa un poco antes de tomar una decisión. Porque hace falta que comprendas que, si te pierde, no le quedará absolutamente nada.

El resto del trayecto hasta la casa de los Kennedy transcurre en un silencio sepulcral. Puede que Cole me haya ayudado a recopilar las pruebas para enfrentarme a Mancini, pero no por ello me sentía en deuda con él. Es solo que sé reconocer cuándo he perdido una batalla y, cuando vino a hablarme de Amy, supe que lo mejor que podía hacer era retirarme.

No he mentido a Amy, de verdad que le tengo cariño, pero estoy seguro de que jamás podría amarme tanto como a Cole. Y por si hubiera tenido alguna duda, estas últimas horas han confirmado mis sospechas. El chico ha removido cielo y tierra para ayudarla. Habría arrasado esta ciudad a sangre y fuego para traerla de vuelta. No ha dudado ni un solo segundo en descubrir su tapadera y testificar contra Mancini.

Las próximas semanas no van a ser un paseo por el campo para él. No me cabe la menor duda de que tanto sus propios hombres como las bandas rivales no van a permanecer impasibles cuando descubran que es un poli. Lo más seguro es que tenga que mantener un perfil bajo, al menos hasta el juicio de Mancini, donde seguramente tendrá que testificar.

Solo espero que para entonces Amy lo haya perdonado.

Capítulo 33

Amy

—¡Madre mía, este sitio es un poco sombrío! ¡Podrían haberlo decorado con un poco más de gusto!

—Estamos en una comisaría, Zoey, no en un salón de la Fashion Week. El color de las paredes se ha escogido para que sea práctico, no bonito.

—¿El beis sucio es «práctico»? —apostilla ella con una mueca despectiva.

Maddie suspira sin responder, pero Zoey no puede resistirse.

—Aunque, desde luego, me dan ganas de cometer un crimen solo con ver este lugar deprimente.

—Si cometes un crimen, terminarás encerrada en un lugar mucho peor que este, por no mencionar que tendrás que llevar puesto un magnífico mono naranja.

Semejante argumento tiene el gran mérito de conseguir que Zoey se calle. Al menos durante un tiempo.

—¿Crees que nos van a hacer esperar mucho más tiempo? —pregunta al cabo de unos dos minutos.

—Zoey, si quieres, puedes irte. Ha sido un detalle por tu parte acompañarme, pero si tienes cosas que hacer, vete.

Esta vez soy yo la que está harta de escucharla. Al comprender que me superan sus comentarios sin fin, decide contenerse.

—Lo siento, no quería ponerme pesada, sé que para vosotras tampoco es divertido. Es solo que a mí me cuesta más disimular mi exasperación. No entiendo por qué están tardando tanto.

¿A qué estamos esperando? A Shelly.

Mi empleada acaba de pasar las últimas cuarenta y ocho horas detenida y la justicia ha aceptado liberarla en espera de juicio. Como me explicó Tom McGarrett, con un juez clemente, no le debería ir demasiado mal.

Y bueno, aunque estoy un poco enfadada con Shelly por su idea estúpida de coger la droga de Sebastian y, por tanto, haberme hecho vivir las horas más humillantes de mi vida, en el fondo sé que no lo ha hecho con mala intención. Y, sobre todo, jamás habría hecho nada si hubiera sabido que eso me acabaría acarreando problemas. Shelly es, ante todo, una persona solitaria y sus actos han sido dictados por su desesperación. No tiene a nadie, ni familia ni demasiados amigos, y no puedo dejarla sola en estos momentos tan difíciles. Soy la persona más cercana que tiene, considerando que su relación con Bruno es, digamos, inexistente o, por lo menos, arriesgada, en vista de los últimos acontecimientos. De hecho, creo que es mi deber no dejar que vuelva a caer en sus excentricidades. Tengo que ayudarla a hacer el duelo de ese amor unilateral que es poco probable que un día se convierta en recíproco. Maddie diría que, estadísticamente hablando, no es del todo imposible, pero que la probabilidad de que eso ocurra está próxima al cero. ¿Quizá debería sacar el tema para pasar el tiempo?

Unos pasos resuenan al fondo del pasillo. Las tres giramos la cabeza en dirección a los recién llegados. Shelly entra en la sala de espera, escoltada por Tom McGarrett. Ella parece cansada. Lleva el pelo sucio recogido en una cola de caballo. Tiene bolsas en los ojos y parece haber envejecido diez años de golpe.

Cuando su mirada se cruza con la mía, puedo ver que no esperaba verme allí. Su rostro refleja su vergüenza. Sabe que estoy al corriente de todo y que debo de estar enfadada.

Tom nos saluda a las tres. Le hago un vago gesto con la cabeza. Todavía no le he perdonado sus mentiras. Sé que, en el fondo, solo estaba haciendo su trabajo, pero me cuesta encajar que todo esto no haya sido más que un mal necesario. Me he sentido traicionada, engañada a la vez por el hombre que amo y por aquel que consideraba un amigo. Sé que tengo que perdonar a Tom, pero no estoy segura de ser capaz de hacerlo ahora mismo.

—Queda libre, Shelly. Sin embargo, como ya le hemos explicado, será mejor que no salga de la ciudad. Yo mismo iré a verla en unos días. Mis colegas de la recepción le devolverán sus efectos personales.

Shelly asiente con la cabeza y parece dudar en si debería tomar la dirección de la salida. Tras contemplar sus zapatos durante un instante, levanta la cabeza y me mira.

—Amy... —comienza, con voz ahogada—. Lo siento mucho.

Sus remordimientos parecen tan sinceros que no puedo aguantar ni un segundo más. Doy un paso adelante y le tiendo los brazos para atraerla hacia mí. Un poco dubitativa al principio, termina devolviéndome el abrazo y, al instante, su cuerpo empieza a sacudirse por efecto del llanto.

—Amy…

—Calla... Lo sé —me limito a responder, mientras le acaricio la espalda.

Nos quedamos un buen rato en esta postura. Aunque Shelly es mucho más alta que yo, en este momento, tengo la impresión de que no es más que una niña pequeña que implora perdón por sus travesuras.

Por fin, oigo que alguien se aclara la garganta. Apostaría que ha sido Zoey.

—Estáis muy monas las dos, de verdad, pero propongo que vayamos a festejar el reencuentro a un lugar que no huela a sudor y antes de que se acaben las rebajas, a ser posible.

Shelly me suelta y me hace señas para indicarme que va a ir a buscar sus cosas. Me dispongo a seguirla cuando McGarrett me pregunta:

—¿Amy, podemos hablar un momento?

—Vamos a ayudar a Shelly y nos vemos en el coche —me anuncia Maddie.

Podría decirle a Tom que me voy con ellas, pero sé que no puedo evitarlo indefinidamente.

Vemos cómo se alejan mis amigas y, una vez solos, me dice:

—¿Cómo te sientes?

¿Qué se supone que debo responder yo a eso?

—Traicionada.

Tom se pasa la mano por el pelo y suspira.

—Aún a riesgo de repetirme, Amy, Cole no tenía otra opción. Ninguno de los dos teníamos otra opción.

Vuelvo a pensar en todo lo que me dijo Tom en el coche hace unos días. En el hecho de que Cole me había mentido porque no podía hacer otra cosa. Que está dispuesto a luchar por mí. He pasado por todas las fases durante estas últimas horas. Lo he odiado, he llorado porque me había mentido, pero también porque lo echaba de menos. A veces lo he perdonado, pero otras, solo tenía ganas de gritarle.

En resumen, estos tres últimos días he pasado por todos los estados de ánimo posibles. Por suerte, he estado sola en mi habitación la mayor parte del tiempo, porque, si no, creo que mis padres me habrían internado. O mi abuela habría acabado llamando a un exorcista.

—Él te quiere y lo sabes.

Su voz me devuelve al momento presente. No me había dado cuenta de que llevaba un rato mirando la pared como una idiota.

—¿Y cómo lo sabes?

—Habría que estar ciego para no verlo.

—Pues si tanto me quiere, no veo yo que haya hecho gran cosa por hablar conmigo estos últimos días.

No quería reconocerlo, pero el hecho de que Cole no hubiera intentado verme me había decepcionado bastante. No digo que hubiera aceptado hablar con él, pero me habría gustado que lo hubiera intentado. Mi teléfono no ha sonado ni una sola vez y tampoco he recibido visitas. Seguro que sabía que estaba en casa de mis padres y no es de los que se dejan detener por una puerta cerrada.

—Te ha dejado espacio.

—¿Me ha dejado espacio? —repito con desdén.

—Sí, te ha dado tiempo para que asimilaras todo lo que había pasado.

—¿Asimilar lo que había pasado? ¿Me toma por idiota? He entendido perfectamente lo que ha pasado. ¡Me ha tomado por imbécil de principio a fin!

—¡Amy!

Esta vez Tom parece enfadado.

—Le aconsejé que te diera tiempo. Solo intenta hacer lo mejor para ti. Y ya solo eso demuestra hasta qué punto te quiere. Cole no es un tipo paciente. Si te ha dejado tranquila es porque cree que lo necesitas, no porque él quiera. Y, para ser honesto, lo he visto esta tarde y no parece estar viviendo el mejor momento de su vida.

Mi corazón se aferra a esa idea. Y tengo que confesar que pensar que está sufriendo no es algo que me guste. Más bien lo contrario.

—Tendrás que perdonarnos algún día —añade McGarrett.

—Ya te he perdonado, si es eso lo que te preocupa.

Mis palabras me sorprenden tanto como a él. Una pequeña sonrisa se dibuja en sus labios, se acerca a mí y me estrecha en sus brazos.

—Nadie es perfecto, Amy. No lo olvides.

—No busco la perfección. Solo quiero a alguien que tenga las mismas aspiraciones que yo. Para empezar, alguien honesto —murmuro contra su torso.

Tom me suelta y examina mi rostro un instante.

—Ya has encontrado a la persona perfecta para ti. Solo falta que aceptes que él había tomado determinadas decisiones incluso antes de conocerte y que eso es algo que no puedes reprocharle. Cole hizo lo que le pareció justo en su momento y, créeme, hace falta mucho coraje para escoger el camino que él escogió. Vivir en equilibrio entre el bien y el mal es muy duro y mucho más si te quemas las alas. Pero, sobre todo, lo que debes comprender es a qué está dispuesto a renunciar por ti, por convertirse en el hombre que se ajuste a tus deseos. Había iniciado el proceso incluso antes de que te detuvieran. Sabía que llegaría un día en el que tendría que contarte la verdad y quería que, en ese momento, pudieras sentirte orgullosa de él. La decisión es tuya y prometo no volver a sacar el tema, pero piénsatelo bien.

—Hace ya varios días que no paro de darle vueltas.

—Entonces ya debes conocer la respuesta. Sea cual sea, la apoyaré. Después de todo, eso es lo que hacen los amigos.

—No sabía que fueras tan razonable —le lanzo para pasar a un tema más liviano.

—Soy un hombre lleno de sorpresas. Y lo sabrías si me hubieras dado una oportunidad.

Acaba su frase con un guiño que me indica que está de broma y que jamás me guardará rencor por mi elección.

—Me voy —le digo, señalando la dirección en la que se fueron mis amigas.

—Cuídate mucho, Amy.

Le hago un pequeño gesto con la mano y camino por el pasillo. Cuando, tras unos segundos, me doy la vuelta, ya no está allí.

Capítulo 34

Amy

Mis amigas me han convencido de que pase la noche con ellas. He aceptado sin resistirme demasiado porque creo que necesito escapar un poco del ambiente hiperprotector que reina en casa de mis padres. Y luego, para ser honesta, si escucho rezar a mi abuela por la salvación de mi alma una sola vez más, corro el riesgo de soltar una blasfemia que no me perdonará jamás.

Después de dejar a Shelly en su casa junto con Maddie y Zoey, ponemos rumbo a la casa de esta última, donde las demás deberían unirse a nosotras. El luminoso *loft* de mi amiga, situado en pleno centro de la ciudad, es un regalo para la vista. Normal cuando eres la hija de uno de los diamantistas más famosos de la ciudad. Las vistas al parque y a los rascacielos colindantes son impresionantes. Sin embargo, el lugar, aunque es bastante probable que haya sido decorado por un profesional, es demasiado impersonal para mi gusto. Por suerte, las cinco chicas a las que más quiero del mundo están allí para aportarle un poco de vida.

—Entonces, ¿cómo te ha ido con Shelly? —pregunta Libby.

—Mejor de lo que esperaba. Por supuesto, estaba superincómoda por la situación, pero cuando la he llevado a su apartamento, hemos podido hablar un poco. Le he explicado que no le guardaba rencor por toda esta historia. Confieso que no me creo demasiado mis propias palabras, pero sigo pensando que necesita mi ayuda.

—Sí, desde luego, si algo necesita es ayuda —anuncia Zoey, poniendo los ojos en blanco—. ¡Habéis visto el estado de su estudio!

—¿A qué te refieres? —pregunta Maura.

—Tiene pósteres, recortes de prensa y objetos promocionales de Bruno Mars por todas partes. No creía que su obsesión hubiera llegado tan lejos —suspiro.

Al acompañarla a su casa, me he dado cuenta de que jamás había puesto un pie allí. No porque no me lo hubiera propuesto nunca porque, de hecho, sí que me ha invitado un par de veces a cenar a su casa, pero siempre he tenido una buena excusa: tenía que hacer la contabilidad, estaba cansada o cualquier otra cosa...

—No es culpa tuya que sufra una leve erotomanía[7] —precisa Maddie.

—¿El qué? —pregunta Maura—. ¡Madre mía, Maddie, siempre tengo la impresión de que necesito un diccionario para poder seguirte!

Maddie le explica el significado de la palabra y añade:

—Lo importante aquí es que ha aceptado ver a un psiquiatra y que acepta que la ayude a superar este trance. Para empezar, va a deshacerse de su museo en honor a Bruno y Zoey, aquí presente, incluso se ha ofrecido para redecorar su apartamento.

Todas las miradas se giran hacia la joven, yendo de la sorpresa a la duda.

—¿Qué? ¡Por el hecho de que actúe como una zorra despiadada el noventa por ciento del tiempo no significa que no pueda demostrar un mínimo de compasión por el prójimo!

---

7 Erotomanía: enajenación mental por la cual una persona está completamente convencida de que otra persona le declara su amor, con frecuencia mediante telepatía, mensajes secretos, miradas y mensajes a través de los medios de comunicación.

Reprimo una sonrisa. Todas sabemos que, bajo esa fachada de Reina del Hielo, Zoey tiene un corazón de oro. Sobre todo, jamás dice que no a un desafío y, desde luego, ¡conseguir que el apartamento de Shelly recupere una cierta normalidad lo es! Además, Zoey es una apasionada de la decoración y de la moda. Estoy segura de que se muere de ganas de trabajar sobre ese lienzo en blanco. Y, sin ninguna duda, estaré celosa del resultado final.

—¡Lo siento, chicas, pero llego tarde!

Julia llega sin aliento, con la cola de caballo medio deshecha y las mejillas enrojecidas por el frío y por una probable carrera para unirse a nosotras.

—Lo normal, vamos —apostilla Zoey, saboreando un sorbo de margarita—. El día que llegues con tiempo sí que empezaremos a inquietarnos.

Julia la fulmina con la mirada y nos da un beso a todas. Cuando llega a Libby, no se me escapa una cierta frialdad entre ellas. Sin embargo, la mayor de todas nosotras le hace señas para que se acerque y la abraza, para gran sorpresa de nuestra pintora rubia favorita.

Maura arquea una ceja y declara:

—Me parece que me he perdido un capítulo.

Libby confirma:

—Hace unos días, Julia y yo tuvimos una pequeño desacuerdo relacionado con mis hijos, pero nada grave. No ha llegado la sangre al río.

Julia la dedica una pequeña sonrisa de reconocimiento y levanta las manos en señal de rendición:

—No me pidáis jamás que os haga de niñera, ¿vale?

A continuación, nos explica sus peripecias de los últimos días. Y la historia de los niños no es más que la primera de una larga lista de problemas que parecen haberle caído encima, uno tras otro. No puedo evitar preguntarme si, después de todo, mi vida es demasiado simple.

Mientras mis amigas escuchan con atención lo que tiene que contarles Julia, mi mente divaga y se pierde en los músculos y los tatuajes de un grandullón rubio. Decir que lo echo de menos sería un eufemismo. Y, sin embargo, una parte de mí se niega a admitirlo y, sobre todo, a aceptar que me ha mentido. Sé que solo estaba haciendo su trabajo, pero más allá del simple hecho de que haya ocultado su verdadera identidad, creo que es lo que eso implica lo que más me aterroriza. En resumidas cuentas, si Cole no es el malvado jefe de una banda, ¿me gustará igual el Cole policía encubierto? ¿Cabe la posibilidad de que el hecho de que nuestra relación fuese clandestina, prohibida, fuera lo que la hiciera tan excitante? Tanto para mí como para él. Porque, después de todo, me cuesta imaginármelo como el típico tío que te invita a cenar en un restaurante y luego al cine. ¿Alguien como él que ha vivido en la sombra podría volver a la luz sin pagar ningún peaje?

Maddie me saca de mis pensamientos:

—¿Amy? ¿Sigues aquí?

Agito la cabeza para vaciarla de las imágenes que la saturan.

—Creo que, en su imaginación, estaba en compañía de cierto chico malo tatuado —afirma Zoey.

Ni me molesto en desmentirlo.

—¿Habéis aclarado las cosas? ¿Has hablado con él? —me interroga Libby con voz suave.

Niego con la cabeza.

—No me ha llamado.

—¡Pues claro que no te ha llamado! —exclama Zoey—. Está esperando a que des el primer paso. Amy, es un tío, no esperes que se comporte como el protagonista de una comedia romántica. No va a plantarse en tu casa con un ramo de rosas o un osito de peluche en el que esté escrito *Perdóname*. Eso solo pasa en las películas. Como no parece un completo idiota, ha comprendido que necesitabas tiempo, que estabas enfadada con él, y te ha dejado espacio. Pero también dudo que sea experto en psicología femenina, así que, para él, si tú no le llamas, eso quiere decir que todavía estás enfadada. Y créeme, cuando un tío sabe que su chica está cabreada, hace todo lo posible por evitarla. Aunque se supone que son ellos los que llevan los pantalones, cuando se trata de una relación amorosa, ¡son peores que un gatito asustado!

—Y, además, le has dejado bastante claro que no querías volver a verlo, así que no pienses que es capaz de leer entre líneas. Para él, no quieres verlo más, punto. Los hombres no comprenden las sutilezas del no que, en realidad, significa sí —añade Libby.

—¿El «no que significa sí»?

Tengo curiosidad por escuchar esa historia.

—Sí, como cuando te propone salir con sus amigos cuando tú le habías sugerido minutos antes que estaría bien pasar la tarde juntos. Tú vas y le dices que vale, que se puede ir con sus amigos, cuando en realidad estás pensando justo lo contrario. Y aunque lo hayas dicho con tono de decepción o enfado, lo único que él va a retener es que estás de acuerdo. Y cuando le eches en cara aquella velada de mierda, te contestará que jamás le dijiste que no. Los hombres son binarios: para ellos todo es blanco o negro, no existen los grises —afirma Julia.

—¿Ah, sí? Eso no deja demasiado bien al género masculino —observo.

—Por desgracia, es la triste realidad —continúa Zoey—. Así que yo, en tu lugar, me daría prisa en averiguar qué quiero realmente, porque si él cree que ya no quieres saber nada de él, no tardará en buscarse una rubia con la que consolarse. Un tipo así es un auténtico imán para las féminas. Sin hablar del hecho de que ahora está del lado de los buenos y ese aire de soy un tipo peligroso pero buena persona ¡es terriblemente sexi!

Veo a Maura darle un codazo en las costillas. Zoey protesta con una mueca.

—No lo sé. Necesito pensármelo un poco más.

—Tómate el tiempo que necesites, querida. Si siente algo por ti, no renunciará tan deprisa —afirma Maddie, apoyando su mano en mi brazo.

Las palabras de mi mejor amiga me tranquilizan, pero eso no significa que las opiniones de las demás no me afecten. Todas tienen parte de razón. Una cosa sí es segura: tengo que seguir adelante. Puedo quedarme un poco más de tiempo con la cabeza bajo tierra, pero no puedo hacer el avestruz para siempre. Debo tomar una decisión y eso es algo que me aterroriza de verdad.

Capítulo 35

Amy

Se suele decir que la almohada es buena consejera y tengo que reconocer que hay algo de verdad en ello. Después de haber dado cientos de vueltas en mi cama de la adolescencia, hay una cosa de la que estoy segura: tengo que irme de la casa de mis padres. Quiero volver a casa. Sí, quiero a mis padres, pero los prefiero a unos cuantos kilómetros de distancia.

Así que estoy preparando las pocas cosas que me he traído para volver a mi apartamento.

—¡Oh, cariño! ¡No puedes irte ahora y quedarte sola en ese apartamento cuando todavía estás tan sensible!

—Estoy bien, mamá. Toda esta historia ha sido difícil de encajar, pero ya estoy mejor. Necesito mantenerme ocupada para olvidar y, desde luego, no lo voy a conseguir quedándome aquí, dándole vueltas a la cabeza. Tengo que volver al trabajo. ¿Y dónde está papá?

—Está en su despacho con un policía. Ya sabes cómo es tu padre, está siguiendo el caso muy de cerca. Ha asignado a sus mejores hombres. Puedes estar segura de que los que han abusado de tu confianza van a pudrirse en la cárcel una larga temporada.

No me cabe la menor duda. No me gustaría estar en su lugar. Si hay algo que mi padre no soporta es que toquen a su familia.

Por supuesto, él no se encargará del seguimiento del asunto por cuestiones de conflicto de intereses, pero hará todo lo posible para que quien lo haga no demuestre la más mínima clemencia. Y tengo la impresión de que el oficial encargado será informado como es debido.

Por mi parte, he decidido que se impone una conversación con Cole. Que le dé la oportunidad de explicarse. Como han dicho mis amigas, me toca a mí dar el primer paso. ¿Cuándo? No lo sé todavía. Una parte de mí no está preparada para verlo, pero la otra está deseando ir a su encuentro para lanzarse a sus brazos. Solo han pasado cuatro días, pero ya me parecen demasiados. Me ha mentido sobre su identidad, pero, en el fondo, ¿acaso no es el mismo hombre? ¿Acaso no quiero descubrirlo? Tengo que reconocer que estoy muerta de miedo.

Bajo las escaleras con mi bolsa y mi madre pisándome los talones. La puerta del despacho de mi padre está cerrada y no quiero molestarlo si está trabajando.

—¿Le darás un beso de mi parte a papá?

—¡No te puedes ir así! —exclama mi madre—. ¡Espera a que te acompañe tu padre!

Me giro hacia ella y la cojo por los hombros.

—Mamá, os adoro a los dos, pero de verdad que puedo cuidar de mí misma. Voy a volver a casa. Te llamo cuando llegue si quieres y vendré a comer con vosotros un día de esta semana, pero de verdad que necesito estar sola.

Mi madre asiente con la cabeza y veo que no está nada convencida.

Oigo la puerta del despacho de mi padre abrirse a mis espaldas.

—¡Querida! ¡Pero si estás aquí! —exclama.

Me rodea con sus brazos y me besa en la mejilla. Aunque ya soy mayor, me siguen gustando los gestos de cariño de mi padre. Me suelta y echo un vistazo a su despacho. Mi madre me había dicho que estaba con un policía, ¿estará todavía allí su invitado?

Se me para el corazón.

Está allí.

Parece cansado, con bolsas en los ojos, y veo que está inquieto. Es cierto que nuestra última confrontación no terminó demasiado bien. ¿Sabría que estaba todavía en casa de mis padres? ¿Habrá venido por eso?

—Amy, ¿conoces al teniente Coleman, que ha participado en la operación...?

Apenas escucho lo que me dice y no puedo evitar que mi boca forme una *O* de estupefacción. Él me mira con expresión impasible y las manos en los bolsillos. Cole acaba respondiendo a mi padre:

—Sí, nos conocemos.

Veo que los ojos de mi padre se pasean entre nosotros dos sin parar.

—John, Amy quiere volver a su casa y se niega a que la acompañemos —anuncia mi madre.

La intervención de mi madre parece sacar a Cole de su letargo.

—Lo siento, señora, he olvidado los modales más elementales. Me llamo David Coleman —dice a la vez que le tiende la mano.

No parece sentirlo en absoluto. ¿Y desde cuándo Cole habla así?

Se dirige ahora a mi abuela, que por una vez ha abandonado su sillón y se ha unido a nosotros en el pasillo, seguramente para espiarnos.

—Señora, encantado de conocerla.

La abuela lo mira con expresión de sospecha y luego inspecciona su mano como para verificar que no es la de un diablo. Por suerte, las mangas largas de su camiseta no dejan ver sus tatuajes porque no estoy segura de que estuviera preparada para eso. Al final, le tiende la suya.

—¿Trabaja con mi marido, señor Coleman? —pregunta mi madre—. Creo que es la primera vez que nos vemos, ¿verdad?

Mi padre y Cole intercambian miradas incómodas.

—Formo parte de la policía de Boston —responde—. No sabía que nuestro jefe tenía una esposa tan encantadora. Ahora veo de dónde procede la belleza de Amy.

Elevo la mirada al cielo. ¡Dios mío! ¿Qué le habéis hecho a Cole? ¡Pero si era de esos que raramente pronuncian dos frases seguidas, que gruñen más que hablan y, sobre todo, que jamás soltarían frases tan cursis como esas!

¡Y lo peor de todo es que mi madre se sonroja! Noto que mi padre ha puesto mala cara cuando me ha llamado Amy. Por suerte, puedo contar con mi abuela para salvarnos de un ambiente un poco empalagoso o extraño.

—Pero dígame, David... Coleman, ¿de qué origen es exactamente?

¡Socorro! Ya sé cuál va a ser la siguiente pregunta y, honestamente, no estoy preparada para aguantar eso ahora.

—¡Abuelita!

Detesta que la llamemos así y mi reacción tiene el efecto buscado: me dedica una mirada asesina.

—Bueno, me voy —suelto—. ¡Que tengáis un buen día!

Me dirijo a la puerta con mi bolsa y me precipito al exterior sin mirar atrás. Al poco tiempo oigo a alguien bajando las escaleras detrás de mí.

—¡Amy, espera!

Acelero el paso, a pesar de ser totalmente consciente de que acabará alcanzándome en breve. Siento que empiezan a caer gotas de lluvia. ¡Mierda! Justo ahora que me apetecía caminar.

Me agarra del brazo y me da la vuelta. Me enfada que ose tocarme, pero mentiría si dijera que el contacto de sus dedos no me provoca un suave cosquilleo.

—Princesa, déjame que te acompañe.

Le lanzo una mirada furiosa, pero no retrocede ni un paso. Oigo un trueno en la lejanía, pero ninguno de los dos se mueve durante varios segundos.

—Por favor, súbete al coche. Te llevo. Y si no quieres hablarme, vale, lo comprendo. Estás enfadada conmigo porque te he mentido. Solo te pido que te pongas a cubierto y, si no quieres volver a verme nunca más, me iré.

Entorno los ojos. Mi mano se aparta de mi costado, coge distancia y va a estamparse contra su cara. La bofetada resuena en su barba y Cole me mira, completamente aturdido.

—Esto es por haberme mentido —digo con un tono de voz que a duras penas es capaz de contener mi cólera.

Cole se lleva la mano al lugar del impacto y esboza una leve sonrisa.

Le suelto un segundo tortazo en la otra mejilla.

—¡Y esta es por haberme contado mentiras!

Su sonrisa se intensifica, igual que la lluvia.

—Estoy casi seguro de que quiere decir lo mismo, princesa —se burla.

—¿Esto te divierte?

—Estás muy guapa cuando te enfadas.

Me acerco y empiezo a golpearle el pecho con los puños; él no me lo impide.

—No tenías derecho a hacerme eso —grito.

Por suerte, la calle está desierta. Otro trueno rasga el cielo y la lluvia golpea el asfalto.

—No podía decirte nada —suspira Cole—. Y, créeme, eso es algo que me ha atormentado.

Me rodea con sus brazos y me aprieta contra él. Mis puños quedan trabados entre su torso y mi pecho. Por instinto, apoyo mi mejilla en su corazón, que late a mil por hora. Supongo que el mío también.

—No te puedes imaginar hasta qué punto me alegra volver a tenerte en mis brazos.

Me besa en el pelo y siento que mis resistencias se deshacen una tras otra. A pesar de que una parte de mí lo odia, la otra tiene la sensación de haber vuelto a casa. Una lágrima empieza a rodar por mi mejilla, seguida de otra.

—Lo siento mucho —gimoteo.

—Chsss, princesa, no tienes que sentir nada. No ha sido culpa tuya.

Me mece despacio en sus brazos.

—Creí que habías sido tú. Te esperaba en casa y abrí la puerta sin ni siquiera verificar quién estaba al otro lado. Cuando la policía me dijo que estaba detenida por tráfico de drogas, creí que habías sido tú quien me había traicionado.

—Cariño, no pasa nada. Lo comprendo.

—Creí que habías sido tú y te odié por ello. Y después, McGarrett me dijo que había sido Shelly y estaba perdida, luego me anuncias que no eras quien yo creía. Era demasiado para mí y me ha costado asimilarlo todo. Siento mucho haberte rechazado la otra mañana. No... no me lo esperaba, estaba perdida. Reaccioné mal.

Los sollozos entrecortan mis palabras. Cole sonríe un poco y me mira directamente a los ojos cuando me dice:

—Lo importante es que estés en mis brazos ahora mismo.

—Te quiero, Cole, o sea cual sea el nombre por el que te tenga que llamar.

—Yo también te quiero, Amy. Y puedes llamarme como quieras siempre que sea para decirme que me quieres.

—No me lo habías dicho nunca. —Me sueno la nariz.

—¡Tú tampoco! Y, aunque nunca te lo he dicho de palabra, creo haber intentado demostrártelo. Es cierto que tengo que mejorar un poco en ese aspecto, pero estoy dispuesto a hacer todo lo necesario.

Con esas palabras, me besa apasionadamente, aislándome del mundo que nos rodea. La lluvia, que ya empieza a parecer una tormenta, hace estragos. En breve estaremos calados hasta los huesos.

Al cabo de unos minutos, echo un vistazo en dirección a la casa de mis padres y veo que los tres están pegados a la ventana que da a la calle.

—¡Oh, Dios mío! ¡Lo que me faltaba! —suspiro.

Cole se gira para ver adónde estoy mirando y comprende que se trata de mi familia. Les hace una pequeña señal con la mano.

—¡Para! —le ordeno—. No nos van a dejar en paz. Ni te imaginas la cantidad de cosas que se deben de estar imaginando en estos momentos.

Cole se inclina hacia mí y pronuncia justo delante de mis labios:

—Pues, entonces, démosles de qué hablar.

—¿Estás de broma? Si seguimos, mi madre o mi abuela acabará llamando al cura de la parroquia mañana por la mañana mismo para reservar una fecha.

—Puede que no me importe —afirma con una sonrisa de soslayo.

Se me para el corazón.

Epílogo

Unas semanas después

Cole

Cruzo la puerta de Chez Josie, suena la campana y, detrás del mostrador, Amy levanta la cabeza. Al verme llegar, su rostro se ilumina, su sonrisa se amplía e imagino que la mía es de igual tamaño. Esta chica me ha hecho redescubrir el funcionamiento de mis músculos cigomáticos.

Amber se cruza conmigo mientras avanzo hacia el mostrador y me guiña un ojo. Mi princesa la rodea y se cuelga de mi cuello.

—¿Ya estás aquí? —me pregunta.

—La vista ha terminado un poco antes de lo previsto esta tarde, así que me he dicho que podría darte una sorpresa.

A cambio, recibo un breve beso en los labios. Me gustaría robarle unos cuantos más, pero no estamos solos, la cafetería está hasta arriba.

—¿Amber? ¿Podrías encargarte de cerrar esta noche? —pregunta Amy.

—Sí, por supuesto. ¡Id a disfrutar de vuestra noche, tortolitos!

Esta vez soy yo quien le guiña un ojo para darle las gracias. Amber ha demostrado a Amy durante estas últimas semanas que es capaz de asumir más responsabilidades, lo que ha permitido a mi princesa levantar un poco el pie del acelerador. De todas formas, no le ha quedado otra. Desde el arresto de los Blood Angels, tengo que mantener un perfil bajo. He tenido que esconderme un tiempo. Pero bajo ningún concepto pensaba dejar de ver a Amy y, además, ella también es un objetivo potencial, así que no me ha costado demasiado convencerla de que se viniese conmigo. Nos escapamos juntos unos días y Amber se encargó de buena parte del trabajo de Amy, sin aparentes problemas.

Esta semana, hemos vuelto porque empieza el juicio de los Blood Angels y Mancini. Es, a la vez, una liberación y una prueba. Supone el fin de una vida para mí, pero también el inicio de una nueva que estoy deseando comenzar. Por suerte, el padre de Amy ha podido acelerar el procedimiento para que no tenga que quedarme demasiado tiempo fuera de la ciudad.

Amy recoge sus cosas y salimos de la cafetería para dirigirnos a la entrada adyacente del edificio. Se me hace raro entrar por la puerta principal, pero supongo que no tardaré mucho en acostumbrarme.

—¿Cómo ha ido el juicio hoy?

—Bien, al menos para mí.

Dudo en si debería seguir o no, pero, después de todo, es su amigo, aunque me cueste hacerme a la idea de que la ronde de vez en cuando.

—Parece ser más duro para McGarrett. En el banquillo de los acusados está el hombre que había considerado su modelo a seguir desde niño.

—Normal... ¿Deberíamos llamarlo? Podríamos proponerle que venga a cenar una noche de estas.

Asiento levemente con la cabeza, aunque la idea de cenar con Tom McGarrett no es precisamente lo que yo calificaría de una buena noche, pero como no pienso dejarlos a los dos solos...

Entramos en el apartamento y le dejo el tiempo justo para quitarse el abrigo antes de agarrarla y echármela al hombro. No pesa casi nada, así que me encanta cogerla en brazos en cuanto se presenta la ocasión. Esta situación me recuerda uno de nuestros primeros encuentros, cuando se plantó en la puerta de mi casa. Según parece, a ella sigue sin gustarle.

—¡David Owen Coleman! ¡Suéltame ahora mismo!

—¡A sus órdenes, princesa!

La tiro sobre la cama y añado:

—Me encanta cuando te enfadas y me llamas por todos mis nombres.

Amy entorna los ojos para parecer enfadada, pero sé que no es así. Creo que mi parte de hombre de las cavernas la excita un poco, aunque jamás lo reconocerá.

Me tumbo sobre ella y mis manos se deslizan bajo su jersey. Aunque hemos tenido tiempo más que suficiente para explorar nuestros cuerpos durante estas últimas semanas, tengo la impresión de que jamás me cansaré de ella. Rodea mi nuca con sus brazos y me acerca a ella para besarme. Nuestros labios se tocan, se buscan y luego se rinden. Nuestras lenguas se encuentran e inician una danza sensual coordinada con caricias que nuestras manos distribuyen. Las mías se deshacen deprisa de su jersey, desvelando su garganta, su vientre y su pecho, retenido por un sujetador de encaje de un gusto exquisito. Recorro su pecho con un dedo y luego mi boca realiza el mismo camino. Su piel de porcelana, tan reactiva a mis gestos de afecto, me vuelve loco.

Amy me desabrocha la camisa y la desliza por mis hombros. La ayudo a quitármela y vuelvo a su garganta. Adoro la sensación del roce de nuestras epidermis. También el contraste: la suya es pálida y pura, mientras que la mía está recubierta de tinta que narra mis demonios.

Le desabrocho el sujetador y, justo después, le quito el pantalón y las bragas. Está totalmente desnuda, a mi merced. No me resisto a la tentación de atrapar su pecho con mis labios y chuparlo un poco. No hace falta demasiado para arrancarle un gemido, lo que envía directamente la orden a mi cerebro de bombear más sangre a la parte de mi anatomía todavía oculta en mi bóxer. Pierdo la cabeza un segundo y Amy aprovecha para desestabilizarme y darme la vuelta de forma que quedo tumbado sobre mi espalda. Se instala a horcajadas sobre mis piernas y sus dedos ya se afanan en desabrocharme los pantalones y quitarme la ropa interior.

Jamás ha sido tímida, pero últimamente ha ganado en seguridad. Y no es algo que me desagrade. Nuestras locuras en la cama ya eran espectaculares, pero ahora son todavía más tórridas. Una razón más por la que soy incapaz de privarme de ella.

Sus grandes ojos verdes se mantienen fijos en los míos. Está tan guapa en estos momentos que casi no puedo respirar. Me digo que no siento ni por un segundo haberlo enviado todo a paseo por ella. Que solo ella podría haberme devuelto las ganas de vivir. Amy es mi sol y mi buena estrella a la vez. Y estoy dispuesto a pasar cada segundo de mi vida intentando hacerla feliz.

Amy

Estoy tumbada sobre el hombre que amo, todavía sin aliento tras los múltiples orgasmos que me ha regalado. Su mano acaricia mi espalda, mientras yo recorro con la yema de los dedos los arabescos de tinta negra que cubren sus brazos. Con la cabeza apoyada en su pecho, percibo el latido de su corazón. Tengo algo que confesarle y jamás había estado tan nerviosa.

No sé cómo va a reaccionar; de hecho, ha sido una total sorpresa para mí y no tengo ni idea de su opinión al respecto.

Nuestra relación no he hecho más que empezar y, una vez que suelte la bomba, tengo miedo de que no vuelva a ser la misma. Todavía bajo los efectos de las hormonas segregadas por el orgasmo, decido que es mejor lanzarse ya.

—¿Cole?

A modo de respuesta, recibo un gruñido que, en mi opinión, no es totalmente humano. Puede que el momento no sea el más adecuado, pero si no lo hago ahora, me temo que lo retrasaré indefinidamente.

—¿Recuerdas mi visita de rutina al médico de esta mañana?

Un segundo antes parecía al borde del letargo, pero ahora veo que todos sus sentidos están en alerta. Se incorpora, se apoya en un codo para poder mirarme a la cara y frunce el ceño por la preocupación. Un francotirador preparándose para disparar no podría estar más concentrado.

—¿Todo va bien? ¿Qué te ha dicho el médico?

Intento parecer tranquila, a pesar de estar temblando.

—Eh, bueno, sí, todo va bien —dudo—. Sin embargo, mis análisis de sangre indican que hay un pequeño imprevisto.

Se queda lívido y comprendo que quizá no lo esté enfocando de la mejor manera posible, así que intento abordarlo desde otro ángulo.

—¿Quieres tener hijos, Cole?

Parpadea dos veces.

—Sí, por supuesto. Bueno, en fin, no me lo había planteado hasta hace poco, pero si te dijera que no se me ha pasado por la cabeza desde que te conozco, sería mentir.

Dibuja una media sonrisa y, de repente, veo que sus ojos se iluminan.

—Quieres decir que... —empieza.

—Estoy embarazada —apostillo con entusiasmo.

Esta vez la sonrisa le llega hasta las orejas, me mira como si fuera la octava maravilla del mundo y el peso que sentía en el pecho desaparece como por arte de magia.

—¡Amy... oh! ¡Mi princesa!

Rodea mi cintura con sus brazos y me aprieta contra él. Me tapo la cara con la mano y siento que una lágrima empieza a brotar de mis ojos.

—¿Estás contento? ¿No te molesta que sea tan pronto?

Me tumba boca arriba y se inclina sobre mí.

—¿Que si me molesta? ¡Joder, Amy, soy el hombre más feliz del mundo!

Deja un segundo de silencio y continúa con una voz cargada de emoción.

—Siempre he creído que estaría solo toda mi vida. ¡Y ahora te tengo a ti y, además, vamos a formar una familia! ¡Es más de lo que había soñado!

Empieza a repartir besos por mi pecho para luego bajar hasta mi vientre, que acaricia con dulzura.

—¡Joder! ¡No me puedo creer que haya metido un bebé en tu barriga!

Chasqueo la lengua en señal de reprobación.

—¡Esa boca, señor Coleman! Nada de palabrotas delante de nuestro bebé.

Hace una pequeña mueca cómica.

—Eso me va a costar. Pero tienes razón, prestaré más atención.

Sonríe como un niño que acaba de hacer una gran travesura de la que está orgulloso y luego se inclina sobre mi vientre, todavía plano, y declara:

—Voy a tener que hacer de tu madre una mujer honesta, hombrecito.

Ahora me toca a mí elevar la mirada al cielo.

—Me niego a casarme con el pretexto de que me has dejado embarazada. Estamos en el siglo XXI y miles de parejas tienen hijos sin estar casados.

Levanta la cara y veo que está molesto.

—Mi deseo de casarme contigo no tiene nada que ver con el hecho de que estés embarazada. ¿Es que no quieres casarte?

—Sí, más adelante, quizá. También te mentiría si te dijera que jamás me lo he planteado, pero no quiero que sea una obligación, ¿entiendes?

Asiente con la cabeza y sonríe.

—Créeme, aunque tu abuela me pusiera un cuchillo en la garganta si no te pido que te cases conmigo, no sería por eso por lo que querría casarme. Si hubiera sido por mí, ya te habría puesto un anillo en el dedo hace semanas. De hecho, ya tengo el anillo. Solo me quedaban dos cosas por hacer y me he ocupado de ellas estos dos últimos días. Así que te informo: vamos a casarnos.

—¿Que me informas? ¿Ni siquiera vas a preguntarme si estoy de acuerdo? —bromeo.

—No soy de los que piden permiso, Amy. Quiero que seas mi mujer y eso es lo que pienso hacer.

Parece decirlo muy en serio. ¿Pero qué esperaba? Efectivamente, no es de los que piden permiso a nadie. ¡Por suerte estoy de acuerdo! De hecho, es un punto sobre el que estamos trabajando los dos. Él está aprendiendo a pedirme opinión y yo estoy aprendiendo a soltar lastre y a no oponerme sistemáticamente cuando decide algo. Supongo que es a eso a lo que se le suele llamar compromiso, ¿no?

Mi corazón late a toda velocidad, pero todavía me quedan fuerzas para preguntar:

—¿Cuáles son esas dos cosas que tenías que hacer?

—Para empezar, quiero ser digno de ti y ser capaz de ocuparme de ti como es debido. Para eso, necesito un trabajo estable. He tenido una entrevista esta tarde y tienes ante ti al nuevo miembro de la brigada antibandas de Boston.

—¡Oh, Dios mío, Cole! ¡Es genial! ¿Por qué no me lo habías dicho?

Mi entusiasmo hace que se eche a reír. Tiene una risa grave y sensual que oigo pocas veces para mi gusto, pero ese también es un punto sobre el que estoy trabajando.

—Son tantos tus encantos que me has distraído antes de que pudiera contártelo.

Elevo la mirada al cielo. Se muere de la risa y luego vuelve a un semblante más serio.

—Y, además, si te lo hubiera contado, habrías hablado con tu padre y yo quería obtener el puesto por mis propios méritos. No quiero que vayan diciendo por ahí que he conseguido el trabajo porque soy el yerno del jefe.

—Todavía no he dicho que sí —le mortifico.

Como entorna los ojos, vuelvo al tema inicial:

—¿Estás contento de haber conseguido el puesto?

—Sí, mucho. Es justo donde quiero estar. Mi experiencia con las bandas durante todos estos años les ha convencido de que era el hombre que necesitaban. Y la idea de continuar con lo que había empezado me agrada.

No olvido que me ha hablado de dos cosas.

—¿Y lo otro que tenías que hacer?

—Eh, bueno, digamos que tuve una pequeña reunión de hombre a hombre con tu padre ayer.

No me esperaba eso.

—¿Mi padre? ¿Para qué te quería?

—Bueno, de hecho, era yo el que quería hablar con él. Me pareció que debía decirle que me iba a casar contigo.

—¿Le has pedido mi mano? —exclamo.

—No, no se la he pedido. Le he informado de que me iba a casar contigo —declara con la mayor seriedad del mundo.

¡Sí, claro, menuda pregunta! ¡Por supuesto que no le ha pedido permiso! De todas formas, me impresiona que haya ido a hablar con mi padre. A él le gustan las tradiciones, así que su futuro yerno lo visite para informarle de que se va a casar con su hija ha debido ser de su agrado. Aunque, según parece, no haya tenido derecho a opinar.

Tengo los ojos llenos de lágrimas. Frente a mí está el hombre que amo profundamente y está dispuesto a todo para hacerme feliz. Así que, aunque tiene cierta tendencia a comportarse como un machito y sus modales no son precisamente los de un caballero, creo que es perfecto para mí.

—Bueno, pues ya solo queda fijar una fecha —dice—. ¡Por favor, no me digas que me vas a hacer esperar mucho tiempo!

—¿Por qué? ¿Me dejas escoger? —me burlo.

—No hace mucho me pediste que añadiera la palabra compromiso a mi vocabulario. Como ves, lo estoy intentando...

Se inclina sobre mí y empieza a besarme el cuello; sube lentamente hacia mi nuca. Mete su mano en mi pelo.

—Ya veo, ya —sonrío—. Prometo no hacerte languidecer demasiado tiempo. Además, supongo que mi madre y mi abuela ya han planificado las tres cuartas partes de la celebración, así que tendremos que ponerla en práctica lo antes posible.

—Por favor, evitemos hablar de tu madre y de tu abuela ahora —suspira en mi cuello.

Me río y asiento.

—Como desees.

—Vale, pues ahora déjame hacerle el amor a mi prometida...

Agradecimientos

A mi editora, Emilyne, que confió en mí y que me ha permitido publicar a mí, la pequeña autora independiente que editaba sus propios libros en su rincón. ¡Gracias por tu paciencia, sobre todo para encontrar un título! También me gustaría darles las gracias a los equipos de Amazon Publishing por todo su trabajo.

A Aurélia por su primera lectura una noche de Año Nuevo y a Charlotte por sus ánimos.

Mi agradecimiento a Enzo Bartoli por los *malentendidos*, a Bruno Mars por haberme inspirado el personaje de Shelly, a Bast porque puedo, a los Aphros por su entusiasmo desde que les hablé de mis libros y a Chloé por su paraguas.

A mi familia por su apoyo y, más concretamente, a mi marido, que acepta pasar varias noches solo mientras escribo. Gracias por tu paciencia. Por último, a mis tres hijas: la alegría y las preocupaciones que me dais todos los días son una bonita fuente de inspiración.

Y, por supuesto, a vosotros, lectores, tanto a los que me seguís desde el principio como a los que me habéis descubierto con este libro. Mi mayor alegría es saber que me leéis. No dudéis en escribirme, me encanta recibir vuestros mensajes.

Podéis encontrarme en:
www.tamaraballiana.com
tamara.balliana@gmail.com
https://www.facebook.com/tamaraballiana
https://twitter.com/TamaraBalliana

Índice

Made in the USA
Columbia, SC
12 August 2022